경성대학교
한국한자연구소 한자학 교양총서 06

중국 목록과 목록학

이 저서는 2018년 대한민국 교육부와 한국연구재단의 지원을 받아 수행된 연구임
(NRF-2018S1A6A3A02043693)

경성대학교 한국한자연구소 한자학 교양총서 06

중국 목록과
목록학

김 호 조성덕

역락

발간사

경성대학교 한국한자연구소는 2018년 한국연구재단 인문한국 플러스(HK+) 지원사업(과제명: 한자와 동아시아 문명 연구-한자로드의 소통, 동인, 도항)에 선정된 이래, 한자문화권 한자어의 미묘한 차이와 그 복잡성을 고려한 국가 간 비교 연구를 수행해 왔습니다. 이 총서는 그간의 연구 성과를 대중에게 전하고 널리 보급하는 목적으로 기획되었습니다.

우리 연구소의 총서는 크게 연구총서와 교양총서로 나뉘어져 있습니다. 연구총서가 본 연구 아젠다 성과물을 집적한 학술 저술이라면, 교양총서는 연구 성과의 대중적 확산을 위해 기획된 시리즈물입니다. 그중에서도 이번에 발간하는 〈한자학 교양총서〉는 한자학 전공 이야기를 비전공자들도 흥미롭게 접근할 수 있도록 기획된 제1기 시민인문강좌(2022년 7월~8월, 5개 과정, 각 10강), 제2기 시민인문강좌(2022년 12월~2023년 1월, 5개 과정, 각 10강)의 내용을 기반으로 합니다. 당시 수강생들의 강의에 대한 높은 만족도와 함께 볼 만한 교재 제작에 대한 요청이 있었습니다. 실제로 한자학 하면 대학 전공자들이 전공 서적을 통해 접하는 것이 대부분이며, 대중이 쉽게 접할 수 있는 입문서는 그다지 많지 않습니다. 〈한자학 교양총서〉는 기본적으로 강의 스크립트 형식을 최대한 활용하여 전공 이야기를 쉬운 말로 풀어쓰는 데에 중점을 두었습니다. 흡사 강의를 듣는 듯 한자학에 대한 기본적인 지식을 배울 수 있는 입문서를 표방하는 이 책은, 한자학에 흥미를 가진 사람들이 한자학을 접할 수 있는 마중물과 같은 역할을 할 수 있을 것으로 기대합니다.

이번에 발간되는 시리즈는 전체 10개 과정 중 2기 강좌분에 해당하는 '중국 목록과 목록학'(김호, 조성덕), '동양철학의 이해'(윤지원, 기유미), '일본의 문자 세계'(홍성준, 최승은), '디지털 동양고전학의 기초'(허철, 기유미), '한자로 읽는 동양고전-推己及人'(허철, 이선희) 5권입니다. 지난 1기 5권의 책을 통하여 한자학의 기원과 구성 원리, 음운 체계, 변천사 등 한자학 전반에 대한 이해를 높일 수 있었다면, 이번에 발간되는 5권의 시리즈는 동아시아의 언어, 문화, 사상, 그리고 연구 방법론까지 포괄합니다. 각 권은 한자를 둘러싼 다양한 학문에 대한 이해를 독자에게 제공할 수 있을 것입니다.

앞으로도 우리 연구소는 연구 과제를 수행하면서 축적된 연구 성과를 학계뿐만 아니라 대중의 지적 호기심을 충족시킬 수 있는 방법을 다각적으로 모색해 나아갈 것입니다. 본 사업단 인문강좌에 강의자로 참여해주시고, 오랜 퇴고 기간을 거쳐 본 〈한자학 교양총서〉에 기꺼이 원고를 제공해 주신 여러 교수님들께 감사드리고, 이 책이 발간되기까지 조언을 아끼지 않으신 사업단 교수님들, 그리고 역락 박태훈 이사님께도 감사의 말씀을 드립니다.

2024년 4월
경성대학교 한국한자연구소
소장 하영삼

머리말

　필자는 대만에서 석·박사 과정을 졸업했다. 석사학위논문은 『방동수문론연구(方東樹文論研究)』였다. 방동수는 청대(淸代) 저명한 문학 유파인 동성파(桐城派)에 속하는 문인이다. 필자가 석사학위논문을 언급한 것은 바로 이 학위논문으로 인해 필자와 중국 목록이 인연을 맺었기 때문이다. 필자는 방동수에 관한 학위논문을 작성하면서 먼저 방동수의 생평(生平)을 조사했다. 이 과정에서 필자는 방동수의 일생을 기록한 두 종류의 연보(年譜)가 있음을 확인했다. 하나는 『청방의위선생동수연보(淸方儀衛先生東樹年譜)』이고 또 다른 하나는 『방의위연보(方儀衛年譜)』였다. 문제는 연보 관련 목록을 통해 『청방의위선생동수연보』의 존재는 확인하고 실물을 확보하였으나 『방의위연보』는 시종일관 찾을 수 없었다는 것이다. 외국인으로서 중국어로 논문을 작성하면서 자료 하나라도 더 찾고 싶은 간절한 마음에 『방의위연보』를 찾기 위해 시간이 날 때마다 수많은 목록을 뒤졌다. 그러나 결국에는 『방의위연보』를 찾을 수 없었다. 그뿐만이 아니었다. 결국에는 『방의위연보』가 원래 존재하지 않았다는 사실, 즉 『방의위연보』가 있다고 기록해 놓은 목록의 내용이 오류였다는 사실을 알게 되었다. 최종적으로 『근삼백년인물연보지견록(近三百年人物年譜知見錄)』이라는 목록에서 필자의 최종 결론과 같은 내용을 확인할 수 있었다.

필자는 허탈했다. 몇 달 동안의 노력에도 불구하고 원했던 자료를 확보하지 못했을 뿐만 아니라 다른 목록을 통해 내가 원하던 자료가 기록의 오류로 인해 만들어진 허상임을 알았기 때문이다. 이것이 필자와 중국 목록의 첫 만남이었다. 표면적으로 아무런 소득도 얻지 못한 만남이었다. 그러나 이 과정은 은연중에 필자에게 커다란 영향을 미쳤다. 왜냐하면 그 후 박사 과정을 마칠 때까지 시간이 되면 관련 목록을 뒤지고 있는 나 자신을 발견했기 때문이다. 필자는 석·박사 과정에서 앞서 언급했던 동성파를 연구하면서 중국고전산문을 전공했다. 다만 위에서 언급한 중국 목록과의 인연으로 중국 목록과 목록학에 커다란 관심을 갖게 되었다. 그런 까닭으로 학위 과정에서 중국 목록과 관련된 수업을 적지 않게 수강하면서 중국 목록의 내용을 공부하고 때로는 관련 논문을 작성하기도 했다. 이 과정에서 중국 목록의 갖는 학문적 가치를 몸소 체험할 수 있었다.

필자는 몇 년 전부터 국내에는 잘 알려지지 않은 '중국 목록학'이라는 연구 분야를 소개하는 한편 중국 고전학 연구에 있어 중국 목록이 갖는 의의와 가치를 국내 관련 연구자와 학문후속세대에게 알리고 싶었다. 이것이 필자가 『중국 목록과 목록학』이라는 책을 쓰고자 했던 동기이다. 물론 가장 중요한 점은 나 자신이 중국 목록을 공부하는 과정에서 즐거움을 느꼈기 때문이다.

　『중국 목록과 목록학』은 모두 5장으로 이루어져 있다. 제1장 「중국 목록과 목록학의 정의와 활용」과 제2장 「중국 목록의 체제와 종류」에서는 중국 목록의 기본 성격과 현전하는 다양한 목록을 소개하여 독자들이 중국 목록학이라는 학문 세계를 쉽게 이해하도록 구성하고자 했다. 제3장 「중국 목록 이해하기(1)-중국 목록의 공시적 이해」와 제4장 「중국 목록 이해하기(2)-중국 목록의 통시적 이해」에서는 실제적인 목록 활용의 예시를 중심으로 내용을 구성함으로써 독자들이 실제로 중국 목록을 이용하는데 편리함을 제공하고자 했다. 마지막으로 제5장 「중국 목록과 교감 및 판본의 관계」에서는 목록과 교감 그리고 판본이라는 세 영역이 본질적으로는 불가분의 관계에 있는 학문 영역임을 설명하고자 했다. 동시에 중국 학계에서 자주 언급되는 예를 들어 독자의 이해를 돕고자 했다. 무엇보다 필자가 중국 목록을 통해 교감과 판본에 관해 진행했었던 연구 내용과 방법을 제시함으로써 독자들이 중국 목록을 이용하는데 길잡이가 되고자 했다.

　필자는 『논어(論語)』 첫 구절을 특별히 좋아한다. 다른 이유는 없다. 이 문구에 '즐거움[樂]'이라는 단어가 연속해서 등장하기 때문이다.

배우고 그것을 때때로 익히면 기쁘지 않겠는가? 동지(同志)가 먼 지방으로부터 찾아온다면 즐겁지 않겠는가? 사람들이 알아주지 않더라도 분노하지 않는다면 또한 군자(君子)가 아니겠는가?(學而時習之, 不亦說乎? 有朋自遠方來, 不亦樂乎? 人不知而不慍, 不亦君子乎?)

인용문에서 '不亦□乎'라는 문구가 세 번 반복된다. '不亦□乎'이라는 구문 앞에 위치하는 세 가지 행위는 모두 즐거움의 원인이자 원천이다. 그것은 삶에 관한 공부(學)와 뜻을 같이하는 친구(朋) 그리고 나를 알아주지 않는 세상에 대해 분노하지 않음(不慍)을 가리킨다. 더욱 흥미로운 것은 세 번 반복되는 '不亦□乎'에서 □에 들어가는 단어가 '열(說)'과 '악(樂)' 그리고 '군자(君子)'라는 것이다. 그렇다면 논리적으로 볼 때 군자의 본질은 삶을 즐기는 그 자체가 아닐까? 중국 고전에서 제기되었던 이상적인 인간형인 군자가 되는 것은 그다지 어렵지 않은 것 같다. 『중국 목록과 목록학』이라는 작은 공부(學)가 뜻을 같이하는 연구자들에게 즐거움이 되기를 희망해 본다.

명륜동 퇴계인문관 31421호에서
저자 배상

차례

제1장

중국 목록과 목록학의
정의와 활용

1. 목록(目錄)의 정의와 종류

1) 목록의 정의

목록(目錄)이라는 단어에서 '목(目)'자와 '록(錄)'자는 그 의미가 서로 다르다. 먼저 목(目)은 상형자(象形字)로서 원래는 사람 눈의 외곽과 동공의 형상을 표시한 글자이다. 즉, '목'의 본래 의미는 사람의 눈을 뜻하는 것이다. 다만 이 '목'이라는 한자(漢字)의 뜻은 후에 어떤 사물 하나하나를 열거한다는 의미로 확대되었다. 예를 들자면 『장자(莊子)』의 「소요유(逍遙遊)」, 「제물론(齊物論)」과 『순자(荀子)』의 「권학(勸學)」, 『논어(論語)』의 「학이(學而)」, 『맹자(孟子)』의 「양혜왕(梁惠王)」 등과 같은 편명이 바로 목(目)의 확대된 의미라고 할 수 있다.

'록'은 지사자(指事字) 혹은 가차자(假借字)라고 한다. 이것은 문자학에서 다룰 문제이기 때문에 굳이 여기서 설명할 필요 없을 것 같다. 다만 중요한 것은 '록'이라는 글자에는 순서를 정한다는 의미가 담겨 있다. 즉, '록'이라는 글자는 기본적으로 내용을 기록한다는 기본적인 의미가 있지만, 그 안에는 어떤 책의 내용을 일정한 순서대로 배열한다는 의미도 함께 갖고 있었다. 그래서 후대에

출연하는 서적에서 처음에 등장하는 목록을 종종 목차(目次)라고
부르기도 한다.[1]

  '목'자와 '록'자는 단독으로 사용되다가 늦어도 동한(東漢)에 이
르러 합쳐져서 '목록'이라는 합성어로 사용되기 시작한다.[2] (한)반
고(班固)『한서·예문지(漢書·藝文志)』에서 유향이 서적을 정리한 과
정에 대해 아래와 같이 기술하고 있다.

    매번 한 서적의 정리 작업을 마친 후 유향은 해당 서적의 편
    명과 목차를 나열하고 서적 내용의 요지를 기술하여 서록을
    작성하여 황제에게 올렸다(每一書已, 向輒條其篇目, 撮其指意,
    錄而奏之).

  이 인용문에서 주목할 것은 바로 '록'이라는 글자의 함의이다.
문장에서 '록'은 '해당 서적의 편명과 목차를 나열(條其篇目)'하는

---

1   '목(目)'과 '록(錄)'의 의미에 대한 보다 구체적인 설명은 昌彼得, 潘美月著, 『중
     국목록학(中國目錄學)』(臺北, 文史哲出版社, 1986), 1-10면을 참조할 것.
2   반고(班固)『한서서전(漢書敍傳)』: "劉向司籍, 九流以別, 援著目錄, 略序洪烈." 이
     내용을 통해 유향이 반드시 '목록'이라는 어휘를 사용했을지는 단정하기 어렵
     다. 그러나 적어도 반고가 『한서·예문지(漢書·藝文志)』에서는 '목록'이라는 어
     휘를 사용했으므로 '목록'이 합성어로 사용되었던 시기는 늦어도 동한이라는
     주장은 의심의 여지가 없다고 생각한다.

부분과 '서적 내용의 요지를 기술(撮其指意)'하는 부분을 포괄한다. 즉, '록'의 내용은 한 서적의 편목과 순서 및 서적 전체의 종지(宗旨)를 설명하는 것을 포함한다. 이것이 바로 '목록'의 의미이다.

2) 목록의 종류

중국 역대에 출현한 목록은 매우 많다. 또한 어떤 기준에 따라 분류하느냐에 따라 종류도 매우 다양하다. 예를 들어 목록을 편찬하는 단위에 따라 중앙 정부에서 편찬하는 관찬목록(官撰目錄)과 개인이 자신이 소장하고 있는 서적을 대상으로 편찬하는 사수목록(私修目錄)으로 나눌 수 있다.

또한 편찬 목적에 따라 아래와 같은 네 종류로 구분할 수도 있다.[3]

① 목록가(目錄家) 목록: 서적의 서명, 권수, 작자 등만을 기록한 것으로 서적의 소장 상황을 반영하며 서적 검색에 편리함을 제공하는 목록이다. 예를 들면 (明)양사기(楊士奇)撰『문연각서목(文淵閣

---

3   이 부분의 내용은 劉兆祐著, 『중국목록학(中國目錄學)』(臺北, 五南圖書出版公司, 1998), 2면을 참조하였음.

書目)』20권, (淸)손성연(孫星衍)撰『손씨사당서목(孫氏社堂書目)』4권 등이 이 경우에 해당된다.

② 장서가(藏書家) 목록: 서적의 서명, 권수, 작자 등을 기록하는 것 이외에 수록 서적의 판본에 대해서 상세히 기술하는 목록으로 장서의 특징을 설명하는 기능을 갖추고 있다. 예를 들면 (淸)황비열(黃丕烈)『요포장서제시(蕘圃藏書題識)』10권, (淸)무전손(繆荃孫)『예풍장서기(藝風藏書記)』8卷『속기(續記)』8卷 등이 이에 해당한다.

③ 학술가(學術家) 목록: 이 목록은 먼저 서적을 일정한 분류 기준에 따라 분류한다. 그리고 부류(部類)의 앞에 총서(總序)와 소서(小序)를 두어 학술의 원류 및 변천 과정을 설명한다. 혹은 수록하고 있는 서적마다 해제를 작성하여 수록 서적의 작자, 내용, 후대의 유전 상황과 서적이 대표하는 학술의 득실을 기재한다. 예를 들어 (宋)조공무(晁公武)撰『군재독서지(郡齋讀書志)』20卷과 (淸)기윤(紀昀)等撰『사고전서총목(四庫全書總目)』20卷 등이 그 예이다.

④ 감상가(鑑賞家) 목록: 이 목록은 판본의 예술 가치를 설명하는데 중점을 둔 것이다. 즉, 송판본(宋版本), 원판본(元版本) 등의 특징, 예를 들어 판본의 판식(版式) 및 장서인(藏書印) 등이 잘 드러나도록 관련 내용을 기재하는 것이다. 예를 들어 (淸)우민중(于敏中), 팽원서(彭元瑞)『천록림랑서목(天祿琳琅書目)』10권『후편(後編)』20권

이 대표적인 예이다.

또한 목록은 그 체례에 따라 아래와 같은 세 종류로 구분할 수도 있다.[4] 첫째, 소서(小序)와 해제(解題)가 모두 있는 목록이다. 소서와 해제가 있는 목록으로는 『사고전서총목(四庫全書總目)』이 대표적이다. 간단히 설명해서 소서에서는 특정 부(部)(예: 경부(經部), 사부(史部), 자부(子部), 집부(集部))에 속한 서적들이 어떠한 학술적 성격을 갖고 있는지를 종합적으로 설명한다. 그리고 개별 서적의 해제는 저자, 서명, 권수 그리고 서적의 중요 내용 등을 포함한다. 둘째, 소서(小序)만 있고 해제(解題)는 없는 목록이다. 대표적인 목록으로는 『한서·예문지(漢書·藝文志)』, 『수서·경적지(隋書·經籍志)』와 명(明)나라 초굉(焦竑)이 쓴 『국사경적지(國史經籍志)』 같은 것이 있다. 소서만 있고 해제가 없으면 개별 서적의 중요 내용이나 특징에 대한 언급이 없다. 셋째, 해제와 소서가 모두 없는 목록이다. 즉, 서적을 수록하면서 저자명, 서명, 권수만을 기재하는 목록이다. 현존하는 중국 목록 가운데 상당수가 이 부류에 속한다. 특히 중국 중앙 정부에서 편찬한 역대 관찬목록은 대부분이 해제도 없

4　목록의 체례에 대해서는 2장에서 자세하게 설명하기로 하고 여기서는 소략하고자 한다.

고, 소서도 없이 저자명, 서명, 권수 등만을 기록하고 있다. 그러면 이 부분에서 해제도 소서도 없는 목록은 별 의미가 없을 것이라는 의문이 들 수도 있다. 그러나 흥미롭게도 해제도 없고 소서도 없는 목록들도 여전히 충분한 학술 가치를 갖고 있다. 왜냐하면 비록 목록에 해제나 소서가 없을지라도 수록된 서적을 통해서도 특정 목록이 대표하는 시대에 어떤 서적들이 존재했고 유행했었는지를 일정 부분 파악할 수 있기 때문이다. 예를 들어 명 태조(太祖) 주원장(朱元璋)은 북경에 입성한 후에 원(元)의 비서감(秘書監)에 소장되어 있던 서적을 모두 남경(南京)으로 운반시키고 동시에 전국에 명을 내려 서적을 수집하였다. 그리고 명 성조(成祖) 영락(永樂) 4년에는 고가로 민간에서 서적을 계속해서 사들였다. 후에 성조는 영락 19년에 북경으로 수도를 옮기면서 남경 문연각(文淵閣)에 소장되어 있는 모든 서적 가운데 한 부씩을 골라 북경의 문연각으로 운반하였다. 기록에 의하면 당시 북경 문연각에 소장되었던 서적은 대략 20,000여 부에 이르렀고 권수로는 100만권에 육박했다고 한다. 후에 영종(英宗) 정통(正統) 연간에 양사기 등의 건의로 문연각에 소장되어 있는 서적을 대상으로 목록을 편찬하였다. 이 목록이 바로 (明)양사기 등이 편찬한 『문연각서목(文淵閣書目)』이다. 이 목록은 비록 서명과 책의 수량 그리고 보존 상태(예를 들면 완전

(完全), 궐(闕), 잔결(殘缺) 등)만을 기록하고 있지만 이 목록에 수록된 서적은 기본적으로 송(宋), 금(金), 원(元) 등 세 개의 왕조가 소장했던 서적을 포함한다. 동시에 이 목록을 통해 명대 중기 이전 황실의 서적 소장 현황을 파악할 수 있다는 점에서 매우 높은 문헌 가치가 있는 것이다.

또 다른 예로는 송나라 때 정초(鄭樵)가 쓴 『통지·예문략(通志·藝文略)』이 있다. 이 목록에는 해제도 없고, 소서도 없다. 다만 수록 서적에 대해 매우 세밀한 분류를 시도하고 있다. 정초는 모든 서적을 12개 부류로 세분화하고 동시에 류 밑에 155개의 소류와 284개의 유목(類目)을 사용하여 서적을 분류한다. 이 같은 분류법은 비록 단점이 없지 않지만, 해제와 소서가 없어도 세밀한 분류 상태만으로도 학술적 가치가 충분하다는 평가를 받는다.

3) 목록학의 공용(功用)

목록학은 글자 그대로 목록을 연구 대상으로 하는 학문 분야이다. 현존하는 중국의 목록은 수백여 종이 족히 넘는다. 그 수많은 목록을 연구 대상으로 하는 학문 분야가 바로 목록학이다. 그렇다면 목록학은 학문 연구에 어떤 공용을 갖고 있을까? 결론부터 말하면 목록학의 용도는 상당히 넓어서 초학자나 전문가를 막론하고 목록에서 중요한 학술 자료를 획득할 수 있다. 구체적인 내용을 살펴보면 아래와 같다.

첫째, 목록을 통해 연구자들은 학문 방법을 배운다. 중국에서 유통되었던 서적의 양은 매우 많고 이에 따라 형성된 지식 체계도 복잡하다. 그런 이유로 중국 학계에서는 "학문함에 요령을 모르면 수고롭지만 결과가 없다. 어떤 서적을 읽어야 할지 알더라도 교감이나 주(注)가 정밀한 판본을 구하지 못하면 수고로움은 두 배를 기울여도 결과는 반밖에 되지 않는다(讀書不知要領, 勞而無功. 知某書宜讀, 而不得精校精注本, 事倍功半)"(장지동(張之洞)『서목답문·약례(書目答問·略例)』)라는 주장이 설득력을 얻는 것이다. 장지동의 주장에서 학문함에 있어서의 요령과 어떤 서적을 읽어야 할지 그리고 좋은 판본을 알려주는 것이 바로 목록인 것임을 알 수 있다. "『한서·예문지』를 이해하지 못하면 천하의 서적을 읽을 수 없다. 『예문지』라는 것은 학문의 요강이고 저술의 관문이다(不通『漢書·藝文志』, 不可讀天下書.『藝文志』者, 學問之眉目, 著述之門戶也)"(淸)왕명성(王鳴盛)『십칠사상교(十七史商榷)』권22에서 인용한 김방(金榜)의 말)라는 주장은 목록이 올바른 학문하는 방법을 알려주는 출발점이자 핵심임을 설명하는 것이다. 목록이 갖는 학술 기능에 대한 또 다른 주장을 살펴보자.

> 목록학은 학문 가운데 제일 중요한 것으로 목록으로부터 道
> 를 물어야 비로소 학문할 수 있는 문을 얻어 들어갈 수 있다
> (目錄之學, 學中第一緊要事, 必從此問道, 方能得其門而入)((淸)王鳴
> 盛『십칠사상교(十七史商榷)』)
> 학술을 구별할 수 있고, 그 원류를 고구하여 밝혀낼 수 있다
> (辨章學術, 考鏡源流)」((淸)장학성(章學誠)『교수통의(校讎通義)』)

결론적으로 연구자들은 목록을 통해 특정 학문 혹은 문제와 관
련된 자료가 있는지의 여부를 파악할 수 있다. 동시에 목록의 내
용을 통해 개별 서적의 내용을 개괄적으로 이해하면서 연구 시야
를 넓힐 수 있는 것이다.

둘째, 목록은 중국에서 출현했던 서적을 종합적으로 검색할 수
있는 기능을 갖고 있다. 예를 들어『한서·예문지』는 서적 분류에
있어 육략(六略), 38류(類)로 나누고 596가(家)의 서적 총 13,269권
을 수록하고 있다.『한서·예문지』에 수록된 서적들은 기원후 23
년까지 당시 서한(西漢)의 관부가 소장하고 있었던 것들이다. 동시
에 한(漢) 이전에 존재했던 서적의 상황도 일정 부분 반영하고 있
다. 만약『한서·예문지』의 기록이 없었다면 연구자의 입장에서 서

한 이전의 중국에 어떤 서적이 있었는지를 파악할 방법이 없었을 것이다. 물론 특정 시기에 국한된 서적도 목록을 통해 검색할 수도 있다. 예를 들어 (淸)우민중, 팽원서 등이 편찬한 『천록림랑서목(天祿琳琅書目)』10권과 『후편(後編)』20권은 모두 청대 황궁의 비부(祕府)에 소장되어 있던 서적을 수록하고 있는 목록이다. 건륭 9년(1744)에 황궁 비부에 소장되어 있던 서적을 정리하면서 선본(善本)을 선별하여 소인전(昭仁殿)에 별도로 보관하다가 건륭14년(1749)에 팽원서 등이 해당 서적들을 대상으로 목록을 편찬하였다. 그 목록이 바로 『천록림랑서목(天祿琳琅書目)』10권이다. 이 목록에는 송판(宋版), 원판(元版), 명판(明版) 및 필사본 429부가 수록되어 있다. 그 후 가경(嘉慶)3년에 팽원서 등이 소인전에 계속 수집하여 보관 중이던 선본을 대상으로 『천록림랑서목후편(天祿琳琅書目後編)』20권을 편찬하는데 이 목록에는 宋版, 金版, 元版, 明版 663부가 수록되어 있다. 이를 통해 만일 연구자가 청대 황궁에 소장되어 있던 선본 서적에 대해 알고 싶다면 당연히 일차적으로 『천록림랑서목(天祿琳琅書目)』10권과 『후편(後編)』20권을 검색해야 함을 알 수 있다. 결론적으로 우리는 목록을 통해 특정 시기 혹은 특정 지역에 유통되었던 서적의 전반적인 면모를 파악할 수 있다.

셋째, 목록은 서적의 유전(流傳) 여부를 판단하는 근거를 제공한다. 중국에서 출현했던 서적은 다양한 원인으로 인해 망실(亡失)된 것이 매우 많다. 그 대표적인 원인으로는 화재(火災), 당쟁(黨爭), 정치 원인 등을 들 수 있다. 중국 학계는 이 같은 상황을 '서적의 액운(書厄)'이라고 표현한다. (당)위징(魏徵)『수서(隋書)』권49「우홍전(牛弘傳)」에서 중국 서적은 수대(隋代) 이전에 5번의 '서적의 액운'을 겪었고, (明)호응린(胡應麟)은『소실소방필총(少室少房筆叢)』권1에서 중국 남송 이전에 중국 서적은 5차례의 '서적의 액운'을 겪었다고 기록하고 있다.

그렇다면 여러 가지 원인으로 인해 사라진 서적은 어떤 방법으로 찾아볼 수 있을까? 그에 대한 대답의 하나가 바로 목록이다. 『수서(隋書)·경적지(經籍志)』에는 서적이 모두 14,466부, 89,666권이 수록되어 있다. 이 서적들은 당시에 존재했던 서적들이었다. 다만『수서·경적지』는 수록하고 있는 서적 하단에 망실된 서적을 기록하고 있다. 예를 들어『예답문(禮答問)』三卷 밑의 주(注) 내용은 아래와 같다.

왕검(王儉)이 찬했다. 양(梁)에 진익수령(晉益壽令)인 오상(吳商)의『예난(禮難)』12권,『잡의(雜義)』12권이 있었다. 또『예의잡기고사(禮議雜記故事)』13권,『상잡사(喪雜事)』20권, (송)광록 대부(光祿大夫) 부융(傅隆)의 『의(議)』2권, 『제법(祭法)』5권은 망실되었다(王儉撰. 梁有晉益壽令吳商『禮難』十二卷, 『雜義』十二卷, 又『禮議雜記故事』十三卷, 『喪雜事』二十卷, 宋光祿大夫傅隆『議』二卷, 『祭法』五卷, 亡).

이 내용을 통해 오상의 『예난』이하 여러 서적이 망실되었음을 확인할 수 있다. 또한 『수서·경적지』는 각 부류(部類)에서 망실된 서적의 통계도 기록해 놓고 있다. 「서류(書類)」 末에 "망실된 서적을 통계해 보면 모두 41부 296권이다(通計亡書, 合四十一部, 共二百九十六卷)", 「사부(史部)」 末에 "망실된 서적을 통계해 보면 모두 870부 16,558권이다(通計亡書, 合八百七十部部, 共一萬六千五百五十八卷)" 등이 그 예이다. 요컨대 중국에서 편찬된 목록은 체례는 다르지만 적어도 작자와 서명과 권수가 기록되어 있고 어떤 경우에는 서적의 내용을 대략 기록해 놓기도 한다. 이런 까닭으로 특정 서적이 후대에 전해지지 않는다고 해도 그 서적이 목록에 수록되어 있으면 해당 서적은 현존하지 않지만 관련 내용을 파악할 수 있게 된다.

넷째, 목록은 서적의 진위를 변별할 수 있는 근거를 제시한다. 중국 서적 가운데는 이른바 위서(僞書)가 존재한다. 위서란 서적에 기록된 책의 저자와 실제 저자가 서로 부합하지 않는 것이다. 예를 들어 현전하는 33편 『장자(莊子)』는 (周)장주(莊周)의 저작이라고 기록되어 있다. 그러나 (唐)육덕명(陸德明)이 『경전석문·서록 (經典釋文·序錄)』에서 "후인이 내용을 더한 것으로 점차로 참된 부분을 잃어버렸다(後人增足, 漸失其眞)"라고 『장자』의 내용에 의문을 제기한 이후로 역대 많은 학자들은 『장자』의 내용 전부가 장주의 저작은 아님을 주장하였다. 『장자·내편(內篇)』7편은 장주의 저작이고 「외편(外篇)」과 「잡편(雜篇)」은 후인이 내용을 부가한 것이라는 관점이 현재 학계의 정설이다. 이 사실로 볼 때 『장자』는 위서이다. 위서를 변별하는 방법은 여러 가지가 있으나 그 가운데 가장 대표적 방법이 바로 목록을 이용하는 것이다. 왜냐하면 중국 역대 목록에는 변위(辨僞)의 자료가 상당수 포함되어 있기 때문이다. 『한서·예문지』 가운데 변위와 관련된 자료를 일부 제시하면 아래와 같다.

『죽자설』19편. 주: 후세에 내용이 더해진 것이다(『鬻子說』 十九篇. 注:後世所加).
『대우』37편. 주: 전하는 말에 따르면 우임금이 지었다고 한다. 문장이 후세 사람들의 말과 비슷하다(『大禹』三十七篇. 注:

傳言禹所作, 其文似後世語).

『봉호』5편. 주: 황제의 신하라고 한다. 기탁한 것이다(『封胡』

五篇. 注: 黃帝臣, 依託也)."

『한서·예문지』외에 서적 수록에 있어 변위의 내용을 포함하고 있는 목록으로는 『군재독서지(郡齋讀書志)』, 『직재서록해제(直齋書錄解題)』, 『사고전서총목(四庫全書總目)』 등이 있다.

다섯째, 목록을 통해 서적의 학술적 성질을 파악할 수 있다. 우리는 종종 서명만으로도 서적의 성질을 파악할 수도 있다. 예를 들어 『황제오가력(黃帝五家曆)』, 『일월숙력(日月宿曆)』, 『천력대력(天曆大曆)』 등은 『한서·예문지·수술략(數術略)·역보(曆譜)』에 수록된 서적이다. 설령 이 서적들이 목록에서 어떤 부류에 귀속되는지를 모를지라도 서명만으로도 세 종류 서적의 학문적 속성이 역보(曆譜)에 속함을 유추할 수 있다. 다만 반대의 경우도 존재한다. 이 경우 목록이 대다수의 경우 일정한 분류법에 따라 서적을 귀속시킨다는 점을 기억해야 한다. 즉, 서명만으로 학술 속성을 파악할 수 없는 경우에는 목록의 분류 상황을 통해 서적의 성질을 파악해야 한다. 하나의 예를 들어보자.

『이윤설(伊尹說)』二十七篇. 其語淺薄, 似依託也.

『죽자설(鬻子說)』十九篇. 後世所加.

『주고(周考)』七十六篇. 考周事也.

『청사자(靑史子)』五十七篇. 古史官記事也.

이상에서 열거한 서적들은 서명으로만 보았을 때 그 성질을 파악하기는 쉽지 않다. 물론 '주대의 일을 고구한 것이다(考周事)'와 '옛 사관들이 사건을 기록한 것(古史官記事)'과 같은 문구를 보고 『주고(周考)』나 『청사자(靑史子)』가 역사서라고 유추할 가능성도 있다. 그러나 위에서 언급한 4종류의 서적은 『한서·예문지·제자략·소설가(小說家)』로 귀속된 것들이다. 또한 『한서·예문지』에는 『재씨(宰氏)』十七篇, 『조씨(趙氏)』五篇, 『왕씨(王氏)』六篇, 『채계(蔡癸)』一篇 등이 수록되어 있다. 마찬가지로 서명만으로는 그 성질을 파악하기 어렵다. 다만 이 서적들은 『한서·예문지·제자략·농가(農家)』에 속한 것들이다. 그러므로 서적의 성질을 파악하기 위해서는 해당 서적이 목록에서 어떻게 분류되고 있는지를 살펴보면 그 성질을 어렵지 않게 파악할 수 있게 된다.

여섯째, 목록을 통해 서적의 판본과 내용상의 우열을 파악할 수 있다. 중국 목록은 송(宋)우무(尤袤)의 『수초당서목(遂初堂書目)』

부터 한 서적에 대한 서로 다른 판본이 있음을 기록하였다. 이 전통은 계승, 발전되어 청대 건가(乾嘉) 이후에 출현한 개인 장서 목록에는 한 서적에 대해 판본 사항을 상세하게 기재하는 동시에 해당 서적과 관련된 서발(序跋)과 제식(題識) 내용을 기록한다. 예를 들어 (淸)장금오(張金吾)『애일정려장서지(愛日精廬藏書志)』, (淸)구용(瞿鏞)『철금동검루장서목록(鐵金銅檢樓藏書目錄)』, (淸)양수경(楊守敬)『일본방서지(日本訪書志)』, (淸)막백기(莫伯驥)『오십만권루군서발문(五十萬卷樓群書跋文)』, (淸)정병(丁丙)『선본서실장서지(善本書室藏書志)』 등에는 수록하고 있는 서적과 관련하여 풍부한 판본 기록이 존재한다. 이를 통해 특정 서적의 여러 가지 판본 간의 우열 문제에 대해 이해를 도모할 수 있다. 동시에 (淸)장지동『서목답문』과 (淸)소의진(邵懿辰)『증정사고간명목록표주(增訂四庫簡明目錄標注)』는 개별 서적에 다양한 판본을 나열하면서 동시에 해당 서적의 선본(善本)을 제시하기도 한다. 예를 들어보자.

王司馬集八卷. 唐王建撰
康熙中胡介祉校刊本. 席刊本十卷. 汲古閣刊本八卷
[續錄] 宋刊本. 繆藝風有殘宋本, 以舊鈔配全, 十行十八字.

蓋書棚本也, 甚佳. 胡刻八卷, 甚精美, 板心下有谷園二字.[5]

짧은 목록의 내용이지만 많은 메시지를 제공하고 있다. 먼저 당대 시인 왕건의 시집 명칭은 『왕사마집(王司馬集)』으로 권수는 8권이다. 판본으로는 「康熙中胡介祉校刊本」, 「席刊本十卷」, 「汲古閣刊本」 등 3종류가 있다. 동시에 「송간본」『왕사마집』이 (淸)繆荃孫의 『예풍장서속기(藝風藏書續記)』에 수록되어 있는데 이 「송간」은 殘本으로 「서붕본(書棚本)」임을 알려준다. 그 외에 「康熙中胡介祉校刊本」 역시 상당히 좋은 판본임을 기록하고 있다. 아마도 비록 「송간본」이 존재하지만 잔본(殘本)이며 「康熙中胡介祉校刊本」은 교감 작업을 거친 판본인 까닭으로 이 같은 판단을 내린 것으로 생각된다. 연구자들은 이 목록의 내용만을 통해서도 왕건의 『왕사마집』을 연구할 경우 어떤 판본을 이용해야 할지에 대한 중요한 내용을 얻을 수 있다.

---

5   (淸)邵懿辰撰, 邵章 續錄, 『증정사고간명목록표주(增訂四庫簡明目錄標注)』, 상해고적출판사, 1979, 667면.

2. 중국 역대 목록의 기본 성격

중국 역대 목록의 기본 성격은 크게 두 가지로 설명할 수 있다. 먼저 중국 목록의 출현은 당시의 서적 정리와 밀접한 관련을 맺고 있다. 즉 관부 혹은 개인의 서적 정리의 산물이 바로 목록이며 이런 까닭으로 중국 목록은 기본적으로 수록하고 있는 내용을 통해 일정 시기 관부나 개인이 소장하고 있던 서적을 검색할 수 있는 기능을 갖추게 되었다. 즉 연구자들은 역대 중국에서 편찬된 관찬(官撰) 혹은 사찬(私撰) 목록의 내용을 통해 당시 관부 혹은 개인의 서적 소장현황을 파악할 수 있다는 의미이다. 요컨대 중국 역대 목록은 근대 이전 중국의 서적 소장현황을 파악할 수 있는 근거가 된다. 그러므로 중국 목록은 연구자들에게 특정 시기 존재했었던 서적의 대강을 파악할 수 있는 자료를 제공하는 것이다.

다음으로 중국 역대 목록은 서적 소장현황의 파악이라는 일차적인 기능 이외에 정리하려는 서적을 특정 분류법에 의해 분류함으로써 해당 서적에 일정한 학술적 의미를 부여하는 기능도 가지고 있다. 그러므로 우리는 중국에서 출현한 목록의 내용을 통해 일정 시기 서적의 소장현황을 파악할 수 있을 뿐만 아니라 학술사상의 변화를 엿볼 수 있다. 이 문제에 있어 가장 중요한 역할을 하는 것이 바로 분류법이다. 목록과 학술사상이 어떤 관련성이 있는 지를 밝히기 위해서는 먼저 근대 이전 중국 역대 목록에서 사용하고 있는 서적 분류법이 갖는 학술적 성격에 대한 설명이 필요하다. 만약 중국 역대 목록의 분류법 자체가 학술사상을 설명하는 기능이 없다면 목록은 학술사상과 어떤 관련성도 맺기 어렵기 때문이다. 이 문제를 설명하기 위해 아래에서는 두 가지 측면에서 논의를 전개하고자 한다.

먼저, 중국 역대 목록에서 사용되고 있는 분류법의 성격은 과연 어떠했을까?의 문제이다. 근대 이전 중국에서의 목록 편찬은 기본적으로 관부 혹은 개인이 소장하고 있던 서적을 대상으로 한 것이지 결코 중국 전역에 소장되었던 모든 서적을 대상으로 한 것은 아니다. 이런 까닭으로 중국 역대 장서목록에서 사용되었던 서적 분류법은 현재 도서관에서 이용되는 십진분류법과 같이 모든 도서관에 일관적으로 적용될 수 있는 것이 아니었다. 즉 통일된 분류법이 먼저 존재하고 이에 따라 소장 서적을 분류한 것이 아니고, 소장하고 있는 서적의 수량과 성질에 따라 분류법이 결정되었다는 의미이다. 이런 까닭으로 후대로 내려오면서 종종 정리하려는 서적의 수량이 증가하고 다양한 성격의 서적이 등장함에 따라 목록의 분류법도 점점 복잡해지게 된 것이다. 예를 들어『한서·예문지』는 총 13,269卷을 수록하면서 「六略, 38類, 596家」라고 분류 방법을 설명하고 있다. 이에 비해『사고전서총목』은 經·史·子·集 44類로 나누고 「류(類)」아래에 다시 「속(屬)」을 두어 더욱 세밀한 분류를 하고 있다.[6] 즉『한서·예문지』가 이단 층차의 분류를 시도 하였다면『사고전서총목』은 좀 더 다양한 층차의 분류 방법을 채 택하고 있다. 이것은 시간이 흐름에 따라 증가한 서적의 양을 고 려하여『사고전서총목』이 더욱 세밀한 학술적 관점에서 서적을 분류하고 있다는 의미이다.

결론적으로 중국의 역대 목록은 기존에 소장하고 있는 서적을 일정한 학문적 성격에 따라 분류하고 있는 까닭으로 그 사용된 분 류법을 비교해보면 서로 완전히 일치하는 목록을 찾아보기가 어 렵다. 이상의 내용으로 볼 때 중국 역대 목록에서 사용된 분류법은 도서를 분류하는 것이 일차적인 목적이지만 그 내면의 성격은 오 히려 학술분류법에 가깝다고 할 수 있다.[7] 이 점을 고려한다면 중 국 역대 목록의 분류법은 특정 시기 학술 활동의 내용을 담고 있

---

6 예를 들어 「禮類」를 「周禮之屬」,「儀禮之屬」,「禮記之屬」,「三禮通義之屬」,「通 禮之屬」,「雜禮書之屬」으로 「小學類」를 「訓詁之屬」,「字書之屬」,「韻書之屬」으 로 분류하는 것을 말한다.

7 이 관점에 대해서는 周彦文著,『中國目錄學理論』,臺北, 學生書局, 1995, 3~12 면을 참조할 것.

중국 목록과 목록학

는 서적에 대해 학술 분류를 진행한 결과물이라고 할 수 있다.

둘째, 기본적으로 학술분류법의 성격을 갖고 있는 중국 역대 목록은 『칠략(七略)』이래로 줄곧 당시의 학술과 긴밀한 관계를 맺어왔으며 종종 학술(學術) 사상의 변천을 매우 극명하게 설명하곤 했다. 『맹자(孟子)』가 이 방면의 좋은 예가 된다. 현재 우리는 종종 『맹자』와 『논어(論語)』를 『사서(四書)』라는 하나의 틀 안에서 이해한다. 다만 이런 인식의 틀은 송대 이전에는 존재하지 않았다. 즉 한대(漢代) 이래로 『맹자』의 지위는 『논어』와 매우 동떨어져 있어서, 『논어』가 줄곧 경부(經部)로 분류되었던 반면 『맹자』는 단지 기타 선진제가(先秦諸子)와 함께 유가류(儒家類)에 귀속되었다. 예를 들어 『수서·경적지』, 『구당서·경적지(舊唐書·經籍志)』, 『신당서·예문지(新唐書·藝文志)』, 『숭문총목(崇文總目)』, 『군재독서지(郡齋讀書志)』 등이 모두 『맹자』를 「자부(子部)·유가류(儒家類)」로 분류하고 있다. 그러나 북송(北宋) 후기 원우(元佑) 연간에 『맹자』가 과거 시험의 범위에 포함되고 또한 주희가 『사서집주(四書集註)』를 편찬하고 이 책이 황제의 중시를 받음에 따라 『맹자』의 학술적 위상도 이전 시대에 비해 매우 높아지게 된다. 동시에 송대에 와서 『맹자』는 정식으로 『십삼경(十三經)』에 편입되게 된다. 이를 통해 『맹자』의 학술사적 위치의 제고를 어렵지 않게 짐작할 수 있다. 이런 까닭으로 우모(尤袤)의 『수초당서목(邃初堂書目)』부터 시작하여 청대의 『사서류(四書類)』에 이르기까지 『맹자』는 줄곧 경부(經部)의 논어류(論語類) 혹은 사서류로 분류되어 왔다. 특히 남송 진진손(陳振孫)의 『직재서록해제』에서는 경부의 「논어류」를 「어맹류(語孟類)」로 변경하기까지 했는데 이로 볼 때 『맹자』는 경부로 편입되었을 뿐만 아니라 『논어』와 어깨를 나란히 할 만큼 학술사적 지위가 제고되었음을 알 수 있다. 이것은 일정 시기 학술 기풍의 변화로 인해 한 서적에 대한 목록에서의 학술적 분류가 따라서 변화한 현상이다.

『맹자』와 비교되는 서적이 있다. 바로 『순자(荀子)』이다. 학문의 원류로 볼 때 『순자』 역시 유가에 속한다. 동시에 적지 않은 학자들이 학술 가치만으로 따지면 『순자』가 『맹자』에 비해 결코 뒤떨어지지 않는다는 평가를 해왔다. 심지어 혹자는 『순자』의 학문적인 수준이 더 높다고까지 말한다. 그러나 역대 목록에서 『순자』는 경부에 귀속된 적이 없었다. 청대 중기까지 목록에서 『순자』의 위치는 줄곧 자부의 유가류에 속해있었다. 다만 청대 후기에 이르러 당시 학계에 선진 제자백가 학문에 대한 새로운 조명이 필요하다는 인식이 고조됨에 따라 『순자』의 학문적 가치가 재조명되고 재평가되는 현상이 일어났다. 그 같은 학계의 인식이 반영된 것이 바로 장지동의 『서목답문(書目答問)』이다. 장지동은 『서목답문』에서 비록 『순자』를 자부총목(子部總目)으로 분류하였지만 이전의 목록과는 다르게 『순자』를 「周秦諸子第一」에 귀속시키면서 자부총목(子部總目)의 가장 앞에 위치시킨다. 이 같은 분류 방식은 「周秦諸子第一」과 「유가류」가 동질성을 갖고 있지만 학문의 속성상 차별성을 담보하고 있다고 판단했다는 의미이다.

위에서 언급한 중국 목록의 학술적 특징을 (宋)정초(鄭樵)는 아래와 같이 설명하고 있다.

유례(類例)가 나뉘면 학술이 자연히 명백해지고 그 선후 본말이 모두 구비된다. 도보(圖譜)를 관찰하면 도보의 시작을 알 수 있고, 명수(名數)를 관찰하면 명수의 전승 관계를 알 수 있다. 참위라는 학문은 동한에서 성행했고 음운이라는 학문은 강좌에서 전해졌다. 경전의 전과 주는 한, 위 시기에 시작되었고 의소(義疏)라는 학문은 수, 당 시기에 이루어졌다. 그 서적을 보면 그 학문의 원류를 알 수 있다. 혹 이전에는 관련 서적이 없었는데 해당 학문이 생겨났다면 이것은 새롭게 출현한 학문이지 古道는 아닌 것이다(類例既分, 學術自明, 以其先後本末具在. 觀圖譜者可以知圖譜之所始, 觀名數者可

以知名數之相承. 讖緯之學盛於東都, 音韻之書傳於江左; 傳注起於
漢, 魏, 義疏成於隋, 唐. 觀其書可以知其學之源流. 或舊無其書而有
其學者, 是爲新出之學, 非古道也).[8]

정초는 유례(類例) 즉 분류법이 확실해지면 이를 통해 학술의
변화 내용을 명백히 밝힐 수 있음을 역설하고 있다. 즉 어떤 서적
이 목록 안에서 어떤 부(部)에 위치하는지 그리고 어떤 류(類)에 속
하는지를 관찰함으로써 해당 시기의 학술관점을 도출할 수 있다
는 의미이다.

결론적으로 중국 역대 목록은 특정 시기나 왕조의 서적 소장현
황을 파악하는 데 도움을 줄 뿐 아니라 학술 사상의 변화를 파악
하는 데에도 도움이 된다. 그러므로 목록의 분류 상황은 중국 고
전의 지식 체계를 이해하는데 유용한 시야를 제공한다. 아쉽게도
현재 국내에서는 중국 목록이나 목록학을 연구하는 학자가 거의
없는 실정이다. 물론 중국 목록학에 관심을 갖는 학문후속세대도
찾아보기 어려운 것이 현실이다.

---

8   (宋)鄭樵撰, 王樹民點校, 〈編次必謹類例論六篇〉, 『通志·校讎略』, 北京, 中華書局,
     1806면.

3. 구체적인 중국 목록학 연구의 예

아래에서는 목록을 이용한 목록학 연구의 실례를 들어보고자
한다. 하나는 『사고전서총목(四庫全書總目)』이고 또 하나는 『중국
총서종록(中國叢書綜錄)』이라는 중국 총서(叢書)와 관련된 목록이
다. 이 두 종류의 목록을 통해 구체적으로 목록학을 연구하는 방
법과 과정에 대해 설명해 보고자 한다.

1) 『사고전서총목(四庫全書總目)』을 이용한 연구

『사고전서(四庫全書)』는 청나라 건륭제(乾隆帝)의 주도하에 기윤
(紀昀) 등 360여 명의 당시 최고 수준의 학자들이 편찬 사업에 참
여하여 만들어 낸 대형 총서이다. 총서라고 하는 것은 하나의 제
목에 적게는 몇 종류로부터 많게는 수백 종의 책들을 한꺼번에 수
록하여 간행하는 형태의 서적이다. 총서라는 서적의 형태는 당
대(唐代)에도 있었으나 본격적으로 출판된 시기는 명대(明代)부터
이다. 『사고전서』에는 총 3,462 部의 서적이 수록되어 있다. 원래
『사고전서』는 당시에는 7부(部)만 필사하여 강남 지역 3곳과 강북
지역 4곳에 소장하였다. 그중에 한 부(部)는 황제만 전적으로 볼

수 있게끔 자금성에 있는 문연각(文淵閣)에 소장하였다.

흥미로운 것은 이 총서에 수록된 서적들이 중국 고전학의 지식 체계를 상세하게 구현하고 있다는 점이다. 다시 말해 3,462종의 서적을 상세히 들여다보면 전통 시기 중국의 학자들이 어떤 학술 활동을 했는지를 엿볼 수 있다. 우리들이 흔히 생각하는 것처럼 중국 문인·학자들이 시(詩)와 부(賦)나 짓고, 혹은 사서삼경만 이야기하지 않았다는 의미이다. 『사고전서』를 통해 독자들은 중국 문인·학자들의 호기심과 문화 욕구가 서적을 통해 어떤 방식으로 세상에 표출되었는지 알 수 있다.

중요한 것은 『사고전서』에 수록된 중국 전통문화의 정화(精華)를 어떻게 이용할 것인가? 의 문제이다. 물론 지금은 『사고전서』가 데이터베이스로 만들어져 있다. 만일 한국의 대학교 도서관에서 해당 데이터베이스를 구매한다면 이 데이터베이스를 사용할 수 있다. 이 데이터베이스가 바로 『문연각사고전서데이터베이스(文淵閣四庫全書電子版)』이다.

[도1] 文淵閣四庫全書電子版

『문연각사고전서데이터베이스』를 이용할 때 가장 흔히 사용하는 방법이 키워드를 입력하고 관련 자료를 검색하는 방법이다. 예를 하나 들어보자. 이 데이터베이스에 로그인 후에 '고려(高麗)'라는 키워드로 검색하면 아래와 같은 결과를 얻을 수 있다.

[도2] '高麗'라는 키워드로 검색한 결과표

이를 통해 연구자들은 『사고전서』에 '고려'라는 키워드가 포함된 항목이 경부(361개), 사부(11,739개), 자부(4,322개), 집부(1,819개), 부록(80개)가 있다는 것을 알 수 있다. 물론 총 18,321항목이 '고려'와 어떤 연관성이 있는지 실제 자료를 검토해야 알 수 있다.

주의가 필요한 부분은 이른바 키워드를 통해 데이터베이스에 접근하려면 데이터베이스에 관한 사전 지식이 있어야 활용도가 더 높아진다는 사실이다. 예를 들어, '고려'라는 키워드로 검색 후에 얻은 결과 중에 경부에 속한 361개의 내용들이 어떤 학문적 성격을 갖고 있는 것인지 사전에 파악할 필요가 있다는 뜻이다. 예를 들어서 경부의 검색 결과에서 제일 처음에 출현하는 서적은 『오례통고(五禮通考)』이다. 만약 『오례통고(五禮通考)』에 대한 사전 지식이 있는 상태에서 '고려'라는 단어가 『오례통고(五禮通考)』에 출현한다는 사실을 알았다면 관련 내용을 이해하는데 더욱 용이했을 것이다. 바꾸어 말하면 『사고전서』를 이용할 때 『사고전서』에 대한 기본적인 개념이 없으면 자신이 알고 있는 키워드로 검색을 하더라도 원하는 결과를 얻지 못할 수도 있다. 그런 까닭으로 『사고전서』를 전반적으로 이해할 수 있는 하나의 출입문이 필요한데 그것이 바로 『사고전서총목』이라고 하는 목록이다.

『사고전서총목』은 총 200권으로 당시 최고 수준의 학자였던 기윤(紀昀) 등이 참여하여 건륭46년(1781)에 초고가 완성되었다. 『사고전서총목』에는 모두 10,289 部에 대한 해제가 수록되어 있다. 이 해제는 두 가지 종류도 나뉜다. 하나는 『사고전서』에 수록된 서적들에 대한 해제이다. 이 해제를 정목(正目)이라고 부른다. 다른 한 종류는 『사고전서』에는 수록되어 있지는 않지만 학술적 가치가 인정되는 서적들에 대한 해제이다. 이를 존목(存目)이라고 부른다. 이 해제 내용을 통해 우리는 개별 서적의 서명, 저자와 권수 그리고 학술 가치 등을 이해할 수 있다. 그런 까닭으로 『사고전서총목』을 잘 읽게 되면 중국 고전학 전반에 대해서 이해할 수 있다. 동시에 특정 주제와 관련된 다양한 자료를 수집할 수도 있다. 예를 하나 들어보자. '고려'라는 키워드를 통해 『문연각사고전서데이터베이스』를 검색한 자료 가운데 『귀이집(貴耳集)』이 있다. 먼저 그 내용의 일부를 살펴보자.

선화 연간(1119~1125) 고려로 간 사신이 있었다. 고려에 이서(異書)가 매우 많은데 선진 시기 이후부터 진(晉), 당(唐), 수(隋), 양(梁)을 거치면서 전란을 겪지 않았기 때문이다. 지금 황궁의 비각에 소장된 서적들이 반드시 이처럼 폭넓게 수집되고 모아진 것은 아닐 것이다(宣和間有奉使高麗者, 其國異書

甚富. 自先秦以後晉唐隋梁之書, 皆有之. 不知幾千家幾千集, 蓋不經
兵火, 今中秘所藏, 未必如此旁搜而博蓄也).

이 내용을 통해 당시 고려에 송나라에도 없던 서적들이 상당히
많이 소장되어 있었음을 알 수 있다. 문제는 『귀이집』이라는 자료
가 갖는 시대적, 문화적 배경을 알아야지만 자료의 가치가 배가된
다는 점이다. 도대체 『귀이집』의 저자는 누구인지 책의 주요 내용
은 무엇인지에 대한 배경지식이 있어야 이 자료가 더 가치 있게
활용될 수 있는 것이다. 이때 필요한 것이 바로 『사고전서총목』라
는 목록이다. 『사고전서총목·귀이집』의 내용 일부를 살펴보자.

송나라 장단의(張端義)가 지었다. 장단의의 자는 정부(正夫)
이고 자호(自號)는 전옹(荃翁)이며, 정주(鄭州) 사람으로 소주
(蘇州)에 살았다. 단평(端平) 연간(1234~1236)에 응조(應詔)하여
3번 글을 올렸다가 망령된 말을 하였다고 벌을 받아 소주(韶
州)에 안치(安置)되었다. 이 책은 곧 소주에서 지은 것으로 모
두 세 개의 集으로 이루어져 있다. 매집(集) 마다 각각 「자서
(自序)」가 있다. 첫 번째 집은 순우(淳祐) 원년(1241)에 완성되
었고, 「자서(自序)」에서 평생 접했던 여러 원로들이 남긴 말
로 『단장록(短長錄)』 한 질을 저술하였으나, 죄를 얻은 후에

부인이 불살랐다고 말했다. 이에 따라 옛일을 되짚어 이것을 기록하고 『귀이집(貴耳集)』이라고 이름 지었다. 귀(耳)는 사람에게 있어 가장 귀중한 것이 되는데, 말은 소리(音)를 통해 몸으로 들어오고, 일은 말을 통해서 듣게 되므로, 옛사람들은 귀로 들어와 마음에 자리 잡는다는 가르침과 귀를 귀중하게 여기고 눈을 가볍게 여기는 견해가 있었다. 일집의 마지막 한 조목은 스스로의 평생에 대한 자서(自序)인데, 내용이 매우 상세하다. 『이집(二集)』은 순우 4년(1245)에 완성되었다. 『삼집(三集)』은 순우 8년(1249)에 완성되었다. 이 책은 조정(朝廷)에서의 일화(逸話)를 기록한 것이 많았고 아울러 시화(詩話)도 언급하였으며 또한 고증을 한 몇 개의 조목이 있다. 『이집』의 끝부분에 '왕배안여손(王排岸女孫)' 한 조목을 기록해 놓았는데 신기하고 괴이한 내용과 관련되었다. 『삼집』은 잡다한 일들을 기록하였다. 그러므로 『삼집』의 서문에서 패관(稗官)이나 우초(虞初) 형식의 문장이 있다고 한 것이다(宋張端義撰. 端義字正夫, 自號荃翁, 鄭州人. 居於蘇州. 端平中應詔三上書, 坐妄言, 韶州安置. 此書卽在韶州所作, 凡三集. 每集各有「自序」. 初集成於淳祐元年. 「序」言生平接諸老緒餘, 著『短長錄』一帙, 得罪後爲婦所火. 因追舊事記之, 名『貴耳集』. 以耳爲人至貴, 言由音入, 事由言聽, 古人有入耳著心之訓, 且有貴耳賤目之說也. 『集』末一條, 「自序」生平甚悉. 『二集』成於淳祐四年. 『三集』成於淳祐

八年. 其書多記朝廷軼事, 兼及詩話, 亦有考證數條. 『二集』之末綴'王
排岸女孫'一條, 始涉神怪. 『三集』則多記猥雜事. 故其序有稗官虞初
之文也).

　해제의 내용을 통해 저자인 장단의(張端義)에 대해 이해할 수 있
고 동시에 『귀이집』이라는 서명의 의미와 책의 내용을 이해할 수
있다. 동시에 『귀이집』이 『사고전서』에 수록되어 있다는 사실을
통해 그 문헌 가치가 상당함을 파악할 수 있다. 또한 이를 통해 고
려에 당시 송나라에 소장되어 있지 않았던 많은 중국 서적이 있었
다는 역사 기록의 신빙성을 제고할 수 있는 것이다.

　이 점이 바로 『사고전서』 관련 연구에 있어서 『사고전서총목』
이 갖는 의미이다. 『사고전서총목』을 보다 깊이 이해하기 위해서
『사고전서총목』의 분류 상황을 살펴볼 필요가 있다.

부류	분류 상황
經部	易, 書, 詩, 禮(周禮, 儀禮, 禮記, 三禮通義, 通禮, 雜禮), 春秋, 孝經, 五經總義, 四書, 樂類, 小學(訓詁, 字書, 韻書) 등 10類
史部	正史, 編年, 紀事本末, 別史, 雜史, 詔令奏議, 傳記(聖賢, 明人, 總錄, 雜錄, 別錄), 史鈔, 載記, 時令, 地理(宮殿疏, 總志, 都會郡縣, 河渠, 邊防, 山川, 古跡, 雜記, 遊記, 外紀), 職官(官制, 官箴), 政書(通制, 典禮, 邦計, 軍政, 法令, 考工), 目錄. 史評 등 15類

중국 목록과 목록학

부류	분류 상황
子部	儒家, 兵家, 法家, 農家, 醫家, 天文曆算(推算, 算書), 術數(數學, 占候, 相宅相墓, 占卜, 命書相書, 陰陽五行, 雜技術), 藝術(書畫, 琴譜, 篆刻, 雜技), 譜錄(器物, 食譜, 草木鳥獸蟲魚), 雜家(雜學, 雜考, 雜說, 雜品, 雜纂, 雜編), 類書, 小說家(雜事, 異聞, 瑣語), 釋家, 道家 등 14類
集部	楚辭, 別集, 總集, 詩文評, 詞曲 등 5類

[표 1] 『사고전서총목』의 분류법

분류 상황을 통해 『사고전서총목』에 수록된 서적은 경학, 사학, 문학, 철학, 농업, 의학, 식품, 천문, 지리 등 전통 시기 중국의 모든 학문 분야가 포함되어 있음을 알 수 있다. 연구자들은 『사고전서총목』에 수록된 서적에 대한 해제를 통해 다양한 중국 서적의 원류와 변천 과정 및 학술 경향 등을 해당 서적을 직접 살펴보지 않고도 기본적인 이해를 도모할 수 있다.

이상의 내용을 통해 우리는 『사고전서』와 『사고전서총목』이 연구자들에게 매우 중요한 연구 자료를 제공하는 것을 확인할 수 있었다. 바로 이런 이유로 현재 중국에서는 『사고전서』와 『사고전서총목』을 전문적으로 연구하는 학문 분야인 '사고학(四庫學)'이 존재한다. 마지막으로 설명이 필요한 것이 있다. 그것은 바로 『사고전서총목』의 내용에 종종 오류가 있고 보충할 부분이 있다는 것이다. 중국 학계에서는 일찍이 이 문제를 인식하고 있었다. 그에 따라 적지 않은 연구 성과가 학계에 보고 되었다. 이 방면의 주요한 연구 성과는 아래와 같다.

① 호옥진(胡玉縉), 『사고전서총목제요보정(四庫全書總目提要補正)』60권. 2,300종의 서적에 대해 작자의 본관[貫籍], 생졸년대, 분류 상황 등의 착오에 대해 정정(訂正) 작업을 진행한 것이다.
② 여가석(余嘉錫), 『사고전서변증(四庫全書辨證)』42권,
③ 유조우(劉兆祐), 『사고저록원인별집제요보정(四庫著錄元人別集提要補正)』. 이 저작은 『사고전서총목(四庫全書總目)』에 수록된 원인(元人) 저작 169家 가운데 99家의 내용에 대해 내용적인 보충과 정정을 진행한 것이다.
④ 최부장(崔富章), 『사고제요보정(四庫提要補正)』. 이 저작은 『사고전서총목』에 대해 부족한 내용을 보충하고 오류를 바로 잡은 것으로 600여條에 달한다. 경부에 속한 보정(補正)이 사무, 자부, 집부보다 상대적으로 많다.
⑤ 이유민(李裕民), 『사고전서정오(四庫全書訂誤)』4권. 『사고전서총목』의 오류 274條를 바로 잡았다.

중국 목록과 목록학

『사고전서총목』을 이용할 경우 오류를 범하지 않기 위해서는 상기 서적들의 내용을 참고해야 한다. 그리고 『사고전서총목』의 내용을 보충하고 오류를 정정하는 작업은 현재에도 지속되고 있다. 이 부분에 관심을 갖고 있는 연구자라면 주의를 기울여야만 한다.

2)『중국총서종록(中國叢書綜錄)』을 이용한 연구

이번에는 중국 총서를 수록 대상으로 하는 『중국총서종록』이라는 목록을 이용한 연구의 실례를 제시해 보고자 한다.

한국과 중국은 상호 교류를 통해 문화적으로 깊은 관계를 맺어왔다. 이 과정에서 활발한 서적 교류가 동반되었다. 물론 중국 서적이 한국으로 유입된 경우가 훨씬 많지만 반대의 경우 즉, 한국에서 중국으로 유입된 서적도 있을 것으로 판단된다. 주지하다시피 현재 중국이나 대만의 도서관에 근대 이전 한국에서 간행되었던 수많은 서적들이 소장되어 있다. 그것을 통해서 이미 한국인의 저작이 전근대 시기 중국에 유입되었다는 사실을 증명하는 것은 별반 어려운 문제가 아니라고 생각한다.

앞에서 말했듯이 총서라는 서적의 형태는 제목은 하나지만 그 안에 수록된 서적은 적게는 몇 종류부터 많게는 수백 종에 이르고

『사고전서』와 같이 3천 종이 넘을 수도 있다. 그런 까닭으로 총서라는 서적은 그 안에 매우 다양한 형태의 지식을 담고 있다. 특히 이 총서는 단행본으로 출판되지 못한 서적도 포함하고 있기 때문에 지식의 전파와 유통에 있어서 상당한 파급력을 발휘한다. 이런 까닭으로 필자는 중국 총서에 한국인 저작이 수록되어 있을 가능성이 매우 높다고 생각한다.

문제는 현존하는 중국 총서는 그 수량이 매우 많아서 일일이 그 총서들을 검토하기가 어렵다. 비록 검토는 할 수 있을지라도 상당히 긴 시간이 필요한 것이 사실이다. 그러므로 어떤 방법으로 중국 총서를 검색하고 관련 자료를 수집하느냐가 중요하다. 이 문제의 핵심 역시 목록이다. 당연히 검토가 필요한 목록도 한두 개에 그치지 않는다. 다만 적어도 아래에 제시하는 세 종류의 목록을 검토해야 설득력 있는 연구 성과를 기대할 수 있다.

	서명	편자	출판사	출판년도
1	『中國叢書綜錄』	上海圖書館 編	上海古籍出版社	1993.10
2	『中國叢書廣錄』	陽海淸 編撰 陳彰璜 參編	湖北人民出版社	1999.04
3	『中國叢書綜錄續篇』	施廷鏞 編纂	北京圖書館出版社	2003.03

서명에서 알 수 있는 것처럼 3번은 1번의 속편이다. 즉, 1번에 수록되지 않은 총서를 보충하여 수록한 것이다. 2번의『중국총서 광록』도 마찬가지이다. 1번하고 3번에 수록되지 않은 총서들을 수록하고 있는 목록이다. 이 목록을 검색하면 한 서적의 작자, 서명 그 다음에 그 서적이 수록된 총서의 명칭 등을 알 수 있다. 필자는 위에서 언급한 세 종류의 목록에 한국인의 저작이 과연 수록되어 있을까? 라는 의문점을 갖고 검색을 시도해 봤다. 다행스럽게도 필자가 던진 질문에 대한 결과는 긍정적이었다.

아래의 표는 필자가 상기 목록에서 찾아낸 한국인의 저작들이다. 첫 번째 항목은 해당 자료가 수록된 총서의 이름이고, 두 번째 항목은 수록된 서적 이름이고, 세 번째 항목은 해당 서적의 학술 속성을 설명한 것이다.

	총서명	수록된 한국인 서적	비고
1	『四庫全書』	『朝鮮志』二卷 / (朝鮮)蘇世讓	地理
2	『四庫全書』	『朝鮮史略』六卷 / (朝鮮)朴祥	歷史
3	『四庫全書』	『欽定武英殿聚珍板程式』/ (清)金簡	雜著

	총서명	수록된 한국인 서적	비고
4	『別下齋叢書初集』/『叢書集成初編』	『箕田考』1卷 (朝鮮)韓百謙 撰, (朝鮮)李家漁, (朝鮮)李義慶 輯	歷史
5	『仰視鶴齋叢書』 第1輯	『東籬耦談』4卷 (朝鮮)金正喜 撰, (朝鮮)金敬淵 記	雜著
6	『小方壺齊輿地叢鈔』第10帙	『東國名勝記』1卷 / (朝鮮)金敬淵 撰	地理
7	『小方壺齊輿地叢鈔』第10帙	『朝鮮小記』1卷 / (朝鮮)李詔九 撰	地理
8	『遼海叢書』	『瀋館錄』七卷 / (朝鮮)작자 미상	筆記
9	『遼海叢書』	『瀋陽日記』一卷『附錄』一卷 (朝鮮)宣若海	筆記
10	『史料叢編』	『灤陽錄』二卷 / (朝鮮)柳得恭	燕行錄
11	『史料叢編』	『燕臺再遊錄』一卷 / (朝鮮)柳得恭	燕行錄
12	『杜詩叢刊』	『纂注杜詩澤風堂批解』二十六卷 (唐)杜甫撰, (朝鮮)李植批解	文學 (杜甫詩)
13	『杜詩叢刊』	『杜詩分韻』五卷 / (朝鮮)橘文院輯	文學 (杜甫詩)
14	『和刻本近世漢籍叢刊』	『朱子行狀』 (宋)黃幹, (朝鮮)李滉輯注, 日本佐藤仁解題	思想 (朱子)
15	『和刻本近世漢籍叢刊』	『朱子書節要』 (朝鮮)李滉撰, 日本疋田啓佑解題	思想 (朱子)

	총서명	수록된 한국인 서적	비고
16	『麗韓十家文鈔』	『金文烈文』一卷, 金富軾撰 『李益齋文』一卷, 李齊賢撰 『張谿谷文』一卷, 張維撰 『李澤堂文』一卷, 李植撰 『金農岩文』一卷, 金昌協撰 『朴燕岩文』一卷, 朴趾源撰 『洪淵泉文』一卷, 洪奭周撰 『金臺山文』一卷, 金邁淳撰 『李寧齋文』一卷, 李建昌撰 『金滄江文』一卷, 金澤榮撰	文學 (散文)
17	『唐五代宋遼金元明家詞集』	『高麗人詞』	文學 (詞)
18	『明淸善本小說叢刊初編』	『剪燈新話句解』 (明)瞿佑撰, (朝鮮)尹春來訂正, 林芑(垂胡子)集釋	小說
19	『近代中國史料叢刊』	『朝鮮志』/ (明)작자 미상	歷史
20	『羅雪堂先生全集』	『工部進乾隆四十九年分用過緞匹顔料數 目黃冊』一卷(淸)金簡	雜著
21	『中國農學珍本叢刊』	『種薯譜』/ (朝鮮)徐有榘	農業
22	『續函海』	『淸脾錄』四卷 / (朝鮮)李德懋	文學
23	『潘文勤公雜著』	『東古文存』不分卷 / (朝鮮) 金正喜	文學
24	『薑園叢書』	『大乘開心顯性頓悟眞宗論』一卷『校勘 記』一卷 / (朝鮮)金九經	思想 (佛敎)
25	『薑園叢書』	『柳氏諺文志』一卷 / (朝鮮)柳僖	言語

[표 2] 중국 총서에 수록된 한국인 저작 일람표

이상의 내용을 통해 우리는 중국 총서를 수록하고 있는 목록을 통해 중국 총서에 수록된 한국인 저작을 발견할 수 있다는 사실을 확인했다. 동시에 목록의 한국인 저작 부분을 세밀하게 관찰하면 흥미로운 사실을 발견하게 된다. [표 2]의 14번과 15번은 이황의 저술인데 출판 지역은 일본이다. 이른바 화각본(和刻本)은 일본에서 간행된 판본이라는 의미이다. 그렇다면 이황이 집주(輯注)를 단 『주자행장』과 『주자서절요』가 일본에서 간행되었다는 걸 알 수 있다. 그리고 이황의 두 저서에 대해 일본 학자가 해제를 달았다는 사실도 확인된다. 이 점은 일본 학계가 이황의 저작에 대해서 깊은 관심을 갖고 있었음을 설명한다. 그렇기 때문에 우리가 목록을 열심히 보다 보면 생각하지 않았던 수많은 문제의식이 내 머릿속에서 생겨날 수 있다.

또 다른 구체적인 예를 하나 들어보고자 한다. 『중국총서종록속편』을 검색해 보면 (朝鮮)김구경(金九經)이 중국에서 편찬한 『강원총서(薑園叢書)』라는 총서를 발견할 수 있다([표 2]의 24, 25번). 김구경의 『강원총서』를 수록하고 있는 『중국총서종록속편』의 내용은 아래와 같다.

『중국총서종록속편』에서 발견할 수 있는 내용은 (조선)김구경
이라는 국적과 저자명 그리고 『강원총서』라는 책에 수록된 5권의
서적 명칭뿐이다. 얼핏 보기에 중요하지 않다고 생각되는 기록일
뿐이다. 그러나 중요한 것은 이 조그마한 발견이 필자가 중국에서
간행된 한국인의 저작을 연구하는 시작이 되었다는 점이다. 즉,
필자가 전근대 시기 한국인의 저작이 중국에서 간행되었을까?라
는 문제의식을 갖게 된 출발점은 바로 『중국총서종록속편』에서
김구경이라는 사람이 편찬한 『강원총서』라는 기록을 봤기 때문

이다. 그리고 이 사실을 발견한 것에서 그치지 않고 문제의식을 발전시켜 전근대 시기 중국에서 간행된 한국인 저작은 얼마나 될까? 라는 것으로 연구 주제를 발전시켰다. 요컨대 필자의 문제의식은 바로 총서 목록이라고 하는 목록에서 출발했다. 이 점이 바로 목록이 갖는 힘이라고 생각된다.

『강원총서』에 수록된 서적의 성격을 살펴보면 1번부터 4번까지는 불교 관련 서적이다. 모두 중국 불교 저작을 김구경이라는 한국학자가 모아 편찬한 것이다. 특히『교간당사본능가사자기(校刊唐寫本楞伽師資記)』라고 하는 책은 한·중·일 삼국 학자들의 공동 연구의 결실이라는 점에서 학술적 의미가 매우 크다고 할 수 있다. 사실 김구경은 1920년에 경성고등보통학교를 졸업하고 1921년에 일본으로 유학을 가서 교토(京都)에 있는 진종대곡파(眞宗大谷派)의 대곡대학(大谷大學)의 예과에 입학한다. 후에 그는 지나(支那) 문학을 공부하게 된다. 당시 김구경의 은사 가운데 스즈키 다이세츠(鈴木大拙)가 있었다. 스즈키 다이세츠는『능가사자기』연구에 조예가 깊은 학자로, 1930년 런던에서 영문판『능가사자기』를 출간한 적도 있었다. 김구경은 1927년에 귀국한 후 경성제국대학 도서관 사서관(司書官)으로 재직하게 된다. 그러다가 같은 해 개성에 있는 송도고등보통학교 교사로 근무하다가, 그해 연말에 중국

베이징 대학으로 유학을 간다. 베이징에 체류하면서 김구경은 노신(魯迅), 호적(胡適), 주작인(周作人) 등 당시 중국문단과 학계의 저명인사들과 교류한다. 특히 김구경이 5.4 신문화운동의 핵심 인물인 호적을 만난 것은 자신의 불교 연구에 있어서 기념비적인 일이 된다. 1920년 9월에 호적은 유럽을 방문하게 되는데 파리 국립도서관과 영국의 런던대영박물관에 소장된 돈황 석실 자료인『능가사자기(楞伽師資記)』를 발견한다. 이 서적의 중요성을 인지한 호적은 자료를 복사해서 귀국한다. 그 후 이 자료는 김구경에게 전달되고 마침내 교감 작업을 거쳐 1931년 3월에 베이징에서 활자본으로 간행된다. 이 점에서『강원총서』에 수록된『교간당사본능가사자기』는 한국, 중국, 일본 세 나라 학자가 공동으로 만들어 낸 연구 결과물이라고 할 수 있다.

다음으로 설명이 필요한 것은『유씨언문지』이다. 한문(漢文)과 반대되는 개념이 언문이다.『유씨언문지』는 조선시대 영조 때 학자인 유희(柳僖)라는 사람이 쓴 언문(諺文) 음운학 연구서이다. 김구경은 베이징 대학에서 <중일 한자음 연혁의 비교연구[中日韓字音沿革之比較硏究]>라는 교과목을 강의했는데,『유씨언문지』의 출판은 강의하면서 얻은 학술적 성과라고 할 수 있다. 요컨대 중국어, 일본어, 한국어의 자음(字音)이라는 김구경의 언어학적 관

심사가 결국 『유씨언문지』라는 조선시대 음운학에 관심을 갖게
된 원동력이었다.

요컨대 필자가 중국 총서와 관련된 목록에 대해 이해하지 못했
다면 전근대 시기 한국인의 저작이 중국 총서에 수록되어 있었다
는 사실도 알지 못했을 것이다. 평소에 자주 목록을 펼쳐보면서
수많은 서적들이 대표하는 학문 영역에서 자신의 연구 시야를 확
대시키고 목록을 통해 선인들의 연구 성과를 장악하는 것이 연구
의 출발점이라고 생각된다.

결론적으로 중국 목록을 읽고 관련 연구를 한다는 것은 표면
적으로는 별 재미가 없을 수 있다. 왜냐하면 대부분의 중국 목록
은 서적의 제목과 권수 및 저자명만 기재되어 있을 뿐이며, 거기
에 더해 간혹 서적의 내용에 대한 설명이 있을 뿐이기 때문이다.
그러나 중국 목록은 중국학이라는 학문 영역에 들어서기 위해 반
드시 통과해야 할 관문이다. 이 관문을 비껴가면 깊이 있는 연구
로 나아가는데 방향을 잡기가 쉽지 않을 수 있다. 중국현대문학에
서 가장 영향력이 큰 작가인 노신은 한 대학생에게 12종의 필독해
야 할 고서를 소개한 적이 있다. 이 12종의 고서 안에 『사고전서간
명목록(四庫全書簡明目錄)』이 포함되어 있었다. 노신은 『사고전서

간명목록(四庫全書簡明目錄)』이 "사실상 현존하는 비교적 좋은 서적 비평이지만 그 비평이 국가에서 정한 것임을 주의해야 한다(其實是現有的較好的書籍之批評, 但須注意其批評是『欽定』的)."(許壽裳「亡友魯迅印象記」)라고 말하였다. 또 노신은 학문하는 방법을 제시하는 서적을 추천하면서 아래와 같이 말하였다.

> 만약 옛 학문을 이해하려 한다면 나는 오히려 장지동의 『서목답문』에서 학문의 길을 찾는 것이 낫다고 생각한다(我以爲倘要弄舊的呢, 倒不如姑且靠著張之洞的『書目答問』去摸門徑去).(『이이집·독서잡담(而已集·讀書雜談)』)

중국 고전학을 이해하기 위해 노신은 장지동의 『서목답문』을 추천한다. 그는 누구보다 중국 고전학 연구에 있어 목록이 갖는 의의를 매우 분명하게 인식하고 있었다. 그리고 그 사실을 학문후속세대에게 직설적으로 전달하고 있는 것이다.

중국 목록을 다루는 중국 목록학은 목록의 내용을 이해하고, 그 다음에 목록을 활용할 수 있는 능력을 배양하는 학문 영역이다. 중국 목록에 대한 깊은 이해는 종종 다른 연구자들이 발견하지 못하는 다양한 역사적 사실들을 발견하게 한다. 동시에 목록에 대한 깊은 이해는 보다 넓은 시야로 중국 고전학을 바라보게 하는 기초가 된다. 이런 의미에서 중국 목록학은 중국 목록의 내용을 이해하고 활용할 수 있는 능력을 배양하는 학문 영역이기도 하지만 사실은 중국 고전학을 조금 더 넓게 그리고 깊이 있게 보게 하는 학문 방법이라고 생각한다.

제2장

중국 목록의
체제와 종류

1. 중국 목록의 체제(體制)

중국 목록의 체제는 일반적으로 아래와 같은 네 가지로 구성되어 있다. 첫 번째가 편목(篇目), 두 번째가 서록(序錄), 세 번째가 소서(小序), 그리고 네 번째가 판본(版本)과 제발(題跋) 및 서발(序跋)이다.

필자도 중국 목록학을 배우면서 느꼈던 것이지만 중국 목록학은 사실 처음 공부할 때 방향성을 잡기가 상당히 힘들 수 있다. 왜냐하면 기본적으로 이해해야 할 것이 그동안 접하지 못했던 지식 체계이기 때문이다. 예를 들면 중국 목록의 체제를 이해하기 위해서는 몇몇 개념들이 등장하는데 이러한 개념을 확실히 이해하면 중국 목록을 활용한 연구 활동에 상당한 도움을 받을 수 있다.

1) 편목(篇目)

'편목'이란 목록에서 한 서적의 목차와 내용을 기록한 부분을 말한다. 즉, 목록에서 어떤 서적에 관해 설명할 때 해당 서적이 어떤 순서로 구성되어 있는지, 그리고 그 내용은 어떠한지를 기록한 부분이다. 이런 까닭으로 독자들은 목록에 설명된 편목만 보면 해당 서적이 어떤 내용으로 구성되어 있는지를 알 수 있다.

이 편목이라는 체제는 중국 최초의 목록이라고 할 수 있는 유향의 『별록』에 이미 존재한다. 예를 들어 『전국책(戰國策)』에 관해 설명을 하면서 유향은 처음에 "東周第一, 西周第二, 秦一第三, 秦二第四……."이라고 편목을 제시한다. 목록에서 서적의 편목을 수록하는 전통은 후대에도 계승, 발전된다. 아래에서는 청대 『사고전서총목·자부(子部)·명가(名家)』에 수록된 『공손룡자(公孫龍子)』의 일부분을 살펴보겠다.

①이 서적은 『한서·예문지』에는 14편(篇)으로 기록되어 있었지만, 송대에 이르러 이미 8편이 망실되어 현재는 겨우 「적부(跡府)」, 「백마(白馬)」, 「지물(指物)」, 「통변(通變)」, 「견백(堅白)」, 「명실(名實)」 등 모두 6편만 남아 있다. 이 중 첫 번째 편에 수록된 공천(孔穿)과 논변한 일은 『공총자(孔叢子)』에도 같은 내용이 있는데, 공손룡이 공천에게 배척당했다고 말하고 있다. 그러나 『공손룡자』에서는 공천이 공손룡의 제자 되기를 원했다고 말하고 있어, 서로 간에 내용상의 차이가 있다. 아마도 공손룡이 저술을 하며 스스로가 반드시 자신의 주장을 펼치고자 했었던 것 같다. 『공총자』의 위본(僞本)은 한(漢)나라와 진(晉)나라 사이에 출현했는데, 주희(朱熹)는 공

자의 후손이 만들어 자신이 그 조상의 견해를 펼치고자 한 것이라고 생각하였다. 기재된 내용이 다른 것은 이상한 일이 아니다(①其書『漢』「志」著錄十四篇, 至宋時八篇已亡, 今僅存「跡府」·「白馬」·「指物」·「通變」·「堅白」·「名實」凡六篇. 其首章所載與孔穿辨論事, 『孔叢子』亦有之, 謂龍爲穿所絀. 而此書又謂穿願爲弟子, 彼此互異. 蓋龍自著書, 自必欲伸己說. 『孔叢』僞本, 出於漢, 晉之間, 朱子以爲孔氏子孫所作, 自必欲伸其祖說. 記載不同, 不足怪也).

위 인용문에서 ①부분이 편목에 해당하는 부분이다. 즉, 중국 목록에서 특정 서적에 관해 설명을 하면서 먼저 해당 서적의 본말을 이해할 수 있도록 목차와 내용을 간략히 제시하는 부분이 바로 편목이다. 우리는 위 인용문을 통해 『공손룡자』라는 책은 원래 14편으로 구성되었다는 것을 알 수 있다. 그러다가 송나라 시대에 이르러 그 가운데 8편이 망실되어 6편만이 남게 되었다는 내용을 알 수 있다. 즉, 편목을 통해 특정 서적의 내용을 기본적으로 파악할 수 있다는 의미이다. 만약 목록을 통해 편목을 이해하지 않았다면 실제로 『공손룡자』라는 서적을 직접 읽어봐야 해당 내용을 알 수 있다. 더욱 중요한 문제는 만약 『사고전서총목·공손룡자』를 통해 편목의 변화 상황을 이해하지 못했다면 비록 우리가 현존하는『공손룡자』을 직접 읽더라고 이 서적이 송나라 이전까지는 14편으로 구성되어 있었다는 사실을 알 수가 없다는 사실이다. 현존하는 서적들은 대부분 송나라 이후에 출판된 것들이기 때문에 서적의 내용에 변화가 있었다는 사실을 모르고『공손룡자』를 보면『공손룡자』는 원래부터 6편으로 구성되어 있다고 오해할 수 있다. 그러나『사고전서총목·공손룡자』에는 이 책이 어떤 방식으로 변화해 왔는지가 설명되어 있기 때문에 이 목록을 통해 해당 책의 기본적인 구성을 이해할 수 있다. 이것이 중국 목록의 체제에 있어서 첫 번째로 이해해야 할 부분인 편목에 관한 내용이다.

2) 서록(敍錄)

'서록'은 '해제(解題)' 혹은 '제요(提要)'라고도 불린다. '서록'에는 ① 작자의 생평(生平)에 관한 소개, ② 해당 서적의 저술 동기와 내용 요약, ③ 해당 서적의 학술 원류 및 학술적 득실, 즉, 이 책이 당시에 어떤 의미가 있었고, 후대에는 어떤 학술적 영향력이 있었는지 등을 포함한다. 그러나 문제는 중국 목록 중에는 저자의 이름과 서명, 그리고 권수만을 기록한 목록도 있기 때문에 사실 모든 목록이 서록을 포함하고 있지는 않다. 즉, 서록이라는 체제를 가지고 있는 목록만이 이러한 내용을 담고 있다는 뜻이다. 따라서 작자의 생애를 소개하고, 저술의 창작 동기와 주요 내용, 그리고 학술적 의미가 무엇인지를 모두 기록한 목록은 전체 중국 목록에서도 많지 않다. 서록이라는 체례를 갖고 있는 대표적인 목록으로는 (宋)왕요신(王堯臣)『숭문총목(崇文總目)』, (宋)조공무(晁公武)『군재독서지(郡齋讀書志)』, (宋)진진손(陳振孫)『직재서록해제(直齋書錄解題)』, (元)마단림(馬端臨)『문헌통고·경적고(文獻通考·經籍考)』, (淸)기윤『사고전서총목(四庫全書總目)』 등이 있다.[1]

먼저 작자의 생평에 관한 서록 내용을 살펴보자. 유향은『별록·한자서록(別錄·韓子敍錄)』에서 한비에 대해서 아래와 같이 기술한다.

한비는 한나라 종실의 여러 공자 중에 한 사람이다. 형명(刑名)과 법술(法術)의 학문을 좋아하였지만 그 학문의 근본은 황노(黃老) 사상에 근본을 두고 있다. 한비는 말더듬이여서 말을 잘하지 못했지만 글을 잘 썼다. 이사와 함께 순자를 스

---

[1] 청대에 편찬된 『사고전서총목』은 국내에서도 그 학술적 가치를 인정받아 번역이 진행되었다. 그 결과물은 기초학문자료센터(https://www.krm.or.kr/)의 토대연구DB 가운데 자료학DB에서 확인할 수 있다(http://ffr.krm.or.kr/base/td013/browse.html?TD=013).

승으로 섬겼는데 이사는 스스로가 한비보다 못하다고 생각
했다(韓非者, 韓之諸公子也. 喜刑名法術之學, 而歸其本於黃老. 其
爲人口吃, 不能道說, 善著書. 與李斯俱事荀卿, 李斯自以爲不如).

　이상의 내용을 통해 한비의 국적과 학문 경향 그리고 신체 특
징 및 사승(師承) 관계 등을 정확하게 파악할 수 있다.
　다음으로 서적의 저술 동기와 내용 요약에 해당하는 내용을 살
펴보자. 유향은 『별록·전국책서록(戰國策敍錄)』에서 다음과 같이
기록하고 있다.

　신 유향이 생각하기에 전국시대의 유사(游士)들은 자신을 등
　용한 나라를 보좌하면서 책략을 제시하였고 이에 『전국책』
　이 만들어졌습니다. 『전국책』은 춘추 시대 이후부터 초나라
　와 한나라가 천하에 등장할 때까지 245년간의 사건 기록입
　니다(臣向以爲戰國時游士輔所用之國, 爲之筴謀, 宜爲『戰國策』. 其
　書繼春秋以後, 迄楚漢之起, 二百四十五年間之事).

　유향은 먼저 『전국책』이라는 서적의 내용을 설명한다. 동시에
『전국책』이 등장하게 된 역사적 배경 등에 대해 간단하지만 매우

정확하게 기록하고 있다.

마지막으로 서록에서 특정 서적의 학술 원류 및 학술적 득실을 논하는 경우를 살펴보자. 아래는 『별록·관자서록(別錄·管子敍錄)』 의 일부분이다.

무릇 관자라는 책은 나라를 부유하게 하고 백성을 편안하게 하는 데에 중점을 둔 것으로 도리(道理)는 대략적이지만 말은 요약되어 장황하지 않아 내용을 이해할 수 있고 경의(經義)에 부합한다(凡管子書務务富國安民, 道约言要, 可以曉, 合經義.)

서록은 먼저 『관자』의 학술 종지(宗旨)를 설명하면서 『관자』 학설의 우수한 점을 제시한다. 무엇보다 내용을 이해할 수 있을 뿐만 아니리 경의에 부합한다는 관점에서 『관자』의 학설에 긍정적인 평가를 내리고 있다.

중요한 점은 이러한 내용을 기록하기 위해서는 해제를 쓰는 편찬자들이 이미 해당 서적 및 관련 자료를 다 읽어봐야 한다는 것이다. 따라서 해제는 내용을 단순히 요약하는 것이 아니라, 해당 서적을 다 읽고 완전히 이해한 후에 작성할 수 있다. 그러므로 해제는 사실상 수준 높은 학문적 결과물이라고 할 수 있다.

3) 소서(小序)

'소서'는 목록에서 여러 서적을 하나의 카테고리로 묶은 상태에서, 이 카테고리에 묶여 있는 서적들이 어떤 학술적 성격이 있는지를 설명하는 부분을 말한다. 『한서·예문지』는 서적을 「육예략(六藝略)」, 「제자략(諸子略)」, 「시부략(詩賦略)」, 「병서략(兵書略)」, 「수술략(數術略)」, 「방기략(方技略)」으로 구분하고 각 략(略)을 다시 약간의 류(類)로 나누는데 매 류 뒤에 각 학파의 학술 경향 및 득실을 설명하는 부분이 있다. 이 부분을 '소서'라고 한다. 『한서·예문지』이후로 '소서'가 있는 목록으로는 (唐)위징『수서·경적지(隋書·經籍志)』, (宋)왕요신『숭문총목(崇文總目)』, (宋)조공무『군재독서지(郡齋讀書志)』, (宋)陳振孫『직재서록해제(直齋書錄解題)』, (元)마단림『문헌통고·경적고(文獻通考·經籍考)』, (明)초굉(焦竑)『국사경적지(國史經籍志)』, (淸)기윤『사고전서총목(四庫全書總目)』등이 있다.

'소서'를 보다 더 상세히 이해하기 위해서 『사고전서총목·초사류서(楚辭類序)』의 원문과 번역을 제시하고자 한다. 『사고전서총목·초사류서(楚辭類序)』는 모두 두 부분으로 나누어 살펴볼 수 있다.[2]

---

2   이 부분은 김호, 「『四庫全書總目·集部總敍』와 『楚辭類敍』」,(『중국어문논역총간』38

[1] 裒屈, 宋諸賦, 定名『楚辭』, 自劉向始也[3]; 後人或謂之騷,
故劉勰品論『楚辭』, 以〈辨騷〉標目,[4] 考史遷稱「屈原放逐,

輯, 중국어문논역학회, 2016, 477-484면)의 내용을 참고하여 작성하였다.

3 劉向(BC79-BC8), 字子政, 漢朝宗室, 沛縣人이다. 著作으로는『別錄』, 『新序』, 『說苑』, 『列女傳』, 『洪範五行』等이 있으며『戰國策』, 『楚辭』 등을 編訂하였다. (明)張溥가 輯한『刘劉中壘集』이 있는데『漢魏六朝百三家集』에 수록되어 있다. 유향은 漢 成帝때 중국 각지에서 수집된 서적을 정리하는데 큰 공헌을 하였다. 이 과정에서 楚辭 작품들 역시 그의 손을 거쳐 정리된다. 『漢書·藝文志』에서 「漢成帝劉, 使謁者陳農求遺書於天下, 詔光祿大夫劉向校經傳, 諸子, 詩賦, …… 每一書已, 向輒條其篇目, 撮其指意, 錄而奏之. 會向卒, 哀帝復使向子侍中, 奉車都尉歆卒父業, 歆於是總群書而奏其『七略』).」이라고 유향이 漢成帝 이전까지 전해져 오던 詩와 賦를 수집하여 정리하는 과정에서 교감 작업을 진행했음을 설명하고 있다. 『漢書·藝文志·詩賦略』에는 「賦甲(屈原賦等二十五家)」, 「賦乙(陸賈賦等三二十一家)」, 「賦丙(孫卿賦等二十五家)」, 「客主賦十八篇」, 「歌詩」 등 다섯 종류의 시부 작품들을 수록하고 있는데 이 작품들은 漢代 以前 시부 작품을 수집하고 정리한 결과물이다. 班固의『漢書·藝文志』는 유흠의『七略』의 내용을 근거로 하여 정리, 편찬한 것이다. 또한 유흠의『七略』은 그 부친 유향이 교감하고 정리한 서적들과 모든 책의 편목과 취지를 설명한「敍錄」을 모아 편찬한 것이다. 이런 까닭으로『漢書·藝文志·詩賦略』의 내용은 근본적으로는 유향의 학술적 성취를 근거로 만들어진 것이라고 할 수 있다. 또한 유향 자신이 新莽時期에 屈原, 宋玉 등의 作品을 輯錄하여『楚辭』十六卷을 편찬한 사실에 근거하여『사고전서총목』의 편찬자들은『초사』가 수집, 정리된 연원을 유향에게서 찾고 있는 것이다.

4 유협(劉勰, 約465-520 혹은 521)의『문심조룡』은 여러 곳에서 〈이소〉를 언급하면서 굴원의 모든 작품과 몇 몇 송옥의 작품에 대해 체계적인 비평을 진행한다. 특히『문심조룡』은 구성에 있어 總序의 성격을 갖고 있는 〈서지(序志)〉편을 제외하고 전체를 〈원도(原道)〉, 〈증성(證聖)〉, 〈종경(宗經)〉, 〈정위(正緯)〉, 〈변소(辨騷)〉라는 다섯 부분으로 나누고 있다. 이를 통해 劉勰의『楚辭』에 대한 중시를 알 수 있다.

乃著〈離騷〉,⁵ 蓋擧其最著一篇, 〈九歌〉⁶以下均襲騷名, 則
非事實矣. 『隋志·集部』⁷以『楚辭』別爲一門, 歷代因之, 蓋
漢魏以下賦體旣變, 無全集皆作此體者, 他集不與『楚辭』
類, 『楚辭』亦不與他集類, 體例旣異, 理不得不分著也.
굴원과 송옥의 여러 부 작품을 수집하여 『초사(楚辭)』라고
이름을 정한 것은 (漢)유향에서 시작되었다. 후인들이 혹은
그것을 소(騷)라고 불렀는데 이런 까닭으로 유협은 『초사』를

5　史遷은 司馬遷(AD145-AD90)을 가리킨다. 字는 子長으로 龍門(오늘날의 陝西韓
　　城)사람이다. 사마천은 그의 필생의 역작인 『史記·太史公自序』에서 「굴원이 쫓
　　겨난 후에 〈離騷〉를 지었다(屈原放逐. 著『離騷〉)」라고 〈離騷〉의 저작 배경을 설
　　명하고 있다. 특히 『史記·屈原列傳』은 굴원에 대한 최초의 傳記로 굴원의 생평
　　사적에 대한 자료를 계통적으로 수집, 정리하면서 동시에 문장에서는 굴원의
　　주요 작품들, 예를 들면 〈離騷〉, 〈懷沙〉, 〈漁夫〉 등을 인용하고 있다는 점에서
　　초사학 연구에 있어 매우 중요한 사료적 가치를 지니고 있다고 할 수 있다.
6　『楚辭』의 篇名. 〈九歌〉는 민간의 祭歌를 기초로 楚나라 민간의 祭神巫歌의 여러
　　특색을 갖추고 있다. 내용적으로 볼 때 기본적으로 신에 대한 공경을 표현하면
　　서 男女之情을 나타내는 작품도 존재한다. 물론 작자 자신의 억울함을 나타내
　　면서 諷諫의 뜻을 기탁한 내용도 발견된다. 〈東皇太一〉, 〈雲中君〉, 〈湘君〉, 〈湘
　　夫人〉, 〈大司命〉, 〈少司命〉, 〈東君〉, 〈河伯〉, 〈山鬼〉, 〈國殤〉, 〈禮魂〉등 11편을 합
　　쳐 〈九歌〉라고 일컫는다. 「湘君」과 「湘夫人」을 하나의 章으로 보고, 「大司命」과
　　「少司命」을 합쳐 1장으로 보아 〈九歌〉의 九라는 숫자에 맞추려는 견해(예를 들
　　면 (淸)蔣驥『山帶閣注楚辭』)도 존재하지만 九를 虛數로 보는 것이 일반적인 견
　　해이다.
7　『隋書·經籍志』를 가리킨다. 『隋書·經籍志』는 특히 중국 서목분류법의 주류라고
　　할 수 있는 四部分類法이 처음으로 이용되었다는 점에서 매우 중요한 의미를
　　갖고 있는 목록서이다.

품평(品評)하면서 〈변소(辨騷)〉라고 제목을 표시하였다. 굴원이 쫓겨난 후에 〈이소(離騷)〉를 지었다고 한 사마천의 기록은 (『초사』가운데)가장 유명한 한 편의 작품을 가지고 말한 것으로, 〈구가(九歌)〉 이하에서 모두 소(騷)라는 명칭을 그대로 따라 쓴 것은 사실과 부합하지 않는다. 『수서(隋書)·경적지(經籍志)』의 집부에서는 『초사』를 하나의 유문으로 독립시켰는데 역대로 그것을 따르고 고치지 않았다. 무릇 한(漢), 위(魏) 시대 이후로 부체에 이미 변화가 생겨서, 하나의 전집이 모두 부체 작품인 경우는 없고 다른 전집도 『초사』와 성격이 유사하지 않았고, 『초사』 역시 다른 전집과 성격이 유사하지 않으니 기왕에 체례가 변하였으므로 이치상 나누어 수록할 수밖에 없는 것이다.

이 부분은 『초사』라는 명칭의 유래와 변천 및 『초사』의 성격에 대해 설명하고 있다. 역대 목록에서 집부 유목의 발생과 변화 상황을 살펴보면 『수서경적지』보다 앞서 출현한 양(梁)원효서(阮孝緒)의 『칠록(七錄)』부터 『초사』가 이미 하나의 독립적인 유문이었고 그런 현상이 청대까지 지속되었다.

[2] 楊穆[8]有『九悼』一卷, 至宋已佚. 晁補之,[9] 朱子皆嘗續

編,[10] 然補之書亦不傳,[11] 僅朱子書附刻『集注』後.[12] 今所傳

者, 大抵注與音耳. 注家由東漢至宋, 遞相補苴, 無大異詞,

迨於近世, 始多別解, 割裂補綴, 言人人殊, 錯簡說經之術,

蔓延及於詞賦矣, 今並刊除, 杜鼠亂古書之漸也.

8　楊穆의 『九悼』一卷은 『舊唐書·經籍志』에 「『楚辭九悼』一卷, 楊穆撰」이라고 수록
　　되어 있고 『新唐書·藝文志』에도 「楊穆『楚辭九悼』一卷」이라고 기록되어 있다.
　　이로 볼 때 楊穆의 『九悼』一卷은 唐 이전에 확실히 존재했던 초사관련 저작임
　　에 틀림없다. 다만 楊穆이 확실히 누구인지? 그리고 『九悼』一卷은 어떤 내용의
　　저작인지에 대해서는 학계의 견해가 일치하지 않는다. 예를 들어 (淸)姚振宗의
　　『隋書經籍志考證』에서는 楊穆의 『九悼』一卷에 대해 後漢 시대 梁竦의 『悼騷』가
　　아닌지 의심하면서 楊穆이 이것에 주를 단 것으로 추측한다. 동시에 後周에 楊
　　穆이라는 사람이 있는데 字가 紹叔이고 弘農華陰人인데 이 사람이 『사고전서
　　총목』에서 언급하고 있는 楊穆이 아닌가 추측하기도 한다.

9　晁補之(1053-1110), 字는 無咎, 濟州巨野(지금의 河南) 사람이다. 나이 열일곱에
　　이미 글을 잘 지었고 후에 蘇軾의 인정을 받으면서 「蘇門四學士」의 일인이 되
　　었다. 『宋史』卷440의 本傳에서 晁補之에 대해서 「특히 『楚辭』에 뛰어나 굴원
　　과 송옥이래의 부 작품을 모아 논한 것을 『變離騷』삼권 등의 세 종류의 책으로
　　편찬하였다 (尤精『楚辭』, 論集屈, 宋以來賦詠爲『變離騷』三卷等三書).」라고 평하
　　는 있는데 이로 볼 때 『楚辭』에 대해 상당한 조예가 있었던 것으로 생각된다.

10　晁補之은 『續楚辭』二十卷과 『變離騷』二十卷 등을 저술했다고 알려진다. 주희도
　　『楚辭集注』八卷, 『辨證』二卷 그리고 『後語』二十卷 등을 편찬하였다.

11　晁補之의 『楚辭』관련 저작인 『變離騷』三卷 등은 현재 이미 세상에 전하지 않는
　　다. 다만 晁公武의 『郡齋讀書志』卷4와 晁補之의 문집인 『鷄肋集』卷36 등에 『楚
　　辭』관련 자료가 발견된다. 이를 통해 晁補之의 초사학에 관한 내용을 대략적으
　　로 살펴볼 수 있다.

12　주희는 晁補之의 『續楚辭』와 『變離騷』을 정리하면서 荀卿부터 呂大臨까지의
　　작품 52편을 『楚辭後語』로 만들어 『楚辭集注』 뒤에 덧붙여 놓는다.

양목의 『구탁(九悼)』일권은 송대에 이르러 이미 세상에 전해지지 않았고 조보지(晁補之)와 주자(朱子, 1130-1200)는 모두 일찍이 계속해서 (『초사』를 설명하는 서적을) 편찬하였으나 조보지의 서적 역시 후세에 전하지 않고 다만 주자가 (조보지의 저작을) 편찬한 부분이 『초사집주』의 뒤에 부가되어 판각되어 있다. (『초사』저작가운데) 오늘날 세상에 전해지는 것은 대체로 주(注)와 음(音)뿐이다. (『초사』에) 주를 단 학자들이 동한에서 송대까지 계속해서 해왔던 일은 잃어버린 것을 찾아 보충한 것으로 큰 의견의 차이가 없었다. 다만 근자에 들어 비로소 다른 의견들이 다양하게 나타나기 시작하여 내용을 나누고 보충하고 꿰어맞추니, 사람마다 견해가 달라서 착간(錯簡)의 관점에서 경전을 풀이하는 방법으로 사부를 해석하는 풍조가 만연하였다. 지금 (근거 없이 내용을 고친 것 들을) 없애서 고서의 내용을 어지럽히는 흐름을 막고자 한다.

『사고전서총목·집부·초사』에 수록된 초사류 저작은 모두 17부(部) 75권(卷)이다. 이 가운데 한 대(漢代) 저작이 1종, 宋代 저작은 4종(그 가운데 1종은 존목서(存目書)), 明代 저작은 4종(모두 존목서), 청대(淸代) 저작은 13종(11종은 존목서)이다. 수록 작품 수로 볼 때 명대 초사 저술이 하나도 『사고전서·집부·초사류』에 수록되지 않았다는 점은 흥미로운 사실이다.

중국 초사학사에 있어 명대는 송대와 청대를 연결하는 매우 중요한 시기로 가치 있는 초사 관련 저술들이 상당히 많이 출현한 시기이다. 그러나 『사고전서총목』이 4종류의 명대 초사 저작을 모두 존목(存目)에만 수록하고 『사고전서』에 수록하지 않은 것은 『사고전서총목』이 명대 중기 이후의 초사학에 대해 부정적인 견해를 갖고 있었음을 의미한다. 즉 「(『초사』에) 주를 단 학자들이 동한에서 송대까지 계속해서 해왔던 일은 잃어버린 것을 찾아 보충한 것으로 큰 의견의 차이가 없었다. 근자에 들어 비로소 다른 의견들이 다양하게 나타나기 시작하여 내용을 나누고 보충하고 꿰어맞추니, 사람마다 견해가 틀려서 착간과 같은 경전을 해석하는 방법이 사부에까지 만연되었다. 지금 (근거 없이 내용을 고친)것들을 고치고 없애서 고서의 내용을 어지럽히는 흐름을 막고자 한다(注家由東漢至宋, 遞相補苴, 無大異詞, 迨於近世, 始多別解, 割裂補綴, 言人人殊, 錯簡說經之術, 蔓延及於詞賦矣).」라는 『사고전서총목』의 견해는 명대 초사학의 흐름에 대한 청대 학자들의 우려를 표시하는 것이다.

예를 들어 송대 주희의 『초사집주』가 출현한 이후로 『초사』 관련 역작의 하나로 평가되는 왕원(汪瑗, 생졸년미상)의 『초사집해(楚辭集解)』에 대해서 『사고전서총목』은 "『초사』라는 책은 글이 장중

중국 목록과 목록학

하고 의미가 숨어있고 기탁함이 멀고 깊다. 한 대 이래로 『초사』에 대한 훈고 내용은 같은 부분과 다른 부분이 있으나 큰 뜻은 서로 어긋나지 않았다. (왕)원이 억측의 의견으로 새로운 학설을 만들기에 힘써서 여러 제가들을 비방하고 배척하였다. 그 가운데 가장 큰 잘못은 「고향을 생각해서 무엇하랴(何必懷故都)」라는 한 구절이 〈이소〉의 강령이 된다고 하며 굴원이 실제로 楚나라를 떠나려는 뜻을 가지고 있었다고 말한 것으로 홍흥조 등이 주장하는 굴원은 간절하게 나라를 그리워했다는 오류를 깊이 있게 반박하였다. 또한 굴원을 성인의 무리로 여겨 반드시 스스로 물에 빠지려 하지는 않았을 것이라 하면서, 사마천 이하 제가들이 말하는 굴원은 멱라강에 빠져 죽었다는 근거 없는 모함을 통렬히 배척하였다. 이런 견해는 대체로 왕안석(王安石, 1021~1086)[13]의 「문여망지해주(聞呂望之解舟)」라는 시와 이벽(李壁, 1157~1222)[14]의 주석 가운데의

---

13 왕안석은 撫州 臨川(지금의 撫州 東鄕縣) 사람으로, 자가 介甫이고 晚號가 半山이다. 북송대의 걸출한 정치가, 사상가, 문학가, 개혁가로 당송팔대가 중 한 사람이고, 사후 시호를 '文'이라 하였고 荊國公에 봉해졌다. 특히 희녕(熙寧)3년(1070)에 재상이 되어 神宗의 지원하에 「新法」을 추진하여 부국강병을 꾀하였다. 시문에 모두 능하였던 그의 문학관은 공리주의적 경향이 짙다. 「문장은 세상에 쓰임에 부합해야 한다(文章合用世)」 등의 주장에서 그 경향을 어렵지 않게 짐작할 수 있다.

14 이벽은 송나라 사람으로, 자가 계장(季章)이고 호가 석림(石林), 雁湖居士이며

말들을 모은 것인데 또한 마땅히 의심하지 않을 바를 의심했고 마땅히 믿지 않을 바를 믿었다고 할 수 있다(楚辭一書, 文重義隱, 寄托遙深. 自漢以來, 訓詁或有異同, 而大旨不相違舛. 瑗乃以臆測之見, 務爲新說, 以排詆諸家. 其尤舛者, 以『何必懷故都』一語爲離騷之綱領, 謂實有去楚之志, 而深闢洪興祖等謂原惓惓宗國之非. 又謂原爲聖人之徒, 必不肯自沈於水, 而痛斥司馬遷以下諸家言死於汨羅之誣. 蓋掇拾王安石『聞呂望之解舟』詩·李壁注中語也, 亦可爲疑所不當疑, 信所不當信矣.)"[15]라고 평가하고 있다. 상술한 『사고전서총목』의 『초사집해』에 대한 평가는 일리가 없지 않다. 다만 『초사집해』가 『사고전서총목』의 평가대로 전혀 가치가 없는 초사 저작은 아니다. 그 이유는 왕원의 『초사집해』는 전통 혹은 대가(홍흥조의 『초사집주(楚辭補注)』와 주희의 『초사집주』 등)들의 견해에 구애받지 않고 자신만의 독특한 견해를 제시하고 있으며 내용적으로도 매우 상세한 특징을 갖고 있기 때문이다. 특히 왕원이 제시한 새로운 견해들은 이전의 초사 연구자들이 발견하지 못한 것으로 현재에도 그 가치가 높게 평가되고 있다. 예를 들어『구

시호는 文懿이다. 그는 禮部尙書, 參知政事, 同知樞密院事, 端明殿學士, 賜資政殿學士 등을 지냈다. 『雁湖集』, 『中興秦議』, 『淸塵錄』, 『中興戰功錄』, 『臨汝閑書』, 『內外制』 등의 저작이 있다. 『宋史·李壁傳』에 사적이 전해진다.

15 『欽定四庫全書總目·集部一·楚辭類存目』, 「楚辭集解八卷蒙引二卷考異一卷」부분, 河北人民出版社, 2000, 3819면.

가』에는 모두 11편의 작품이 수록되어 있는데 왕원은『구가』의 마지막 편인 〈예혼(禮魂)〉을 앞에 수록된 〈동황태일(東皇太一)〉부터 〈국상(國殤)〉까지 10편의 송신곡(送神曲)으로 보면서 "이편(〈예혼〉)은 앞의 10편을 총괄하는 까닭으로 예혼(禮魂)이라고 제한다(此篇乃前十篇之亂辭, 故總以禮魂題之)."라는 의견을 제시한다. 흥미로운 것은 청대의 저명한 학자인 왕부지(王夫之, 1619-1692)도 같은 관점을 제시하고 있고 이 견해가 후대 초사 연구자들에게 큰 영향을 미친 학술적 관점이라는 점이다.[16] 또한『초사집해』에 등장하는 적지 않은 「혹왈(或曰)」의 내용은 송, 원, 명대 초사학 연구자들의 학설로 다른 서적에서는 발견되지 않는 자료들이라는 점에서 학술적 가치를 찾을 수 있다.

또 한 가지 중요한 사항은 사고관신들이 「착간과 같은 경전을 해석하는 방법(錯簡說經之術)」이『초사』연구에 이용되는 것에 반감을 드러내고 있다는 점이다. 「착간」이란 문헌에서 특정 어구의 전후 순서가 뒤바뀌어 있는 현상을 일컫는다. 흥미로운 것은 명대 중기 이후 왕원부터 청대의 장기(蔣驥, 1678-1745), 하대림(夏大霖), 굴

---

16   이 부분에 대해서는 [明]汪瑗 撰, 董洪利 點校, 〈點校說明〉,『楚辭集解』, 北京古籍出版社, 1994, 1-6면을 참고할 것.

복(屈復, 1668-1739) 등은 모두『초사·천문(天問)』에 나타나는 "문장의 의미가 순서대로 배열되지 않는 현상(文義不次序)"의 원인이 대부분「착간」에 기인한다고 판단했다는 점이다, 사실상 명말청초에는『천문』의 착간설이 학자들 사이에서 매우 성행하게 된다. 예를 들어 굴복(屈復)은『천문교정(天問校正)』에서『천문』의 "착간" 현상에 대해 자신의 견해를 상세하게 제시하였는데[17]『사고전서총목』은 그의 견해를 "(작자 개인의) 견해로 (초사를)해석하였으나 근거한 바가 없는 것이다(以意爲之,無所依據)"[18]라고 비평한다. 자구 하나하나의 의미와 소리 등을 실증적인 방법으로 탐구하고 이를 근거로 하여 경전의 의미를 탐구하는 고증학적 학문 방법의 관점에서 볼 때 실증적인 근거함이 없는 단지 해석가의 자의적인 해석이 높은 평가를 받기는 어려웠을 것이다. 이 점은 사고관신들이 굴복의『초사신주』가 갖는 학술 가치를 부인하여『사고전서』에는 수록하지 않고 다만『사고전서총목·집부·초사류·존목』에 관련 내용을 간략하게 소개하고 있는 점에서도 어렵지 않게 짐작할 수 있다.

---

17   易重廉著,『中國楚辭學史』, 長沙市, 湖南出版社, 1991, 550-552면을 참고할 것.

18   『欽定四庫全書總目·集部一·楚辭類存目』,「楚辭新注八卷」부분, 3825면.

4) 판본(版本), 제발(題跋)과 서발(序跋)

송대 이전의 목록에는 대부분 서적을 수록할 때 서명과 저자명, 그리고 권수만이 등장하는 경우가 많았다. 다만 송대(宋代) 이후에 등장한 목록 중에서 일부 목록은 수록하고 있는 서적의 판본(版本)에 관한 내용을 기록하기 시작한다. 동시에 필요한 경우 해당 서적에 존재하는 제발(題跋)과 서발(序跋)을 그대로 목록에 옮겨 적어 놓기도 한다. 목록에 서적을 수록하면서 판본, 제발과 서발을 기록하는 것은 중국 목록의 체제에 일정한 변화를 가져왔다.

판본, 제발과 서발은 책이 언제 간행되었는지, 왜 발간되었는지, 그리고 어떤 내용이 포함되어 있는지에 관해 비교적 상세하게 설명하는 글이기 때문에, 독자들은 판본, 제발과 서발의 내용을 통해 한 서적을 전부 읽지 않고도 대략적인 내용을 이해할 수 있다. 예를 하나 들어보고자 한다. 일본 학자 시마다 칸(島田翰)의 저작 『고문구서고(古文舊書考)』라는 목록이 있다. 이 목록에서 시마다 칸은 『공자가어(孔子家語)』라는 중국 서적을 수록하면서 해당 서적이 '경장활자판본(慶長活字版本)'이라고 판본에 관한 내용을 기록하고 있다. 관련 내용을 살펴보자.

처음 내가 경장활자판본(慶長活字版) 서적을 읽었을 때 송나라와 관련된 글자에 피휘(避諱)하는 것을 보고는 활자본(活字本) 서적들이 모두 송본(宋本)에서 나온 것이라고 생각했다. 그러나 얼마 지나지 않아 그 서적을 송본과 교감을 해보니 그 서적들이 반드시 송본에서 나온 것은 아니며 실제로는 원본(元本)과 명본(明本) 이후의 판본에 근거하였음을 알았다. 후에 비부(祕府)에 소장된 서적들을 읽으면서 원화활자본(元和活字本) 간본인 『군서치요(群書治要)』로 비부(祕府) 소장 구필사권자본(舊鈔卷子本)과 대교(對校) 작업을 진행하였는데 활자본에서 나타나는 피휘 현상, 貞(元亨利貞, 貞字, 活字本作貞), 광(匡)…… 등의 글자가 모두 필획을 생략하지 않았다. 이에 의심은 하였지만 결론을 내지 못하였다. 그 다음에 옛 기록을 읽고서야 비로소 경장활자본이 사실은 조선에서 만들어진 것으로 豐公(역자주: 도요토미 히데요시)이 조선을 정벌할 때 조선의 서적과 활자를 우리 측 병사들이 가져온 것임을 알았다. 지금 德川侯爵(역자주: 德川家康(도쿠가와 이에야스))과 卽使三要 등이 이 활자로 여러 서적을 간행하였는데 원래부터 송나라와 관련된 글자에 피휘하는 것은 이것에 기인한다. 현재 도쿠가와 이에야스가 소장하고 있는 활자가 이것이다. 그렇지 않다면 『군서치요』의 필사본(鈔本)은 실제로 원래 구필사본(舊鈔本)에 근거한 것이고 그 전사(傳寫)는 鎌倉(가마쿠라)氏 시대에 이루어졌는데 하물며『군서치요』라는 서적은 천하에 단 한 부만 남아 있을 뿐이지 않는가! 그러므로 활자본이 이 서적에 근거하였다는 사실을 역시 알 수 있는 것이니, 송나라와 관련된 사항에 대해 피휘하는 것이 그 명확한 증명이 아니겠는가(始予讀慶長活字版本, 見其避宋諱, 以爲聚珍之書, 皆出於宋本, 已而校之於宋本, 乃知不其必於宋本, 又實有根原元明本以下者. 後讀祕府之書, 以元和活字本刊本『群書治要』, 對校之於祕府舊鈔卷子本, 活字本所避諱, 貞……等字, 皆不闕筆, 於是疑而不能決. 次而讀舊記, 始知慶長活字本之實爲朝鮮所鑄, 蓋豊公征韓之役, 其圖籍活字, 爲我將士所收. 德川家康、即使三要等, 用是以刻諸書, 而原闕宋諱, 乃因之耳, 今德川侯爵所儲活字是也. 不然『治要』之鈔, 實原本舊鈔本, 而其傳鈔則在鎌倉氏時, 況『治要』一書, 天下僅存一通而已, 活字本之根於此書, 亦可知也, 而避宋諱, 是不其證明乎.)[19]

우리는 위 인용문을 통해 몇 가지 사실을 확인할 수 있다. 먼저 중국에서 간행된 서적에는 종종 '피휘' 현상이 보인다. '피휘'는

---

19   (日)島田翰撰, 『古文舊書考』, 『書目叢編』本, 臺北, 廣文書局, 1967, 456~457면.

중국에서 서적을 발간할 때 공자(孔子)나 자신이 살았던 왕조의 황제와 관련된 글자를 다른 글자로 바꾸거나, 마지막 한 획을 생략하거나, 아예 빈 공간으로 비워두는 현상을 말한다. 이 현상은 중국의 역대 서적 중 특히 송대와 청대에 발간된 책에서 자주 등장한다. 따라서 이 '피휘' 현상을 통해 일부 서적이 언제 발간된 것인지를 파악할 수 있다.[20]

둘째, 『고문구서고·공자가어』의 내용을 통해 연구자들은 『공자가어』의 판본 중에 일본 경장활자판본이 있음을 알 수 있다. 또한 그 활자가 임진왜란 당시 도요토미 히데요시가 조선에서 약탈하여 간 것임도 확인할 수 있다. 마지막으로 경장활자판본 『공자가어』에 '피휘' 현상이 나타나는 것은 경장활자판본이 송본을 저본(底本)으로 하여 간행되었기 때문이 아니라 사용한 경장활자 자체에 피휘자가 포함되어 있었기 때문이다.

셋째, 『고문구서고·공자가어』에서 언급하고 있는 판본 문제를

---

20 물론 피휘 현상만으로 서적의 발간 시기를 확정할 수는 없다. 왜냐하면 피휘 현상이 나타나는 송본이 명나라 때 다시 발간되면서 그 안에 송나라와 관련된 피휘 현상이 그대로 보존될 수도 있기 때문이다. 이런 판본을 복각본(覆刻本)이라고 부른다. 바꾸어 말하면 명나라 때 출판된 책에도 송나라 황제의 이름이 들어가는 글자를 피휘할 수 있지만, 이를 근거로 그 책이 송나라 때 간행된 것은 아니라는 의미이다. 그러나 적어도 피휘가 일어난 것을 발견한다면, 그 책이 송나라 때와 밀접한 관련이 있는 것은 분명하다.

통해 연구자들은 도요토미 히데요시가 조선에서 약탈한 활자가 어떤 활자인지 그리고 그 활자에 피휘 현상이 나타나는지에 대한 연구 아이디어를 얻을 수도 있다.

요컨대 목록 중에 판본이나 제발 그리고 서발이 포함된 목록은 그렇지 않은 목록에 비해 수록된 서적에 대해 상당히 많은 메시지를 전달한다. 그러므로 이 방면의 목록은 학술적 가치가 매우 높다는 것을 알 수 있다. 아래에서는 판본과 제발 그리고 서발을 포함하고 있는 비교적 중요한 목록을 몇 종류 소개하고자 한다.

(1) 『지성도재독서발미(知聖道齋讀書跋尾)』2卷, (淸)팽원서(彭元瑞)撰.

(2) 『고천산관제발(古泉山館題跋)』1卷, (淸)구중용(瞿中溶)撰.

(3) 『배경루장서제발기(拜經樓藏書題跋記)』5卷, 『부록(附錄)』1권, (淸)오수양(吳壽暘)撰.

(4) 『사례거장서제발기(士禮居藏書題跋記)』6卷, (淸)황비열(黃丕烈)撰, 반조음(潘祖蔭)輯.

(5) 『사례거장서제발기속(士禮居藏書題跋記續)』, (淸)黃丕烈撰, 繆荃孫輯.

(6) 『사례거장서제발보록(士禮居藏書題跋補錄)』, (淸)황비열(黃

丕烈)撰, 무전손(繆荃孫)輯.

(7) 『사적재서발(思適齋書跋)』4卷, (淸)고광기(顧廣圻)撰.

(8) 『사적재집외서발집존(思適齋集外書跋輯存)』, (淸)고광기(顧廣圻)撰.

(9) 『요포장서제식(蕘圃藏書題識)』10卷부 『각서제식(刻書題識)』1卷, (淸)황비열(黃丕烈)撰, 무전손(繆荃孫)輯.

(10) 『의고당제발(儀顧堂題跋)』16卷 『속발(續跋)』1卷, (淸)심원(陸心源)撰.

(11) 『장원군서제식(藏園群書題識)』8卷 『속집(續集)』6卷, (淸)부증상(傅增湘)撰.

(12) 『오십만권루군서발문(五十萬卷樓群書跋文)』22卷, (淸)막백기(莫伯驥)撰.

2. 중국의 대표적인 목록

전통 시기 중국에서는 당연히 다양한 목록들이 출현했다. 즉, 한대 유향(劉向)과 유흠(劉歆) 부자가 『별록』과 『칠략』을 편찬한 때부터 목록은 계속 증가하여 출현했다. 그러나 상당수 목록은 이름만 남겨지거나 일부 내용만 전해지고 있다. 이는 우리가 볼 수 있는 목록들이 대부분 송나라 이후의 목록이며, 송나라 때의 목록도 상당 부분이 소실되었기 때문이다. 물론 현재까지 전해지는 목록도 적지 않다.

아래에서는 중국 고전학을 연구하는 측면에서 중요하다고 판단되는 주요 목록을 소개하고자 한다.

1) 성질에 따른 목록 분류

(1) 사지(史志) 목록

사지(史志) 목록은 일반적으로 역사서에 포함되어 있는 「예문지(藝文志)」와 「경적지(經籍志)」를 가리킨다. 일반적으로 사지(史志) 목록은 중앙정부에서 소장하고 있는 서적을 근거로 편찬된다.

① 『한서·예문지』, 『한서』120권, (漢)班固撰, 『예문지』는 권30에 수록되어 있음.
② 『수서·경적지』, 『수서』85권, (唐)魏徵等撰, 『경적지』는 권32~35권에 수록되어 있음.
③ 『구당서(舊唐書)·경적지』, 『구당서』200권, (五代)劉昫等撰, 『경적지』는 권46~47권에 수록되어 있음. 『구당지(舊唐志)』라

고 약칭함.

④ 『신당서(新唐書)·예문지』, 『신당서』225권, (宋)歐陽修, 宋祁
同撰, 『예문지』는 권57~60권에 수록되어 있음. 『신당지(新唐
志)』라고 약칭함.

⑤ 『송사(宋史)·예문지』, 『송사』496권, (元)脫脫等撰, 『예문지』는
권202~209권에 수록되어 있음.

⑥ 『국사(國史)·경적지』5권, 『부록(附錄)』1권, (明)焦竑撰.

⑦ 『명사(明史)·예문지』, 『명사』332권, (淸)張廷玉等撰, 『예문지』
는 권96~99권에 수록되어 있음.

⑧ 『청사고(淸史稿)·예문지』, 『청사고』529권, (淸)趙爾巽等撰,
『예문지』는 권145~148권에 수록되어 있음.

⑨ 『중수청사예문지(重修淸史藝文志)』, 『(중수)청사』550권, 彭國
棟主纂, 『예문지』는 권146~149권에 수록되어 있음.

(2) 정서(政書) 목록

정서(政書)는 전장제도(典章制度)를 기록하고 있는 문헌을 말한
다. 역대 중국의 정서에는 「예문지」 혹은 「경적지」가 존재한다. 이
부분에는 중국 역대에 존재했던 서적을 수록하거나 특정 왕조의
서적만을 수록하기도 한다. 물론 경우에 따라 해제가 존재하기도

하는데, 이 내용을 통해 사지(史志) 목록의 기록이 갖는 부족함을 일정 부분 보충할 수 있다. 대표적인 정서(政書) 목록을 제시하면 아래와 같다.

① 『통지(通志)·예문략(藝文略)』, 『통지』200권, (宋)鄭樵撰, 『예문지』는 권63~70권에 수록되어 있음.

② 『문헌통고(文獻通考)·경적고(經籍考)』, 『문헌통고』348권, (元) 馬端臨撰, 『경적고』는 권174~249권(총76권)에 수록되어 있음.

③ 『속통지(續通志)·예문략』, 『속통지』640권, (淸)乾隆32年勅撰, 『예문략』은 권156~163권에 수록되어 있음. 五代부터 明末까지의 서적을 수록하고 있음.

④ 『속문헌통고·경적고』, 『속문헌통고』250권, (淸)乾隆12年勅撰, 『경적고』는 권141~198권에 수록되어 있음. 宋, 遼, 金, 元, 明 등 다섯 왕조가 소장하고 있던 서적을 수록하고 있다. 송대 부분은 영종(寧宗, 1194~1224) 이후의 서적이 주된 수록 대상이고, 명대 서적은 숭정(崇禎, 1628~1644) 이전 서적을 주로 수록하고 있음.

⑤ 『청조통지(淸朝通志)·예문략』, 『청조통지』126권, (淸)乾隆32

年勅撰, 『예문략』은 권97~104권에 수록되어 있다. 청초(淸初)부터 건륭(乾隆) 연간까지의 서적을 수록하고 있음.

⑥ 『청조문헌통고·경적고』, 『청조문헌통고』300권, (淸)乾隆12年勅撰, 『예문략』은 권211~238권에 수록되어 있다. 청초(淸初)부터 건륭(乾隆) 연간까지의 서적을 수록하고 있음.

⑦ 『청조속문헌통고·경적고』, 『청조속문헌통고』400권, (淸)光緒30年劉錦藻撰, 『경적고』는 권257~282권에 수록되어 있다. 乾隆51年부터 광서(光緒) 30년까지의 서적을 수록하고 있음.

(3) 관수(官修) 목록

관수(官修) 목록이란 정부가 편찬한 것으로 공공기관이 소장하고 있던 서적을 수록한 목록을 가리킨다. 한대 성제(成帝)때 유향과 유흠 부자에게 명령하여 『별록』과 『칠략』을 편찬하도록 하였다. 이 두 목록이 중국에서 정부가 주도하여 편찬한 최초의 목록이라고 할 수 있다. 그 후 중국 역대 왕조는 모두 공공기관이 소장하고 있던 서적을 대상으로 목록을 계속해서 편찬하였다. 대표적인 관수 목록을 예로 들면 아래와 같다.

① 『별록(別錄)』, (漢)劉向撰. 현재 실전되었다. 다만 (淸)홍신훤

(洪頤煊)『문경당총서(問經堂叢書)』, (淸)도준선(陶濬宣)『적산관집보편(稷山館輯補書)』, (淸)마국한(馬國翰)『옥함산방집일서(玉函山房輯佚書)』, (淸)요진종(姚振宗)『쾌각사석산방총서(快閣師石山房叢書)』 등에 집일본(輯佚本) 1권이 수록되어 있다.

② 『칠략(七略)』, (漢)劉歆撰. 현재 실전되었다. 『한서(漢書)·예문지』가 『칠략(七略)』의 내용을 근거로 작성되었다. (淸)홍신훤『문경당총서(問經堂叢書)』, (淸)도준선『적산관집보편(稷山館輯補書)』, (淸)마국한『옥함산방집일서(玉函山房輯佚書)』, (淸)요진종『쾌각사석산방총서(快閣師石山房叢書)』 등에 집일본(輯佚本)이 수록되어 있다.

③ 『숭문총목(崇文總目)』66권, (宋)왕요신(王堯臣), 구양수(歐陽修). 송대 황궁의 삼관(昭文, 史館, 集賢)에 소장되어 있던 서적을 수록하고 있다.

④ 『문연각서목(文淵閣書目)』20권, (明)양사기(楊士奇). 수록 서적은 총 7,297종이다. 명 태조는 건국 당시 수도를 남경으로 정하고 원대 궁정의 장서를 문연각으로 운반하여 소장하였다. 그 후 명 성조(成祖)는 수도를 북경으로 옮기면서 백여 개의 상자에 서적을 싣고 북경으로 이동했다. 동시에 전국적으로 서적을 수집하여 내각(內閣)에 소장하였는데 그 수량이

20,000 餘部, 거의 백만 권에 달하였다고 한다.

⑤『신정내각장서목록(新定內閣藏書目錄)』8권, (明)장훤(張萱). 이 목록을 통해 명대 중앙 정부의 장서 상황 및 명대 이전의 서적이 명대에 유전되거나 통용된 상황을 파악할 수 있다.

⑥『천록림랑서목(天祿琳琅書目)』10권『후편(後編)』20권, (淸)우민중(于敏中), 팽원서(彭元瑞).

⑦『사고전서총목(四庫全書總目)』20권, (淸)기윤 10,289 部의 서적에 대한 해제가 수록되어 있다.

⑧ 현대에 출판된 공공기관 소장 고서 목록

　　㉠『중국고적선본서목(中國古籍善本書目)』, 중국고적선본서목편찬위원회편. 중국 각 성(省), 시(市), 현(縣)의 공공 도서관 및 박물관 그리고 대학교 도서관 등에 소장된 선본 고서를 수록하고 있다. 「경부(經部)」, 「사부(史部)」, 「자부(子部)」, 「집부(集部)」, 「총부(叢部)」의 五部로 나누어 고서를 수록하고 있다. 이 목록을 통해 현재 중국에 소장되어 있는 고서의 현황을 파악할 수 있다.

　　㉡『국립중앙도서관선본서목(國立中央圖書館善本書目)』,『국립고궁박물원선본서목(國立故宮博物院善本書目)』,『중앙연구원역사어언연구소선본서목(中央研究院歷史語言研究所善

本書目)』등은 대만 지역의 각 공공기관 도서관에 소장되어 있는 고서를 수록하고 있는 목록이다. 이 목록들에 수록된 고서를 보다 쉽게 검색하기 위해서는 『대만공장선본서목서명색인(臺灣公藏善本書目書名索引)』과 『대만공장선본서목인명색인(臺灣公藏善本書目人名索引)』을 이용하면 된다.

현대에 출판된 중국과 대만지역의 고서 목록은 위에서 언급한 것 보다 훨씬 많다. 즉, 매우 많은 관련 목록이 편찬, 간행되었다. 이 목록들이 중요한 것은 근대 이전 중국에서 편찬된 목록에 수록되었던 서적들이 현대에 와서 유통되는 상황을 이 목록들을 통해 파악할 수 있기 때문이다.

(4) 개인 장서 목록

중국 고대에는 대부분 중앙 정부가 서적을 소장, 관리하였다. 자연히 개인이 소장하는 서적의 양은 상대적으로 제한적이었다. 다만 당대(唐代) 이후로 개인이 서적을 소장하는 기풍이 점차로 흥성하였다. 특히 송대에 이르러 출판업이 성행함에 따라 개인의 서적 소장도 더욱 풍부해진다. 이에 따라 개인의 장서 목록도 점차

로 증가하게 된다. 송대 이후 출현한 중요한 개인 장서 목록을 소
개하면 아래와 같다.

1) 『군재독서지(郡齋讀書志)』20卷, (宋)晁公武撰.

2) 『수초당서목(遂初堂書目)』1卷, (宋)尤袤撰.

3) 『직재서록해제(直齋書錄解題)』22卷, (宋)陳振孫撰.

4) 『담생당장서목(澹生堂藏書目)』不分卷, (明)祁承㸁撰.

5) 『천경당서목(千頃堂書目)』32卷, (淸)黃虞稷撰.

6) 『강운루서목(絳雲樓書目)』4卷, (淸)錢謙益撰.

7) 『독서민구기교증(讀書敏求記校證)』4卷, (淸)錢曾撰, 管廷芬, 張
   玉校證.

8) 『문선루장서기(文選樓藏書記)』6卷, (淸)阮元撰.

9) 『전시루서목(傳是樓書目)』1卷, (淸)徐乾學撰.

10) 『애일정려장서지(愛日精廬藏書志)』36卷『속지(續志)』, (淸)張金
    吾撰.

11) 『증정사고간명목록표주(增訂四庫簡明目錄標注)』20卷, (淸)邵
    懿辰撰.

12) 『정당독서기(鄭堂讀書記)』71卷, (淸)周中孚撰.

13) 『손씨사당서목내편(孫氏祠堂書目內編)』4卷『외편(外編)』3卷,

(淸)孫星衍撰.

14) 『대경당서목(帶經堂書目)』5卷, (淸)陳樹杓撰.

15) 『철금동검루장서목록(鐵金銅檢樓藏書目錄)』24卷, (淸)瞿鏞撰.

16) 『선본서실장서지(善本書室藏書志)』40卷, (淸)丁丙撰.

17) 『지정재서목(持靜齋書目)』4卷, (淸)丁日昌撰.

18) 『여정지견전본서목(邵亭知見傳本書目)』4卷, (淸)莫友芝撰.

19) 『영서우록(楹書偶錄)』5卷 『속편(續編)』4卷, (淸)楊紹和撰.

20) 『벽송루장서지(皕宋樓藏書志)』120卷 『속지(續志)』4卷, (淸)陸
    心源撰.

21) 『방희재장서기(滂喜齋藏書記)』3卷, (淸)潘祖蔭撰.

22) 『일본방서지(日本訪書志)』16卷, (淸)楊守敬撰.

23) 『예풍장서기(藝風藏書記)』8卷 『속기(續記)』8卷, (淸)繆荃孫撰.

24) 『군벽루선본서목(群碧樓善本書目)』6卷, (淸)鄧邦述撰.

25) 『적원장서지(適園藏書志)』10卷, (淸)張鈞衡撰.

26) 『판서우기(販書偶記)』20卷, (淸)孫殿起撰.

27) 『고문구서고(古文舊書考)』4卷, (日本)島田翰撰.

이 방면의 목록을 이용하는데 있어 두 가지 사실이 중요하다.
첫째, 각 개인 장서가의 목록은 특정 시기 개인이 수집하고 소장한 서적을 수록하고 있다. 둘째, 위에서 언급한 목록을 살펴보면 특정 서적이 여러 개의 목록에 동시에 수록되는 경우도 있다. 혹은 동일 서적의 여러 판본이 분산되어 수록되기도 한다. 그러므로 위에서 언급한 목록들은 개별 장서가의 소장 목록이지만 종종 상호 관련성이 있는 기록이 된다는 점에 주의해야 한다.

(5) 전문 학술목록

1) 『경의고(經義考)』300卷, (淸)朱彝尊撰. 청대 이전 경학 서적을 수록한 비교적 완비된 목록이다.

2) 『소학고(小學考)』50卷, (淸)謝啓昆撰. 『경의고』의 소학류 서적이 매우 적은 점을 보완한 목록이다. 권1~2는 「칙찬(勅撰)」, 권3~8은 「훈고(訓詁)」, 권9~28은 「문자(文字)」, 권29~44는 「성운(聲韻)」, 권45~50은 「음의(音義)」 관련 서적이 수록되어 있다.

3) 『허학고(許學考)』50卷, (淸)黎經誥撰. 중국 역대 허신의 『설문해자(說文解字)』를 연구한 저서를 수록하고 있는 목록이다.

4) 『사략(史略)』6卷, (宋)高似孫撰. 이 목록은 비교적 이른 시기에 출현한 사학 방면의 전문 학술 목록으로 송 이전의 역사 서적 600여 종을 수록하고 있다.

5) 『만명사적고(晩明史籍考)』20卷, 謝國楨撰. 명대 천계(天啓), 숭

정(崇禎)부터 청대 강희(康熙)년간 삼번(三藩)의 난(亂)이 평정
된 기간 사이의 역사 서적을 수록하고 있는 목록이다.

6) 『초사서목오종(楚辭書目五種)』, 姜亮夫編, 1961, 북경중화서국
(北京中華書局) 출판. 이 목록은 모두 다섯 개의 목록을 포함한
다. 『초사서목제요(楚辭書目提要)』(228종의 서적 수록), 『초사도
보제요(楚辭圖譜提要)』(47종의 서적 수록), 『소소우록(紹騷隅錄)』
(역대 騷體를 모방하여 창작한 19종 작품을 수록), 『초사찰기목록(楚
辭札記目錄)』(802조목 수록), 『초사논문목록(楚辭論文目錄)』(선행
연구 447편 수록). 초사 연구 입문자에게 매우 유용한 목록이라
고 할 수 있다.

2) 분류법에 따른 목록 분류

1장에서 설명한 바와 같이 전통 시기 중국 목록의 분류법은 소
장하고 있는 서적을 일정한 기준에 따라 구분하는 지식 분류 체계
라고 할 수 있다. 이른바 일정한 기준이 바로 분류법이며 그 분류
법은 학술 분류법의 성격을 갖고 있다. 그러므로 특정 목록이 어
떤 분류 체계를 갖고 있는지는 매우 중요하다. 아래에서는 분류법
에 따라 대표적인 목록을 몇 가지 소개하고자 한다.

(1) 양한(兩漢) 시기

◇ 『한서·예문지(漢書·藝文志)』와 『칠략(七略)』

(漢)유흠(劉歆)은 애제(哀帝) 당시 부친인 유향(劉向)의 유업을 이어받아 당시 황궁에 소장되어 있던 서적들을 정리하면서 전체 서적을 ①집략(輯略) ②육예략(六藝略) ③제자략(諸子略) ④시부략(詩賦略) ⑤병서략(兵書略) ⑥수술략(數術略) ⑦방기략(方技略)으로 구분하여 『칠략』을 편찬하였다. 다만 『칠략』은 후에 실전되어 세상에 전하지 않는다. 다행인 것은 (한)반고가 『칠략』의 일부분 내용을 삭제하고 나머지 내용을 이용하여 『한서·예문지』를 편찬하였다. 이런 까닭으로 비록 『칠략』의 내용을 완전하게 이해할 수는 없지만 『한서·예문지』를 통해 그 모습을 일정 부분 확인할 수 있다. 『한서·예문지』의 분류 상황을 살펴보면 아래와 같다.

	분류 상황
六藝略	易, 書, 詩, 禮, 樂, 春秋, 論語, 孝經, 小學 등 9類
諸子略	儒家, 道家, 陰陽家, 法家, 名家, 墨家, 縱橫家, 雜家, 農家, 小說家 등 10類
詩賦略	賦甲(屈原賦等二十家), 賦乙(陸賈賦等二十一家), 賦丙(孫卿賦等二十五家), 雜賦, 歌詩 등 5類
兵書略	權謀, 形勢, 陰陽, 技巧 등 4類

	분류 상황
數術略	天文, 曆譜, 五行, 蓍龜, 雜占, 刑法 등 6類
方技略	醫經, 經方, 房中, 神僊 등 4類

　『한서·예문지』의 분류 상황에서 가장 주목할 점은 반고가 서적으로 대표되는 당시까지의 중국 학계의 지식 체계를 7개의 카테고리로 구분하고 있다는 점이다. 특히 유가 경전으로 대표되는 「육예략」을 목록의 가장 처음에 위치시켰다는 것은 유가 학문이 당시 중국 지식 체계에서 가장 중요한 부분임을 설명하는 것이다. 동시에 분류 상황을 자세히 살피면 당시 학술 발전의 경향성을 읽어낼 수 있다. 예를 들어 『한서·예문지』에는 역사서가 수록될 분류처가 없었다. 이것은 당시 역사 서적의 수가 제한적이었고 역사서의 체제도 완정하게 갖추어지지 않은 상태였기 때문일 것이다. 이런 까닭으로 『한서·예문지』는 당시에 존재했던 역사 서적을 「육예략·춘추류」에 수록하고 있다.

(2) 위진(魏晉) 시기

　위진 시기에 출현한 주요 목록으로는 (魏)정묵(鄭黙)의 『위중경(魏中經)』, (晉)순욱(荀勖)의 『진중경신부(晉中經新簿)』, (晉)이충(李充)

의 『진원제사부서목(晉元帝四部書目)』, (晉)구연지(邱淵之)의 『진의희이래신집목록(晉義熙以來新集目錄)』 등이 있다. 안타깝게도 앞에서 언급한 이 4종의 목록은 모두 실전되었다. 다만 주의할 것은 이 4종의 목록이 『위중경』을 제외하고 모두 사부(四部)로 서적을 분류했다는 점이다. 이 점에서 위진 시기에 이르러서는 『한서·예문지』에서 지식 체계를 7개의 카테고리로 나누는 것에서 탈피하여 4개의 카테고리로 나누는 학문 경향성이 존재했었음을 알 수 있다.

예를 들어 『진중경신부』는 칠략의 체제를 변화시켜 갑, 을, 병, 정의 사부로 서적을 분류한다. 구체적인 분류 상황을 살펴보면 아래와 같다.

	분류 상황
甲部	紀六藝及小學等書
乙部	古諸子家, 近世子家, 兵書, 兵家, 數術
丙部	史記, 舊事, 皇覽簿, 雜事
丁部	詩賦, 圖贊, 汲冢書.

『한서·예문지』의 분류 상황과 비교할 때 『진중경신부』는 「병부(丙部)」라는 역사 관련 서적을 수록하는 분류 체계가 존재한다

는 것이 주목할 만하다. 즉, 순욱이 『진중경신부』을 편찬할 당시 중국 학술계에는 『사기』를 비롯한 역사 관계 저서에 대한 관심이 커지고 이에 따라 관련 저서의 수량이 증가함에 따라 이를 반영하는 분류 체계가 등장했다는 의미이다.

(3) 남북조(南北朝), 수(隋) 시기

동진(東晉)부터 수대(隋代)까지 다양한 목록이 출현한다. 이 시기 목록의 분류법은 사부분류법과 칠략 분류법이 혼재한다. 사부분류법을 채택한 목록으로는 (宋)사령운(謝靈運)『송원가팔년비각사부목록(宋元嘉八年秘閣四部目錄)』, (齊)왕량(王亮), 사비(謝朓)『제영명원년비각사부목록(齊永明元年秘閣四部目錄)』, (宋)왕검(王儉)『송원휘원년사부서목록(宋元徽元年四部書目錄)』, (梁)류효표(劉孝標)『양원덕전사부목록(梁文德殿四部目錄)』, (隋)우홍(牛弘)『개황사년사부목록(開皇四年四部目錄)』 등이 출현하였으나 모두 실전되었다. 이에 비해 칠략의 분류법을 채택한 목록도 적지 않다. 대부분의 목록이 실전되었지만 몇 몇 목록의 경우 분류 상황 등이 다른 서적에 수록되어 후대에 전한다. 대표적인 예를 들어보면 왕검(王儉)의 『칠지(七志)』와 완효서(阮孝緒)의 『칠록(七錄)』을 들 수 있다.

왕검 『칠지』의 분류법은 『칠략』과 거의 동일하다. 『칠지』의

「도보지(圖譜志)」가『칠략』에 존재하지 않을 뿐이다. 다만『진중경신부』에서 당시 위진 이래로 역사서가 증가하는 학술 경향을 반영하여 「병부」를 마련하여 역사 서적을 수록한 경향성이『칠지』에서는 반영되지 않았다. 이에 비해 완효서『칠록』은 「기전록(記傳錄)」에서 역사서를 수록하고 있으며 그 분류 상황이『진중경신부』

서명	분류 상황	근거
王儉 『七志』	經典志: 紀六藝, 小學, 史記, 雜傳 諸子志: 紀古今諸子 文翰志: 紀詩賦 軍事志: 紀兵書 陰陽志: 紀陰陽圖緯 術藝志: 紀方技 圖譜志: 紀地域及圖書 附: 道經志, 佛經志	『수서·경적지 (隋書·經籍志)』
阮孝緒 『七錄』	經典錄: 易, 尙書, 詩, 禮, 樂, 春秋, 論語, 孝經, 小學 등 9部 記傳錄: 國史, 注曆, 舊事, 職官, 儀典, 法制, 僞史, 雜 傳, 鬼神, 土地, 譜狀, 簿錄 등 12部 子兵錄: 儒, 道, 陰陽, 法, 名, 墨, 縱橫, 雜, 農, 小說, 兵 등 11部 文集錄: 楚辭, 別集, 總集, 雜文 등 四部 術伎錄: 天文, 讖緯, 曆算, 五行, 卜筮, 雜占, 刑法, 醫 經, 經方, 雜藝 등 10部 佛法錄: 戒律, 禪定, 智慧, 疑似, 論記 등 5部 仙道錄: 經戒, 服餌, 房中, 符圖 등 4部	『광홍명집 (廣弘明集)』 권3

보다 매우 세밀하다. 이것은 당시 역사서가 증가하는 학술 경향을 잘 반영한 것이라고 볼 수 있다. 또한 「문집록(文集錄)」에서 문학 작품을 수록하면서 『칠략·시부략』과 『칠지·문한지(文翰志)』의 경우처럼 단순히 시부(詩賦)라는 개념에 머무르지 않고 문학 작품의 체제에 주목하여 분류하고 있다는 점에서 당시 문학의 발전 양상을 잘 반영하고 있다고 생각된다.

(4) 당(唐), 오대(五代) 시기

중국 목록은 당(唐), 오대(五代)에 이르면 분류법에 있어 『칠략』의 영향력이 점차 사라지고 명칭은 다를지라도 경(經), 사(史), 자(子), 집(集)의 사부(四部) 분류로 통일되는 경향성이 나타난다.

◇ 당 위징(魏徵) 撰 『수서·경적지(隋書·經籍志)』

『수서·경적지』는 서적을 경부, 사부, 자부, 집부인 사부, 40류(類)로 구분하고 그 뒤에 도경(道經), 불경(佛經)이라는 2부(部) 15류(類)를 부록으로 추가하고 있다. 총 6,520부(部), 56,881권의 서적이 수록되어 있다. 분류 상황을 살펴보면 아래와 같다.

	분류 상황
經部	易, 書, 詩, 禮, 樂, 春秋, 孝經, 論語, 緯書, 小學 등 10類
史部	正史, 古史, 雜史, 覇史, 起居注, 舊事, 職官, 儀注, 刑法, 雜傳, 地理, 譜系, 簿錄 등 13類
子部	儒, 道, 法, 名, 墨, 縱橫, 雜, 農, 小說, 兵, 天文, 曆數, 五行, 醫方 등 14類
集部	楚辭, 別集, 總集 등 3類

附	道經	經戒, 服餌, 房中, 簿錄 등 4類
	佛經	大乘經, 小乘經, 雜經, 雜疑經, 大乘律, 小乘律, 雜律, 大乘論, 小乘論, 雜論, 記 등 11類

◇ 당 원행충(元行冲) 撰 『군서사부록(群書四部錄)』

당 원행충(元行冲)이 편찬한 『군서사부록(群書四部錄)』은 당 (唐) 이전의 서적 53,915권과 당대(唐代) 저작 28,469권을 합쳐 총 82,384권을 수록하고 있다. 각각의 서적마다 서록(敍錄)이 있었으 나 송대 이후에 실전되었다.

	분류 상황
甲部經錄	易, 書, 詩, 禮, 樂, 春秋, 孝經, 論語, 圖緯, 經解, 訓詁, 小學 등 12類

	분류 상황
乙部史錄	正史, 古史, 雜史, 覇史, 起居注, 舊事, 職官, 儀注, 刑法, 雜傳, 地理, 譜系, 略錄 등 13類
丙部子錄	儒家, 道家, 法家, 名家, 墨家, 縱橫家, 雜家, 農家, 小說家, 兵法, 天文, 曆數, 五行, 醫方 등 14類
丁部集錄	楚辭, 別集, 總集 등 3類

　흥미로운 것은 『수서·경적지』와 『군서사부록』의 분류 체계가 거의 일치한다는 사실이다. 차이는 『군서사부록』의 갑부경록에 「경해(經解)」와 「훈고(訓詁)」 두 가지 분류 체계가 더해진 것이다. 이 두 분류 체계의 증가는 당대 경학의 발전과 일정한 관계가 있다. 중국 경학은 당대에 이르러 경전 연구 방법으로써 글자의 정확한 뜻과 음을 토대로 경전의 의미를 해석하는 훈고학이 발전했다. 대표적인 저작이 바로 『오경정의(五經正義)』이다. 갑부경록에 『수서·경적지』에 없던 「경해」와 「훈고」라는 분류 체계가 새로 등장한 것은 이 같은 당대 경학의 발전이 자연스럽게 반영된 결과라고 할 수 있다. 그 외에 경부의 「위서(緯書)」와 「도위(圖緯)」 그리고 사부의 「부록(簿錄)」과 「약록(略錄)」은 명칭의 차이일 뿐으로 이 유목으로 분류되는 서적의 성질은 대동소이하다고 볼 수 있다.

◇ 오대 유후(劉昫) 撰 『구당서·경적지(舊唐書·經籍志)』

당대 황궁의 장서는 여러 차례의 난을 거치면서 당말(唐末)에 이르러서는 거의 산실(散失)되었다. 그런 까닭으로 사서를 편찬하면서도 국가가 소장하고 있던 서적을 기록하는 경적지를 편찬할 수 없었다. 오대에 이르러 유후는 모경(毋煚)의 『고금서록(古今書錄)』40권에 근거하여 『구당서·경적지』를 편찬하였다. 그리고 『고금서록』은 『군서사부록』의 내용을 삭제하고 요약해서 만들어진 목록이다.

	분류 상황
甲部經錄	易, 書, 詩, 禮, 樂, 春秋, 孝經, 論語, 讖緯, 經解, 訓詁, 小學 등 12類
乙部史錄	正史, 編年, 僞史, 雜史, 起居注, 故事, 職官, 雜傳, 儀注, 刑法, 目錄, 譜牒, 地理 등 13類
丙部子錄	儒家, 道家, 法家, 名家, 墨家, 縱橫家, 雜家, 農家, 小說, 天文, 曆算, 兵書, 五行, 雜藝術, 事類, 經脈, 醫術 등 17類
丁部集錄	楚辭, 別集, 總集 등 3類

『구당서·경적지』는 총4부, 45류로 서적을 분류하고 있다. 분류법에 있어 대체로 『수서·경적지』를 근거로 하면서 가감을 하였다. 갑부경록에 「경해(經解)」와 「훈고(訓詁)」 두 가지 분류 체계가 더해

진 것은 『군서사부록』을 따른 것이다. 병부자록에서는 「잡예술(雜藝術)」과 「사류(事類)」 부분이 추가되었다. 다만 이 목록은 분류 체계와 수록 서적의 성질이 부합하지 않는 현상이 나타나기도 한다. 예를 들어 『노자서승경(老子西昇經)』, 『노자황정경(老子黃庭經)』, 『노자탐진경(老子探眞經經)』, 『노군과율(老君科律)』 등 도교 관련 서적을 선진 제가백가인 『노자(老子)』 관련 서적과 함께 수록하고 있다. 이 같은 서적 수록 방식은 분류 체계에 어긋나는 것이다.

(5) 송대(宋代)

송대에 출현한 목록의 분류 방식은 이전 시기보다 다양한 양상을 보인다. 사부분류법을 따르는 목록도 있고, 사부분류법을 따르지 않는 목록도 등장한다. 특히 이전에 출현한 적이 없는 분류 체계도 등장한다. 이런 까닭으로 혹자는 송대의 목록을 부류(部類) 개혁 시기의 목록이라고 부르기도 한다.

◇ 관수(官修) 목록: 송 왕요신(王堯臣)等撰 『숭문총목(崇文總目)』

부류	분류 상황
經部	易, 書, 詩, 禮, 樂, 春秋, 孝經, 論語, 小學 등 9類

부류	분류 상황
史部	正史, 編年, 實錄, 雜史, 僞史, 職官, 儀注, 刑法, 地理, 氏族, 歲時, 傳記, 目錄 등 13類
子部	儒家, 道家, 法家, 名家, 墨家, 縱橫家, 雜家, 農家, 小說, 兵家, 類書, 算術, 藝術, 醫書, 卜筮, 天文占書, 曆數, 五行, 道書, 釋書 등 20類
集部	總集, 別集, 文史 등 3類

『숭문총목(崇文總目)』은 본래 총 66권이며 4部, 45類로 서적을 분류하고 서록(序錄) 2권도 있었다. 다만 66권본은 현재 전하지 않는다. 청대 건륭년간 『사고전서』를 편찬할 당시 『사고전서』 편찬에 참여한 학자들이 『영락대전(永樂大全)』에서 관련 내용을 집일(輯佚)하여 12권 본(本)이 세상에 등장하게 되었다. 분류 체계로 볼 때 『구당서·경적지』와 크게 다르지 않다. 다만 『구당서·경적지』와 비교할 때 경부에서 「참위(讖緯)」라는 유목(類目)이 사라졌다. 참위는 음양오행설에 근거하여 경전을 해석하는 방법으로 『구당서·경적지』에는 『역위(易緯)』, 『서위(書緯)』, 『시위(詩緯)』 등 9家의 서적이 수록되어 있다. 그러나 송대에 이르러서는 「참위」 서적이 더 이상 학문적 가치를 인정받지 못하고 이에 따라 목록에 수록될 여지가 사라졌다. 그 외에 도서(道書), 석서(釋書)의 서적이 자부에 수록되었다는 점은 일정한 의미가 있다고 생각한다. 『수서·경적

중국 목록과 목록학

지』이래로 도서, 석서의 서적은 목록에 부가되어 있었지만 자부에 귀속되지는 않았다. 하지만 『숭문총목』은 도서, 석서를 정식으로 자부(子部)라는 지식 체계 안으로 편입시켰다. 마지막으로 집부의 '문사(文史)'는 현대적 개념으로 볼 때 문학 비평 서적이 분류되는 곳을 말한다. 이전 시기에는 문학 비평 서적이 많지 않았다. 있었다 할지라도 학문적으로 모든 사람이 인정할 만큼의 영향력을 갖추지 못했다. 그러나 송나라 왕요신은 『숭문총목』을 편찬할 때, 문학 비평 서적을 집부(集部) 안에 편입시켰다. 이것은 문학 비평이라는 학문 영역의 가치가 당시 중국 학계가 인정할 만큼 성장했다는 의미로 해석될 수 있다.

◇ 개인 목록1: 송 조공무(晁公武)撰『군재독서지(郡齋讀書志)』

부류	분류 상황
經部	易, 書, 詩, 禮, 樂, 春秋, 孝經, 論語, 經解, 小學 등 10類
史部	正史, 編年, 實錄, 雜史, 僞史, 史評, 職官, 儀注, 刑法, 地理, 傳記, 譜牒, 書目 등 13類
子部	儒, 道, 法, 名, 墨, 縱橫, 雜, 農, 小說, 天文, 曆算, 五行, 兵家, 類書, 藝術, 醫書, 神仙, 釋書 등 18類
集部	楚辭, 別集, 總集, 文說 등 4類

조공무가 편찬한 『군재독서지』는 현존하는 출현 시기가 가장 이른 개인 장서 목록이다. 총 4부, 45류로 서적을 분류하는데 대체로 『숭문총목』의 분류법에 근거한 것으로 보인다. 무엇보다 『군재독서지』는 수록하고 있는 서적에 대해 모두 서록이 존재한다. 이 서록에서 책의 요지, 작자 소개, 학파의 연원 관계 및 편장(篇章)의 순서 등을 설명하고 있다. 『숭문총목』과 비교할 때 경부에는 「경해(經解)」가 증가하였고, 사부에서 「세시(歲時)」가 사라지고 「사평(史評)」이라는 항목이 새롭게 등장한 것이 특징이다. 「사평(史評)」에는 (唐)유지기(劉知幾) 『유씨사통(劉氏史通)』20권, (唐)유찬(劉璨) 『사통석미(史通析微)』10권, (唐)사마정(司馬貞) 『사기색은(史記索隱)』 30권 등 23종의 서적이 수록되어 있다. 사평이란 서적이 역사 사실만을 기록하는데 그치지 않고 특정 역사적 사실에 대한 평가가 포함된 개념이다. 『숭문총목·집부』의 '문사(文史)'가 문학비평 관련 서적을 수록하는 유목이었다면 『군재독서지·사부』의 「사평(史評)」에는 역사비평에 관련된 서적을 수록하고 있다. 이로 볼 때 송대는 이전 시기의 학술 발전을 계승하여 자신들의 지식 체계에 새로운 영역을 구축하려는 노력이 있었다고 볼 수 있다. 「사평」이라는 유목은 이전 목록에는 없었지만 송대 이후 대다수의 목록에서 이 분류 체계를 사용하여 서적을 수록하고 있다.

◇ 개인 목록 2: 송 우무(尤袤)撰『수초당서목(遂初堂書目)』

부류	분류 상황
經部	經總, 周易, 尙書, 詩, 禮, 樂, 春秋, 論語(孝經孟子附), 小學 등 9類
史部	正史, 編年, 雜史, 雜傳, 故事, 僞史, 國史, 本朝雜史, 本朝故事, 本朝雜傳, 實錄, 職官, 儀注, 刑法, 姓氏, 史學, 目錄, 地理 등 18類
子部	儒家, 雜家, 道家, 釋家, 農家, 兵家, 數術, 小說, 雜藝, 譜錄, 類書, 醫書 등 12類
集部	別集, 章奏, 總集, 文史, 樂曲 등 5類

『수초당서목』은 1권에 불과한 목록으로 소서(小序)나 서록(敍錄)이 없고 서명만을 기재하고 있다. 물론 간혹 저자명이 기재된 경우도 있지만 권수도 기록되어 있지 않다. 다만 한 서적에 대한 서로 다른 판본이 있음을 기록하고 있다. 이 점이 바로 『수초당서목』이 중국 목록학에서 주목받는 이유 중의 하나이다. 분류 상황은 사부 분류를 사용하고 있지만 유목은 기타 목록과 다소 차이를 보인다. 예를 들어 경부에서 『경총류(經總類)』를 새롭게 만들어 여러 경서를 하나로 합하여 편찬한 서적들을 수록하고 있다. 사부에서는 『본조잡사(本朝雜史)』, 『본조고사(本朝故事)』, 『본조잡전(本朝雜傳)』 등 기타 목록에서는 보이지 않는 유목을 만들어 관련 서적을 수록하고 있다. 자부에서는 『보록류(譜錄類)』를 만들어 향보(香譜), 석보(石譜), 해보(蟹譜) 등 백과사전의 성질을 갖고 있는 서적을 수록하

고 있다. 마지막으로 집부에서는 『악곡류(樂曲類)』를 신설하여 송대에 유행했던 문학 장르인 詞(사) 작품을 수록하고 있다.

◇ 개인 목록 3: 송 진진손(陳振孫)撰『직재서록해제(直齋書錄解題)』

분류 상황
易類, 書類, 詩類, 禮類, 春秋類, 孝經類, 語孟類, 經解類, 讖緯類, 小學類 등 10類
正史類, 別史類, 編年類, 起居注類, 詔令類, 僞史類, 雜史類, 典故類, 職官類, 禮注類, 時令類, 傳記類, 法令類, 譜牒類, 目錄類, 地理類 등 16類
儒家類, 道家類, 法家類, 名家類, 墨家類, 縱橫家類, 農家類, 雜家類, 小說家類, 神仙類, 釋氏類, 兵書類, 曆象類, 陰陽家類, 卜筮類, 形法類, 醫書類, 音樂類, 雜藝類, 類書類 등 20類
楚辭類, 總集類, 別集類, 詩集類, 歌辭類, 章奏類, 文史類 등 7類

『직재서록해제』는 본래 56권이었으나 현존본은 22권이다. 이 목록에는 소서(小序)가 있으며 각 서적에 대한 해제가 존재한다. 분류는 경, 사, 자, 집의 명칭을 사용하지 않고 소장 서적을 53류로 분류한다. 분류에 있어 특이한 점은 먼저 사부에 「별사류(別史類)」를 신설했다는 점이다. 별사란 정사(正史)가 될 수 있는 사서의 하나로 중국 역대 또는 한 왕조의 역사를 서술한 것이다. 『직재서록해제』의 별사류(別史類)에는 (송)소철(蘇轍)『고사(古史)』150권, (송)

이칭(李偁) 『동도사략(東都事略)』150권 등 총 6종의 서적이 수록되어 있다. 경부에 줄곧 존재했던 악류(樂類)를 없애고 자부에 음악류(音樂類)를 신설한 것은 음악을 경전으로서 이해하는 것이 아니라 음악이라는 학문의 실질적 성격을 중시한 이유로 생긴 변화라고 할 수 있다. 『군재독서지·경부·악류』에는 15종의 서적이 수록되어 있는데 이 가운데 『직재서록해제·자부·음악류』에도 수록되어 있는 서적은 (당)남탁(南卓) 『갈고록(羯鼓錄)』1권과 작자미상 『비파고사(琵琶故事)』1권 뿐이다. 이 두 종류의 서적 외에 『직재서록해제·자부·음악류』에 수록된 음악류 서적은 (당)이면(李勉) 『금설(琴說)』1권, (당)설역간(薛易簡) 『금설(琴說)』1권, (吳)주백원(朱伯原) 『금사(琴史)』6권 등 대부분 악기를 다루는 방법 및 악기의 역사와 관련된 서적이다.

◇ 개인 장서 목록 4: 송 정초(鄭樵) 撰『통지·예문략(通志·藝文略)』

부류	분류 상황
經類第一	易(古易, 石經, 章句 등 16개 目), 書(古文經, 石經, 章句 등 16개 目), 詩(石經, 故訓, 傳 등 12개 目), 春秋(經, 五家傳注, 三傳義疏 등 13개 目), 春秋外傳國語(注解, 章句 등 4개 目), 孝經(古文, 注解, 義疏 등 6개 目), 論語(古論語, 正經, 注解 등 11개 目), 爾雅(注解, 圖, 義 등 9개 目), 經解(經解, 諡法 2개 目) 樂經(포함되지 않음)

부류	분류 상황
禮類第二	周官(傳注, 義疏, 論難 등 6개 目), 儀禮(石經, 注, 疏 등 4개 目), 喪服(傳注, 集注, 義疏 등 9개 目), 禮記(大戴, 小戴, 義疏 등 9개 目), 月令(4개 目), 會禮(4개 目), 儀注(18개 目)
樂類第三	樂書, 歌辭, 題解, 曲簿, 鐘磬, 管弦, 舞, 鼓吹, 琴, 讖緯 등 11개 小類
小學類第四	小學, 文字, 音韻, 音釋, 古文, 法書, 蕃書, 神書 등 8개 小類
史類第五	正史(史記, 漢 등 9개 目), 編年(古史, 兩漢 등 15개 目), 霸史, 雜史(雜史, 兩漢 등 9개 目), 起居注(起居注, 實錄, 會要 3개 目), 故事, 職官, 刑法(律, 令, 格 등 11개 目), 傳記(著龜, 高隱 등 13개 目), 地理(地理, 都城宮苑, 郡邑 등 10개 目), 譜系, 食貨, 目錄
諸子類第六	儒術, 道家(老子, 莊子 등 25개 目), 釋家(傳記, 塔寺, 論議 등 10개 目), 法家, 名家, 墨家, 縱橫家, 雜家, 農家, 小說家, 兵家(兵書, 軍律 등 5개 目)
天文類第七	天文, 天象, 天文總占 등 8개 目 / 曆數, 正曆, 曆術 등 5개 目 / 算數, 算術, 竺國算法 등 2개 目
五行類第八	易占, 軌革, 筮占 등 30개 小類
藝術類第九	射, 騎, 畵錄, 投壺 등 16개 小類
醫方類第十	脈經, 明堂鍼灸, 本草 등 26개 小類
類書類第十一	
文類第十二	楚辭, 歷代別集, 總集, 詩總集, 賦, 贊頌, 箴銘, 碑碣, 制誥, 表章, 啟事, 四六, 軍書, 案判, 刀筆, 俳諧, 奏議, 論, 策, 書, 文史, 詩評 등 22개 小類

송대에 가장 주목해야 할 목록 중 하나가 바로 정초의 『통지·예

문략』이다. 이 책은 이전 목록들과는 달리 서적을 12개 부류로 세분화하고 동시에 155개의 소류와 284개의 유목(類目)으로 분류하여 당시 현존했던 혹은 이미 실전된 서적들을 모두 수록하고자 하였다. 정초가 생각한 분류 방법은 보통 사분법이나 칠분법으로 서적을 분류하는 것과는 매우 다르다. 정초는 서록(敍錄) 등의 체례를 이용하여 수록하는 서적의 내용을 설명하지 않아도, 세밀한 분류를 통해 개별 서적의 학문적 속성과 전반적인 학술 경향성을 설명할 수 있다고 생각했다. 더 나아가 정초는 분류 방법을 아주 세분화하는 것이야말로 목록이 갖는 학술 가치임을 강조한 것이다. 다만 이 목적이 이루어지기 위해서는 세상에 출현했던 모든 서적이 하나의 목록에 수록되어야 한다는 선결조건이 충족되어야 한다.

구체적으로 살펴보면 먼저 정초는 예(禮), 악(樂), 소학(小學)의 세 분야를 경(經)에서 분리하여 독립시켰다. 본래 자부에 속해있던 다양한 항목을 제자류(諸子類), 천문류(天文類), 오행류(五行類), 예술류(藝術類), 의방류(醫方類), 유서류(類書類) 등의 6개 분야로 독립시켰다. 또한 『통지·예문략·악류』는 『직재서록해제·자부·음악류』와 마찬가지로 본래 경부에 존재했던 악(樂) 관련 서적을 별도의 부류(部類)로 독립시켰다. 그 원인은 『악경(樂經)』은 당시 이미 실전되었고 악류에 수록된 서적들은 대부분 악경과는 관련이 없는 음악에 관련된 것들이었기 때문이다.

결론적으로 정초는 중국에서 서적이 쉽게 망실되고, 학문이 후대에 전해지지 않는 가장 중요한 원인이 목록을 편찬하는 사람들이 분류에 능통하지 않은 까닭이라고 주장한 것이다. 이점이 정초가 『통지·예문략』이라는 목록을 통해 학자들에게 말하고 싶었던 핵심 내용이다.

(6) 원명(元明) 시기

중국 목록은 원명 시기에 큰 발전을 이루지는 못했다. 다만 분류에 있어서는 다양한 시도가 진행되었던 시기이다. 아래에서는 몇 종류의 목록을 예로 들어 원명 시기에 출현한 목록의 분류 상황에 어떠한 현상이 발생했는지를 설명하고자 한다.

◇ 원 탈탈(脫脫)等撰 『宋史·藝文志』

부류	분류 상황
經部	易, 書, 詩, 禮, 樂, 春秋, 孝經, 論語, 經解, 小學 등 10類
史部	正史, 編年, 別史, 史鈔, 故事, 職官, 傳記, 儀注, 刑法, 目錄. 譜牒, 地理, 覇史 등 13類
子部	儒術, 道家, 法家, 名家, 墨家, 縱橫家, 農家, 雜家, 小說家, 天文, 五行, 蓍龜, 曆算, 兵書, 雜藝術, 類事, 醫書 등 17類

중국 목록과 목록학

부류	분류 상황
集部	楚辭, 別集, 總集, 文史 등 4類

『송사·예문지』는 관수(官修) 목록으로 북송(北宋)『송삼조국사(宋三朝國史)』, 『송양조국사(宋兩朝國史)』, 『송사조국사(宋四朝國史)』와 남송(南宋)『송중흥국사(宋中興國史)』 중의 「예문지」에서 중복된 부분을 삭제하고 편찬한 것이다. 4부, 44류로 서적을 분류하는데 대체로 『구당서·경적지』의 분류 상황에 근거하면서 유목을 증감하였다. 즉, 경부에서는 참위류(讖緯類)를 삭제하고 훈고류(訓詁類)를 소학류(小學類)에 병합시켰다. 사부에서는 기거주류(起居注類)를 편년류(編年類)에 부가시켰으며 사초류(史鈔類)를 증설하였다. 자부에서는 오행류(五行類)에서 시구류(蓍龜類)를 독립시키고 경맥류(經脈類)와 의술류(醫術類)를 합쳐서 의서류(醫書類)로 만들었다. 집부에서는 『숭문총목』과 같이 문사류(文史類)를 증설하였다.

◇ 원 마단림(馬端臨)撰『문헌통고·경적고(文獻通考·經籍考)』

부류	분류 상황
經部	易, 書, 詩, 禮, 春秋, 論語, 孟子, 孝經, 經解, 樂, 儀注, 諡法, 小學 등 14類

부류	분류 상황
史部	正史, 編年, 起居注, 雜史, 傳記, 偽史覇史, 史評史鈔, 故事, 職官, 刑法, 地理, 時令, 譜牒系, 目錄 등 14類
子部	儒家, 道家, 法家, 名家, 墨家, 縱橫家, 雜家, 小說家, 農家, 天文, 曆算, 五行, 占筮, 形法, 兵書, 醫家, 房中, 神僊家, 釋氏, 類書, 雜藝術 등 21類
集部	賦詩, 別集, 詩集, 歌詞, 章奏, 總集, 文史 등 7類

『문헌통고·경적고』에 수록된 서적은 모두 마단림 당시에 현존했던 서적은 아니다. 즉, 『문헌통고·경적고』는 『군재독서지』, 『직재서록해제』, 『숭문총록』 및 기타 관련 자료에 근거하여 편찬한 목록이다. 수록 서적을 4부, 56류로 분류하였다. 분류 상황은 『직재서록해제』에 근거한 것이다. 다만 『직재서록해제』에 비해 경부에 시법류(諡法類)를 증설하고 어맹류(語孟類)를 논어류(論語類)와 맹자류(孟子類)로 분리하였다. 사부에서 별사류(別史類)와 조령류(詔令類)를 없애고 사평사초류(史評史鈔類)를 증설하였다. 자부의 음악류(音樂類)를 다시 경부의 악류(樂類)로 귀속시켰다. 『문헌통고·경적고』에는 대서(大序)가 존재하는데 서적의 집산(集散)과 존망(存亡)에 대해 서술하고 있다. 또한 매 유목 밑에 소서(小序)가 존재한다. 이 부분에서 해당 류(類)의 학술 원류와 성격을 설명하며 간혹 해당 유목을 설치한 이유를 설명하기도 한다.

◇ 명 초굉(焦竑)撰『國史經籍志』

부류	분류 상황
經類	易, 書, 詩, 春秋, 禮, 樂, 孝經, 論語, 孟子, 經總解, 小學 등 11類
史類	正史, 編年, 覇史, 雜史, 起居注, 故事, 職官, 時令, 食貨, 儀注, 法令, 傳記, 地理, 譜系, 簿祿 등 15類
子類	儒家, 道家, 釋家, 墨家, 名家, 法家, 縱橫家, 雜家, 農家, 小說家, 兵家, 天文家, 五行家, 醫家, 藝術家, 類家 등 16類
集類	制誥, 表奏, 賦頌, 別集, 總集, 詩文評 등 6類

『국사경적지』는 분류에 있어 정초의『통지·예문략』을 본받아 부류(部類) 밑에 자목(子目)을 두어 세분화하였다. 즉,『국사경적지』는『통지·예문략』의 분류법을 채용하여『통지·예문략』의 12개 대류(大類), 155개 소류(小類), 284개 유목(類目)을 4部, 48類, 305개 유목으로 구분하였다. 즉,『국사경적지』는 기존의 사부 분류법에서 사용하고 있던 이급(二級) 분류를 사용하지 않고 정초의 목록 분류와 같은 입장에서 서적을 분류하고 있다. 이점이 바로『국사경적지』분류법의 가치이다. 그 이유는 원명 시기에『국사경적지』와 같이 사부(四部), 삼급(三級) 분류를 시도한 목록은 찾아볼 수 없기 때문이다. 동시에『국사경적지』는 4部와 48類 뒤에 각각「소서(小序)」가 존재하는데 이 같은 체제는『직재서록해제』이후로 명

대 만력(萬曆) 연간까지 기타 목록에서 찾아볼 수 없다.

◇ 명 황우직(黃虞稷)撰『천경당서목(千頃堂書目)』

부류	분류 상황
經部	易, 書, 詩, 三禮, 禮樂, 春秋, 孝經, 論語, 孟子, 經解, 四書, 小學 등 12類
史部	國史, 正史, 通史, 編年, 別史, 霸史, 史學, 史鈔, 地理, 職官, 典故, 時令, 食貨, 儀注, 政刑, 傳記, 譜系, 簿祿 등 18類
子部	儒家, 雜家, 農家, 小說家, 兵家, 天文家, 曆數家, 五行家, 醫家, 藝術家, 類書, 釋家, 道家 등 13類
集部	別集, 制誥, 表奏, 騷賦, 詞典, 制擧, 總集, 文史 등 8類

『천경당서목』은 완효서의 『칠록』과 정초의 『통지·예문략』의
체례를 따랐다. 이 목록은 서적의 소장 여부와 현존 여부를 떠나
서적을 수록하였다. 다만 『천경당서목』은 명대 저작을 주된 수록
범위로 하면서 『송사·예문지』에 미수록된 송말(宋末)과 원대의 문
인, 학자들의 저작을 수록하고 있을 뿐이다. 이런 까닭으로 (청)장
정옥(張廷玉)이 『명사(明史)』를 편찬하면서 『예문지(藝文志)』 부분은
『천경당서목』을 저본(底本)으로 하였다. 『천경당서목』은 서적을 4
部, 51類로 분류하고 있는데 대체로 (명)祁承爜 『담생당장서목(淡
生堂藏書目)』의 분류 방식을 수정한 것으로 그 분류가 상당히 세밀

하다. 예를 들어 집부에서 기존의 목록과는 다르게 수록 서적을 8 개의 류(類)로 나누고 있는데 제거류(制擧類)에는 『사서정문(四書程文)』29권, 『명장원책(明壯元策)』12권 등 명대 과거 시험용 서적과 결과물 등이 수록되어 있다. 제거류라는 유목은 명대 『백천서목(百川書目)』, 『만권당서목(萬卷堂書目)』, 『국사경적지』, 『담생당장서목』과 같은 목록에는 없다. 그런 이유로 제거류를 통해서만 명(明) 300여 년 동안의 과거시험 관련 서적의 내용을 파악할 수 있다. 또한 『천경당서목』은 별집에 수록된 서적을 저자가 과거에 급제했던 연도순으로 나열하고 과거에 급제하지 못한 사람들은 생졸년을 기준으로 각 조대의 끝에 배열하는 기준을 제시하였다. 이 기준은 후대 대다수 목록들이 서적을 배열하는 것에 있어 하나의 표준이 되었다.

(7) 청대(清代)

청대는 이전 어떤 시기보다 다양한 목록이 출현하였는데 무엇보다 사부(四部) 분류법의 성행과 쇠퇴가 동시에 발생한 시기였다. 아래에서는 이 변화를 대표하는 두 개 목록의 분류법을 소개하고자 한다.

◇ 청 기윤(紀昀) 等奉勅 撰『四庫全書總目』

『사고전서총목』은 수록 서적을 총4部, 44類로 분류하고 류(類) 밑에서는 다시 세분하여 66개의 유목으로 구분한다. 분류 상황을 살펴보면 아래와 같다.

부류	분류 상황
經部	易, 書, 詩, 禮(周禮, 儀禮, 禮記, 三禮通義, 通禮, 雜禮), 春秋, 孝經, 五經總義, 四書, 樂類, 小學(訓詁, 字書, 韻書) 등 10類
史部	正史, 編年, 紀事本末, 別史, 雜史, 詔令奏議, 傳記(聖賢, 明人, 總錄, 雜錄, 別錄), 史鈔, 載記, 時令, 地理(宮殿疏, 總志, 都會郡縣, 河渠, 邊防, 山川, 古跡, 雜記, 遊記, 外紀), 職官(官制, 官箴), 政書(通制, 典禮, 邦計, 軍政, 法令, 考工), 目錄. 史評 등 15類
子部	儒家, 兵家, 法家, 農家, 醫家, 天文曆算(推算, 算書), 術數(數學, 占候, 相宅相墓, 占卜, 命書相書, 陰陽五行, 雜技術), 藝術(書畫, 琴譜, 篆刻, 雜技), 譜錄(器物, 食譜, 草木鳥獸蟲魚), 雜家(雜學, 雜考, 雜說, 雜品, 雜纂, 雜編), 類書, 小說家(雜事, 異聞, 瑣語), 釋家, 道家 등 14類
集部	楚辭, 別集, 總集, 詩文評, 詞曲 등 5類

『사고전서총목』의 분류는 『수서·경적지』의 사부 분류법을 기초로 하지만 기타 많은 목록의 분류 상황을 참조한 것이다. 예를 들어 사부의 기사본말(紀事本末)이라는 역사서의 체례는 본래 (宋) 원추(袁樞)의 저작인 『통감기사본말(通鑑紀事本末)』에서 비롯되었다. 문제는 『사고전서총목』 이전에 기사본말체 서적은 대부분 사

중국 목록과 목록학

부 편년류(編年類)에 수록되었었다. 이에 비해『사고전서총목』은 사부에 처음으로 기사본말류(紀事本末類)라는 유목을 신설하여 여러 가지 역사적 사실이 하나의 역사서에 포함되는 경우 해당 서적을 수록하였다. 또한 사부의 조령주의류(詔令奏議類)는 송대 이후의 목록, 예를 들면『수초당서목』,『직재서록해제』,『문헌통고·경적고』,『천경당서목』등에서는 모두 집부에 귀속되었지만,『사고전서총목』은 조령(詔令)과 주의(奏議)라는 자료의 성격이 국가 경영과 밀접한 관련이 있다고 판단하여 사부에 귀속시킨다. 또한 경부에서『천경당서목』,『문헌통고·경적고』,『송사·예문지』에 존재하는 경해류(經解類)와『국사경적지』의 총경해류(總經解類)를 오경총의류(五經總義類)로 명칭을 변경하였다.[21]

---

21 『사고전서총목·경부·오경총의류』: "한나라의 경사(經師) 중에『시(詩)』와『역(易)』을 익힌 한영의 훈고는 모두 각각 하나의 책이 되었다. 선제(宣帝) 때 처음으로『석거오경잡의(石渠五經雜義)』18편이 나왔다. 이 서적은『한서·예문지』에는 귀속시킬만한 부류가 없어 마침내「효경류」에 귀속시켰다.『수서·경적지』는 허신의『오경이의(五經異義)』이외의 여러 학자들의 서적을 수록하고 있는데, 또한「논어류」끝에 부록으로 붙여놓았다.『구당서·경적지』에서 처음으로 별도로 '경해(經解)'라고 이름 붙였는데, 여러 목록도 그 방법을 따랐는데, 여러 경을 아울러 포괄한다는 뜻이 드러나지 않았다. 주이존의『경의고』에는 '군경(群經)'이라는 별도의 유목이 있었다. 대체로 '경해'라는 명칭이 완전하지 못하다고 생각하여 유협의「정위(正緯)」에 나오는 말인 '군경'을 채택하여 고쳤으나 또한 훈고의 문장이라는 의미가 드러나지 않았다. 서건학(徐乾學)이『구경해(九經解)』를 판각했고, 고미(顧湄)는 경의 해석을 모두 모았다(總集經解)라

◇ 청 장지동(張之洞)撰『서목답문(書目答問)』4권

부류	분류 상황
經部總目	正經正注第一(十三經五經四書合刻本, 諸經分刻本, 附諸經讀本), 列朝經注經說經本考證第二(易, 書, 詩, 周禮, 儀禮, 禮記, 三禮總義, 樂, 春秋左傳, 春秋公羊傳, 春秋穀梁傳, 春秋總義, 論語, 孟子, 四書, 孝經, 爾雅, 諸經總義, 諸經目錄, 文子音義, 石經) 小學第三(說文, 古文篆隸眞書各體書, 音韻, 訓詁) 등 3類

는 뜻을 채택하여 『총경해(總經解)』라고 이름 붙였는데, 하작(何焯)은 다시 그 의미가 통하지 않는다고 지적하였으니 〈원주: 이 말은 심정방(沈廷芳)이 판각한 하작의 『점교경해목록(點校經解目錄)』에 보인다.〉, 대체로 이름을 바로 정하는 것은 이와 같이 어려운 것이다. 살펴보건대 『수서·경적지』는 여러 경전을 총괄하여 설명하는 것에 대해서 비록 부류를 나누지 않았지만 「논어류」의 끝에서 『공총(孔叢)』·『공자가어(孔子家語)』·『이아(爾雅)』 등의 여러 책을 언급하고, 오경총의(五經總義)를 이 편에 부록으로 싣고 있으니 본래부터 오경총의라고 불렀다. 이제 그것을 기준으로 삼아 명칭을 정하니 거의 옛 것에 가깝다. 『논어(論語)』·『효경(孝經)』·『맹자(孟子)』는 비록 그 자체로 하나의 서적이 되지만 실제로 모두 오경(五經)의 부류이니, 또한 충분히 모두 오경 속에 아우를 수 있다. 교정한 문자와 경전에 있는 여러 그림을 모두 요약하여 부록으로 붙여놓았는데, 그 부류에 따라 배속시켰다(漢代經師如韓嬰治「詩」兼治「易」者, 其訓故皆各自爲書. 宣帝時, 始有「石渠五經雜義」十八篇. 「漢志」無類可隷, 遂雜置之'孝經'中. 「隋志」錄許愼「五經異義」以下諸家, 亦附'論語'之末. 「舊唐書志」始別名'經解', 諸家著錄因之, 然不見兼括諸經之義. 朱彝尊作「經義考」, 別目曰'群經'. 蓋覺其未安而探劉勰「正緯」之語以改之, 然又不見爲訓詁之文. 徐乾學刻「九經解」, 顧湄兼採總集經解之義, 名曰「總經解」, 何焯復斥其不通〈語見沈廷芳所刻何焯「點校經解目錄」中〉, 蓋正名若是之難也. 考「隋志」於統說諸經者雖不別爲部分, 然論語類末稱「孔叢」·「家語」·「爾雅」諸書, 併五經總義附於此篇, 則固稱五經總義矣. 今準以立名, 庶猶近古. 「論語」·「孝經」·「孟子」雖自爲書, 實均五經之流別, 亦足以統該之矣. 其校正文字及傳經諸圖併約略附焉, 從其類也)."

부류	분류 상황
史部總目	正史第一(二十四史二十一史十七史合刻本, 正史分刻本, 正史注補表譜考證), 編年第二(司馬通鑑, 別本紀年, 綱目), 紀事本末第三, 古史第四, 別史第五, 雜史第六(事實, 掌故, 瑣記), 載記第七, 傳記第八, 詔令奏議第九, 地理第十(古地志, 今地志, 水道, 邊防, 外紀, 雜地志), 政書第十一(歷代通制, 古制, 今制), 譜錄第十二(書目, 姓名, 年譜, 名物), 金石第十三(金石目錄, 金石圖像, 金石文字, 金石義例), 史評第十四(論史法, 論史事) 등 14類
子部總目	周秦諸子第一, 儒家第二(議論經濟, 理學, 考訂), 兵家第三, 法家第四, 農家第五, 醫家第六, 天文曆算第七(中法, 西法, 兼用中西法), 術數第八, 藝術第九, 雜家第十, 小說家第十一, 釋道第十二, 類書第十三, 등 13類
集部總目	楚辭第一, 別集第二(漢魏六朝, 唐至五代, 北宋, 南宋, 金元, 明, 國朝理學家集, 國朝考訂家集, 國朝古文家集, 國朝騈體文家集, 國朝詩家集, 國朝詞家集), 總集第三(文選, 文, 詩, 詞), 詩文評第四 등 5類
叢書目	古今人著述合刻叢書, 國朝一人著述合刻叢書 등 2類

『서목답문』은 "공부를 좋아하는 학생들이 와서 어떤 서적을 읽어야 하는지? 어떤 서적이 선본(善本)인지?를 물었다. 일부분의 서적만 추천하면 누락하는 것이 있을까 꺼려지고, 학생들의 뜻과 학업이 각각 서로 다른 까닭으로 서적을 기록하여 초학자들에게 알려주고자 한다."[22]라는 입장에서 편찬된 목록이다. 즉, 초학자들을

---

22   『서목답문·약례(略例)』: "諸生好學者問應讀何書? 書以何本爲善? 偏擧旣嫌絓漏, 志趣學業亦各不同, 因錄此以告初學." 2004, 貴州人民出版社,

위한 학습용 추천 목록이다. 이런 까닭으로 그 분류도 앞에서 언급한 목록들과는 일정한 차이점이 있다. 가장 눈에 띄는 점은 총서목(叢書目)의 독립이다. 총서는 하나의 서명 아래 여러 종류의 서적을 하나로 묶어 출판한 서적의 형태이다. 예를 들면 『이십오사(二十五史)』나 『사고전서(四庫全書)』가 대표적인 총서이다. 『사고전서』는 경, 사, 자, 집의 모든 내용을 포함하고 있다. 그렇다면 만일 『사고전서』를 목록에 수록하는 경우 어느 부류에 귀속시킬지는 골치 아픈 문제가 아닐 수 없다. 이런 까닭으로 목록에서 총서를 분류할 때 어느 부류에 귀속시킬지는 줄곧 명확한 답안이 없었다. 총서가 갖는 복합적인 학문적 속성을 파악하여 처음으로 총서류를 독립시킨 목록이 바로 (명)『담생당장서목』이었다. 『서목답문』은 바로 『담생당장서목』이 분류에 있어 총서류를 독립시킨 방법을 계승한 것이다. 다음으로 『서목답문』은 비록 모든 분류는 아니지만 필요한 경우 삼급(三級) 분류의 체계를 따르는데 이때 수록 서적의 학술적 속성과 학술 배경 등을 고려하였다. 집부총목의 별집제이(別集第二)의 경우를 살펴보자.

漢魏六朝, 唐至五代, 北宋, 南宋, 金元, 明, 國朝理學家集, 國朝考訂家集, 國朝古文家集, 國朝駢體文家集, 國朝詩家

중국 목록과 목록학

集, 國朝詞家集.

먼저 "漢魏六朝, 唐至五代, 北宋, 南宋, 金元, 明, 國朝······"부분
은 조대(朝代) 즉, 시간 순으로 각각의 별집을 배열하고 있다. 이 부
분은 기타 목록의 서적 수록 방법과 다르지 않다. 주목할 점은 국
조(國朝), 즉 청대 별집을 배열하는 방법이다. 장지동은 청대 별집
을 학술 속성에 따라 이학가, 고정가, 고문가, 병려문가, 시가, 사
가의 6개 종류로 나누어 수록하고 있다. 이 같은 수록 방식은 기타
목록에서는 찾아보기 어려운 방법으로 별집 수록에 있어 문인·학
자들의 학술 배경을 고려한 것이다. 목록 이용자의 관점에서 볼
때 청대에 어떤 고문가들이 활동했었는지가 궁금하다면 『서목답
문』은 좋은 길잡이가 될 수 있을 것으로 생각된다.

둘째, 『서목답문』은 자부총목(子部總目)의 처음에 주진제자제일
(周秦諸子第一)[23]을 설치하여 선진 제자백가 서적을 수록하였다. 이
같은 배치는 제자백가를 바로 뒤에 배치된 유목인 유가류에서 분

---

23 (淸)張之洞著, 呂幼焦校補, 張新民審補, 『書目答問校補』:「周秦諸子, 皆自成一家
    學術, 後世書, 其不能歸入經史者, 强附子部, 名似而實非也. 若分類各冠其首,
    愈變愈岐, 勢難統攝, 今畵周秦諸子聚列於首, 以便初學尋覽, 漢後諸家, 내依類條
    列之.」 205면.

리한 것이다. 이는 이전 목록과 달리 선진 제자를 유가 중에서도 가장 중요한 것으로 보았기 때문이다. 이것은 만청(晚淸)시기 제자학(諸子學)의 부흥이라는 학술 사조가 목록에 직접적으로 영향을 미친 결과라고 할 수 있다. 우리는 이를 통해 청대 후기에 이르러 제자백가라는 지식 체계가 만청(晚淸)의 지식 체계 구성에서 매우 중요한 위치를 차지했음을 알 수 있다.

중국 목록과 목록학

제3장

중국 목록 이해하기(1)

중국 목록의 공시(共時, synchronic)적 이해

중국 목록과 목록학의 기본 개념을 이해하는 것 못지않게 중요한 것은 중국 역대 목록을 실제적으로 어떻게 활용할지의 문제이다. 그 이유는 중국 목록과 목록학에 대한 이해가 실제적인 연구로 연결되기 위해서는 목록의 내용을 분석하고 활용하는 과정이 필수적이기 때문이다. 필자의 경험상 중국 역대 목록의 내용은 얼핏 보기에는 별반 어려운 것이 없다고 생각할 수 있다. 즉, 목록의 체례로 볼 때 「소서」와 「총서」가 있는 경우 그리고 각 서적에 대한 해제가 존재하는 경우에는 그 내용을 파악함으로써 목록을 활용할 수 있다. 그러나 해제가 없이 단지 저자와 서명과 관련 내용만이 간략하게 존재하는 경우에는 어떤 방법으로 해당 목록을 분석하고 활용할 수 있을지 의문이 드는 경우가 적지 않다. 그러므로 목록의 내용을 분석하고 활용하는 것은 생각보다 까다로운 작업이다. 먼저 본장에서는 중국 목록을 공시적(共時的, synchronic)으로 이해하는 방법에 대해 살펴보고자 한다. 중국 목록의 공시적 이해는 특정 시기의 목록을 통해 당시 중국의 학술 경향 및 지식 체계를 이해하고자 하는 시도이다.

아래에서는 동한(東漢) 반고(班固, 32~92)의 『한서·예문지』를 예로 들어 목록을 공시적으로 이해하는 방법과 내용을 설명하고자 한다. 예를 들어 막 중국학에 입문한 연구자가 중국 한대(漢代)의 학문 세계와 당시 학자들이 축적한 지식 체계를 이해하려면 대다수의 경우 중국학자들의 저술을 일차적으로 참고하게 된다. 여기서 한 가지 문제의식이 필요하다. 그것은 바로 중국학자들은 어디서 한대의 학문 세계와 지식 체계와 관련된 자료들을 얻었을까? 의 문제이다. 왜냐하면 학자 자신의 학술적 주장을 증명하기 위해서는 적절한 근거 자료가 필요하기 때문이다. 물론 여러 가지 근거 자료가 있을 수 있다. 대표적인 것이 한대 문인·학자들이 저술일 것이다. 다만 중국 목록 역시 매우 중요한 근거 자료가 될 수 있다.

1. 목록의 분류법과 수록 서적을 통한 공시적 이해

『한서』는 한 고조 유방(劉邦)이 한(漢)을 건국한 기원전 206년부터 왕망(王莽, 기원전 45년~기원후 23년)의 신(新)나라가 망한 기원후 23년까지의 역사를 담고 있다. 그렇다면 『한서·예문지』에 수록된 서적들은 기원후 23년까지 당시 서한(西漢)의 관부가 소장하고 있었거나, 한 이전에 존재했던 서적의 상황도 일정 부분 반영하고 있다는 것이 학계의 정설이다. 먼저 그 분류 상황을 제시하면 아래와 같다.

	분류 상황
六藝略	易, 書, 詩, 禮, 樂, 春秋, 論語, 孝經, 小學 등 9類
諸子略	儒家, 道家, 陰陽家, 法家, 名家, 墨家, 縱橫家, 雜家, 農家, 小說家 등 10類
詩賦略	賦甲(屈原賦等二十家), 賦乙(陸賈賦等二十一家), 賦丙(孫卿賦等二十五家), 雜賦, 歌詩 등 5類
兵書略	權謀, 形勢, 陰陽, 技巧 등 4類
數術略	天文, 曆譜, 五行, 蓍龜, 雜占, 刑法 등 6類
方技略	醫經, 經方, 房中, 神僊 등 4類

『한서·예문지』는 (한)유흠(劉歆, ?~23년)『칠략(七略)』의 분류법을 채용하여 수록 서적을 육략(六略), 38類로 나누고 596家의 서적 총 13,269권을 수록하고 있다. 공시적으로『한서·예문지』를 이해할 때 가장 먼저 주목해야 할 점은 반고가 서한까지 축적된 중국의 지식 체계를 6개의 대 카테고리와 38개의 소 카테고리로 분류하고 있다는 점이다. 즉, 반고의 관점에서 당시 중국의 지식 체계는「육예략」,「제자략」,「시부략」,「병서략」,「수술략」,「방기략」의 6개로 포괄할 수 있었다. 흥미로운 것은 유흠과 반고이전에 중국의 지식체계를 6개로 나누는 시도가 이미 있었다는 점이다. 사마천의『사기(史記)·태사공자서(太史公自序)』에 기재된 사마담(司馬談,

?~기원전 110년)의 「논육가지요지(論六家之要旨)」에서 사마담은 자기가 살았던 시기의 학문을 음양(陰陽), 유(儒), 묵(墨), 명(名), 법(法), 도덕(道德) 등 육가(六家)로 분류하고 있다. 이로 볼 때 중국의 지식 체계는 시간의 흐름에 따라 상당한 변화가 있었음을 미루어 짐작할 수 있다.

현재의 관점에서 보면 「육예략」은 역(易), 서(書), 시(詩), 예(禮), 악(樂), 춘추(春秋), 논어(論語), 효경(孝經), 소학(小學) 등 경학에 속하는 서적들이 수록된 지식 체계를 가리킨다. 흥미로운 것은 「육예략」의 분류 상황을 살펴보면 종종 중국 경학 서적에 대한 현재의 관점과 상이한 부분이 발견된다. 예를 들어 후대에 종종 논어와 함께 거론되는 맹자(孟子)는 「육예략」에 수록되어 있지 않고 「제자략·유가(儒家)」에 수록되어 있다. 그렇다면 당시의 학술적 관점으로 볼 때 논어와 맹자의 학술적 가치는 현저한 차이가 있었다는 것을 알 수 있다. 또한 『효경』이 기타 중요 경서와 함께 「육예략」에 수록되어 있는 이유는 "효는 영원히 변할 수 없는 진리로 백성들이 마땅히 존중하여 받들어야 하는 행위(夫孝, 天之經, 地之義, 民之行也)"이기 때문이다. 이를 통해 근대 이전 중국 학계는 효가 갖는 사회 질서 유지의 기능을 강조하였고, 이 입장으로 인해 자연히 『효경』 관련 서적은 「육예략」에 수록되고 있는 것이다.

「제자략」에는 유가(儒家), 도가(道家), 음양가(陰陽家), 법가(法家), 명가(名家), 묵가(墨家), 종횡가(縱橫家), 잡가(雜家), 농가(農家), 소설가(小說家) 등 10개의 학술 유파의 서적이 수록되어 있다. 이 10개의 학술 유파는 전국(戰國)시대를 거치면서 당시 사회에서 유행했던 학술 유파로 후대에 제자백가라고 불리웠다. 무엇보다 「제자략」에서 10가의 학술 유파를 배치할 때 유가를 제일 처음에 위치시켰다는 것은 당시 학술 사상의 주류가 유가였음을 설명하는 것이다. 특히 「제자략」의 유가는 결국 「육예략」에 수록된 9개 경전이 그 학파의 학습 대상이었던 점에서 「육예략」과도 밀접한 관련을 맺고 있다.

「시부략」은 현대적 관점으로 보면 모두 문학 작품이다. 특히 시부략에 수록되어 있는 서적을 살펴보면 「잡부(雜賦)」와 「가시(歌詩)」를 제외하고 나머지 세 종류의 문체가 모두 '부(賦)' 작품이다. 대표적인 작가로는 굴원(屈原), 육가(陸賈)와 손경(孫卿) 3인이다. 흥미로운 것은 기존의 절대 다수의 중국문학사에서 한대를 대표하는 문체가 바로 '부'임을 지적하고 있는데 이 같은 관점은 『한서·예문지·육예략·시부략』의 내용과 일치한다. 바꾸어 말하면 기존 중국문학사의 저자들 역시 『한서·예문지·시부략』에 수록되어 있는 저자와 그들의 작품을 통해 당시 문학계의 동향을 파악했을 것이다.

「시부략」의 맨 처음에 수록된 작품을 살펴보면 아래와 같다.

屈原賦二十五篇. 楚懷王大夫, 有列傳.
唐勒賦四篇. 楚人.
宋玉賦十六篇. 楚人, 與唐勒並時, 在屈原後也……
賈誼賦七篇……
司馬相如賦二十九篇……
　右賦二十家, 三百六十一篇.

수록된 부 작가 가운데 굴원, 송옥(宋玉), 가의(賈誼), 사마상여(司馬相如) 등은 기존의 중국문학사에서 한대의 주류 문체인 '부'를 대표하는 저자로서 설명된다. 필자가 대학교에서 중국문학사를 공부할 당시 양한(兩漢)을 대표하는 문학 장르가 '부'이고 당시 '부'가 매우 흥성하였다는 개론서의 내용을 읽으면서 한 가지 의문이 들었다. 그것은 개론서의 필자들은 어떻게 그 사실을 알았을까? 하는 우문(愚問)이었다. 즉, 나도 모르게 한대(漢代)가 부의 흥성 시기였다는 사실을 어떻게 증명하지? 혹시 다른 문학 장르는 흥성하지 않았나? 하는 의문이 생겼었다. 물론 당시 필자는 자신이 갖고 있던 의문을 풀지 못하고 그냥 관련 내용을 외우고 넘

중국 목록과 목록학

어갔던 기억이 난다. 후에 박사 학위 과정에서 수업과 관련된 자료를 찾는 과정에서 『한서·예문지·시부략』의 내용을 보고서야 의문점이 풀렸다. 즉, 한대에 많은 작가들이 가장 많이 창작했던 문학 장르가 바로 '부'였고, 그것을 바로 『칠략』이라고 하는 목록이 증명했다는 의미이다. 그렇게 필자의 의문은 해소되었다. 그런 후에 왜 중국문학사에서 한대 문학을 언급할 때 '부'에 대한 언급이 많을 수밖에 없었는지가 이해되었고, 중국문학사에 보다 더 쉽게 다가갈 수 있게 되었다.

「병서략」은 병권모(兵權謀), 병형세(兵形勢), 병음양(兵陰陽), 병기교(兵技巧) 등 4종류의 병학 저술 53家의 서적을 수록하고 있다. 병서략(兵書略)이라는 분류 체계가 등장한 이유는 한나라 이전 전국(戰國) 시대를 거쳐 진(秦) 나라가 천하를 통일하는 과정에서 수많은 전쟁이 일어났고, 이에 따라 전쟁에서 필요한 병법 서적이 필요했기 때문일 것이다. 요컨대 병서에 관한 서적이 당시 중국의 지식 체계를 구성하는 6개 가운데 하나로 존재했었다는 사실만으로 서한 때까지 전쟁과 관련된 지식이 매우 활발히 창출되고 유통되었음을 알 수 있다.

「수술략」에는 천문(天文), 역법(曆法), 제사(祭祀), 종묘(宗廟)와 점복(占卜), 형법(形法, 관상술)과 관련된 다양한 서적이 수록되어 있

다. 흥미로운 것은 「수술략」의 6類에 수록된 서적은 표면적으로
는 자연 과학 및 미신과 관련된 것이지만 수록 서적의 내용이 종
종 정치 행위와 밀접한 관련을 맺고 있다. 예를 들어 천문류에는
『태일잡자성(泰壹雜子星)』28권, 『한류성행사점험(漢流星行事占驗)』
8권, 『해중이십팔숙국분(海中二十八宿國分)』28권 등 총 21家, 450권
의 서적이 수록되어 있는데 반고는 이들 서적이 "이십팔숙의 순
서를 배열하고 오성과 일월의 운행을 추산하여 하늘의 길흉을 기
록하는 것으로 성왕이 정사를 추리하는 근거가 된다(序二十八宿, 步
五星日月, 以紀吉凶之象, 聖王所以參政也)."라고 기록하고 있다. 또 잡
잠류(雜占類)에는 『황제장류점몽(黃帝長柳占夢)』11권, 『감덕장류점
몽(甘德長柳占夢)』20권, 『양사천문(禳祀天文)』18권 등 총 18家, 313권
의 서적이 수록되어 있다. 반고는 이들 서적들이 "각종 사물의 표
상을 기록하고 선악의 증험을 관찰할 수 있기 때문에(紀百事之象,
候善惡之徵)", 군주가 괴이하고 상서롭지 못한 현상을 잘 관찰하면
올바른 정치를 할 수 있다고 하면서 "뽕나무와 닥나무가 함께 자
라자 상왕(商王) 대무(大戊)는 그로 인해 두려워하여 덕을 닦아 흥
성하게 되었다. 야생 닭이 정기(鼎器) 위에서 울자 상왕(商王) 무정
(武丁)은 그로 인해 두려워하여 덕을 닦아 고종이 되었다(喪穀共生,
大戊以興; 鴝雉登鼎, 武丁爲宗)."라는 예를 든다.

「방기략」은 의경(醫經), 경방(經方), 방중(房中), 신선(神僊) 방면의 서적을 수록하고 있다. 이들 서적은 모두 "새로운 생명을 만들어내는 방법(生生之具)"으로 "국가가 설립한 관직(王官之一守)"이다. 「방기」라는 것은 "질병을 논하는 것이 국가를 다스리는 도리로 미치고, 병증을 살피고 진단하는 것을 통해 정사의 미래를 예측한다(蓋論病以及國, 原診以知政)."는 학문적 특징을 갖고 있다. 특히 방중류(房中類)(8家, 186권)와 신선류(神僊類)(10家, 205권)의 존재는 서한 시기 도가(道家) 사상의 성행과 밀접한 관련성을 갖고 있다.

이상의 내용이 서적 분류법과 수록된 서적을 통해 『한서·예문지』의 내용을 공시적으로 이해하는 부분이다.

2. 「소서(小序)」와 「총서(總序)」를 통한 공시적 이해

『한서·예문지』에서 각 류(類) 뒤에는 「소서(小序)」가 있고 여섯 개의 략(略) 뒤에는 「총서(總序)」가 존재한다. 그 내용을 통해서도 『한서·예문지』라는 목록의 내용을 심층적으로 이해할 수 있다. 아래에서는 「제자략」과 「병서략」에 등장하는 「소서」와 「총서」의 내용을 예로 들어 관련 내용을 설명하고자 한다.

1) 한서(漢書)·예문지(藝文志)·제자략(諸子略)의 「소서」와 「총서」 이해

「제자략」에는 유가, 도가, 음양가, 법가, 명가, 묵가, 종횡가, 잡가, 농가, 소설가 등 189家, 4,324篇이 수록되어 있다. 즉, 10개 類의 지식 카테고리가 존재하고 이에 따라 10개의 「소서」가 존재한다. 아래에서는 10개 「소서」의 내용을 살펴봄으로써 『한서·예문지』의 내용을 설명해 보고자 한다.

(1) 유가(儒家): 53家, 836篇

	내용
번역문	유가 학파는 대개 교육을 담당하는 관리에서 기원한다. 그들은 임금을 도와 음양을 순조롭게 하고 교화를 밝힌 학파이다. 그들은 육경에서 학문을 닦고 인의에 뜻을 두었으며, 요임금과 순임금의 도리를 모체로 해서 뜻을 펼쳐 서술하고 문왕과 무왕의 법도를 준수하고 공자를 스승으로 섬겨 이로써 자신들의 학설을 중시하게 만들어 학술에 있어 여러 유파 가운데 가장 높은 지위를 차지했다. 공자가 말하기를 "만약 내가 칭찬하는 바가 있다면, 그것은 이미 (그 사람을) 시험해 보았기 때문이다." 당(唐)·우(禹) 시기의 융성함과 은(殷)·주(周) 시기의 성대함 그리고 공자의 업적은 이미 시험하여 효과가 나타난 것이다. 그러나 어리석은 자가 유가의 깊고 미묘한 도리를 잃어버렸고, 편벽된 자는 또 때에 따라 억누르거나 추켜세워 유가의 본질에서 어긋나거나 멀어졌고 사람들을 부추겨 환심을 사려고 했다. 후학들이 이를 답습한 까닭으로 오경(五經)에 대한 견해가 어그러졌고 경전의 의미가 지리멸렬하여 유학이 점차로 쇠퇴하였다. 이것이 바로 편벽한 유가들의 문제점이다.

	내용
원문	儒家者流, 蓋出於司徒之官, 助人君順陰陽明教化者也. 游文於六經之中, 留意於仁義之際, 祖述堯舜, 憲章文武, 宗師仲尼, 以重其言, 於道最為高. 孔子曰:「如有所譽, 其有所試.」唐虞之隆, 殷周之盛, 仲尼之業, 已試之效者也. 然惑者既失精微, 而辟者又隨時抑揚, 違離道本, 苟以譁眾取寵. 後進循之, 是以五經乖析, 儒學浸衰, 此辟儒之患.

① 먼저 주의가 필요한 것은 서술 방식이다. 반고는 유가의 학문을 논함에 있어서 앞부분은 이 학파의 장점, 뒷부분은 단점에 대해 논평하고 있다. 이 같은 서술 방식은 나머지 9가의 학문을 논함에 있어서도 동일하게 적용된다. 이 내용을 통해 각 학문 유파의 장단점을 파악할 수 있다. 동시에 반고는 유가를 논하면서 "유가 학파는 대개 교육을 담당하는 관리에서 기원한다(儒家者流, 蓋出於司徒之官)."라고 그 학문적 연원을 설명한다. 반고는 유가 학파를 설명하면서 그 학문적 연원을 관학 체계에서 연유한다고 설명한다. 뿐만 아니라 반고는 유가를 제외한 나머지 9개 학술 유파의 성격을 설명할 때도 처음에 모 학파는 모 관학 체계에서 출현한 것이라고 주장한다. 즉, 『한서·예문지·제자략』에서 반고는 10개의 학술 유파의 연원을 언급하면서 모두 왕관(王官: 관학)의 학문 체계에서 비롯되었다고 설명하고 있는 것이다. 바꾸어 말하면 제

자백가의 학문의 원류는 모두 관학이라는 의미가 되고,『한서·예문지·제자략』에 등장하는 10개의 학술 유파는 모두 민간에서 발생한 것이 아니라는 것이다. 이 관점은 매우 중요한데 이것은 제자백가 학문의 기원을 설명하는 중요한 학설이기 때문이다. 물론 후대 학자들은 이른바 왕관의 학문[王官之學]이라는 주장에 대해 끊임없이 의문을 제기하고 다른 학술적 주장을 하기도 했다. 그렇지만 지금에 이르러서도『한서·예문지·제자략』에 등장하는 10개의 학술 유파가 관학에서 비롯되었다는 학술적 입장은 완전히 부정할 수는 없다.

② 먼저『한서·예문지·제자략』에 수록된 유가 서적을 살펴보자. 논의의 편의를 위해 유가류에 수록된 서적의 처음 부분과 마지막 부분을 인용하고자 한다.

『晏子』八篇. 名嬰, 諡平仲, 相齊景公, 孔子稱善與人交. 有
「列傳」
『子思』二十三篇. 名伋, 孔子孫, 爲魯繆公師.
『曾子』十八篇. 名參, 孔子弟子.
『漆雕子』十三篇. 孔子弟子漆雕啓後.

『宓子』十六篇. 名不齊, 字子賤, 孔子弟子.

『景子』三篇. 說宓子語, 似其弟子.

『世子』二十一篇. 名碩, 陳人也, 七十子之弟子.

『魏文侯』六篇.

『李克』七篇. 子夏弟子, 爲魏文侯相.

『公孫尼子』二十八篇. 七十子之弟子.

『孟子』十一篇. 名軻, 鄒人, 子思弟子, 有「列傳」.

『孫卿子』三十三篇. 名況, 趙人, 爲齊稷下祭酒, 有「列傳」……右儒五十三家, 八百三十六篇. 入揚雄一家三十八篇.

먼저 각 서적에 대해 서명(書名)→편수(篇數)→본적[籍貫]→이름[名]/시호[諡]→신분(身分)→관직(官職)→관련 史料의 순으로 수록하는 방식을 채택하고 있다. 물론 모든 서적을 기록하면서 위에서 언급한 내용을 빠짐없이 기록하고 있지는 않다. 다만 이 기록을 통해서 독자들은 특정 서적의 저자와 내용을 파악할 수 있다. 둘째 인용한 서적의 상당수가 공자의 제자라고 일컬어지는 칠십자(七十子)와 그 제자들의 것이다. 이 서적들은 시기적으로 두 부류로 구분할 수 있다. 하나는 공자와 가까운 시기의 자사학파(子思學派),

증자학파(曾子學派)이고 또 다른 하나는 시간이 흐른 뒤에 출현한 맹자학파(孟子學派), 순자학파(荀子學派)로 구분된다. 목록에 수록된 서적과 반고의 소서의 내용은 후대 중국학술사를 서술할 때 사용되는 학술 유파의 분류와 일맥상통한다.

③『한서·예문지·제자략』에 수록된 유가 서적 가운데 일부분은 순수한 사상서가 아니다. 역사 및 정치와 관련된 서적도 존재한다. 예를 들면『우씨춘추(虞氏春秋)』七篇,『고조전(高祖傳)』十三篇과 환관(桓寬)『염철론(鹽鐵論)』六十篇 등이 그 예이다. 이로 볼 때 서한 시기까지 중국 학계가 유가라는 학술 유파에 부여했던 지식의 폭이 상당히 넓었다는 것을 알 수 있다. 즉 서한 때까지 유가류에 속한 서적들은 순수한 유가 사상을 수록한 책도 있었지만 유가 학파의 사상이 구체적으로 세상 속으로 드러날 수 있는 역사서나 정치 관련 서적도 포함되어 있었음을 알 수 있다. 이것이 서한때 까지 유가라는 학파의 속성을 이해하는 하나의 시야임에 주목해야 한다.

(2) 도가(道家): 37家, 993篇

	내용
번역문	도가 학파는 대개 역사서를 쓰는 사관에서 비롯되었다. 그들은 국가의 성패, 존망, 화복, 고금의 도를 일일이 기록하였다. 그런 다음에 요점과 근본을 파악하는 것을 알았고 조용히 지내며 행동하지 않음으로 자신을 지키고 몸을 낮춤으로써 자신을 지탱하고자 했다. 이것은 임금이 나라를 다스리는 방법이다. 요임금의 겸양지덕, 『주역』의 겸손함 그리고 한번 겸손으로 네 가지 이익을 얻는다는 이치와 부합한다. 이것이 도가의 장점이다. 방종한 자들이 도가 학설을 수행함에 예교와 학문을 끊고 겸하여 인의를 버리려고 했다. (그들은) 홀로 청정하고 아무것도 하지 않아야 나라가 다스려질 수 있다고 말했다.
원문	道家者流, 蓋出於史官. 歷記成敗存亡禍福古今之道, 然後知秉要執本, 淸虛以自守, 卑弱以自持, 此君人南面之術也. 合於堯之克攘, 易之嗛嗛, 一謙而四益, 此其所長也. 及放者爲之, 則欲絶去禮學, 兼棄仁義, 曰獨任淸虛可以爲治.

① 가장 흥미로운 점은 도가의 학문적 속성을 설명하면서 요임금의 겸양지덕과 유가 경전인 『주역』의 내용으로 도가의 본질을 설명하는 부분이다. 이를 통해 반고는 도가 학파의 속성이 유가와 일정한 관계가 있는 것이 도가 학설의 장점이라고 판단하고 있다. 그러나 방종한 자들이 도가 학설을 수행함에 있어 예의(禮儀)와 인의(仁義)를 버린 까닭으로 후대 도가는 홀로 청정무위(淸靜無爲)만으로도 국가 경영을 할 수 있다는 주장을 하게 되었다고 지적한다.

②『한서·예문지·제자략』을 보면 老子 이전의 도가 서적으로 『이윤(伊尹)』,『태공(太公)』,『신갑(辛甲)』,『육자(鬻子)』 등 4종을 수록하고 있다. 이 4종의 서적은 후대의 도가(道家)가 정리하여 새롭게 편찬한 서적들이다. 그런 까닭으로 도가 사상에 있어『노자』와『장자』가 가장 중요하지만 도가를 연구했던 많은 학자들이 도가의 지식 체계를 더 풍부하게 만들기 위해서『이윤』,『태공』,『신갑』,『육자』같은 새롭게 편찬한 도가 서적을 만들어 낸 것임을 알 수 있다.

③『한서·예문지·제자략』에서 도가 서적을 수록하면서 반고는 종종『황제사경(黃帝四經)』,『황제명(黃帝銘)』,『황제군신(黃帝君臣)』,『잡황제(雜黃帝)』 등 황제지학(黃帝之學)과 관련된 서적을 수록하고 있다. 예를 들어『황제군신(黃帝君臣)』이라는 서적은 이미 망실되었는데 "전국 시대에 생겨난 것으로『노자(老子)』와 비슷한 성격의 서적이다(起六國時, 與『노자(老子)』相似也)" 이 서적은 황제(黃帝)와 군신(君臣) 간의 대화를 빌어 도가의 이론을 설명하고자 한 서적이다. 후대 중국 학계는 전국시기 말부터 한나라 초기까지 노자지학(老子之學)이 황제지학(黃帝之學)과 결합하여 황노지학(黃老之學)으로 발전하게 됨을 지적하는데 이 학술적 흐름을 증명하는 근거가 바로『한서·예문지·제자략』에서 발견되는 것이다.

(3) 음양가(陰陽家): 21家, 369篇

	내용
번역문	음양가라는 학파는 대개 천문과 사시를 관장하는 관리로부터 나왔다. 하늘의 도리를 공경하여 따르고 해, 달, 별들의 천문현상의 운행 규율을 관찰하여 백성에게 농사를 지을 적당한 때를 조심하고 삼가하여 가르쳐 주었다. 이것이 그들의 장점이다. 후에 고집스럽고 융통성이 없는 사람들이 그 학설을 시행하게 되자 금기에 견제를 받고 (점을 치는 등의) 작은 기교에 푹 빠져 사람의 일을 버리고 귀신을 믿게 되었다.
원문	陰陽家者流, 蓋出於羲和之官. 敬順昊天, 歷象日月星辰, 敬授民時, 此其所長也. 及拘者爲之, 則牽於禁忌, 泥於小數, 舍人事而任鬼神.

① 음양가는 천문 기상을 관찰하고, 그것을 바탕으로 역법(曆法)을 추론하여 농사와 관련하여 필요한 기후 현상을 일반 백성들에게 알려주는 중요한 업무를 관장하고 있었다. 그런 까닭으로 한대(漢代) 학술에 대한 음양가의 영향은 매우 컸다고 볼 수 있다. 다만 후대에는 그 학설에 미신적 요소가 중요시됨에 따라 점차 정통 지식 체계에서 분리되는 현상이 발생하게 된다.

② 이를 증명하듯 『한서·예문지·제자략』에서 「음양가」는 세 번째에 위치하지만 『수서·경적지·자부』에는 「음양가」라는 분류 체계는 존재하지 않게 된다. 다만 원래 「음양가」에서 긍정적으로

평가되었던 「천문(天文)」, 「역수(曆數)」, 「오행(五行)」은 「음양가」에서 분화되어 자부에 독립된 유목으로 존재하게 된다. 『수서·경적지』에 수록되어있는 서적은 당(唐) 초기 황실에서 소장하고 있던 것들이다. 그렇다면 기원후 23년까지 제자백가에서 매우 중요한 위치를 차지하고 있던 음양가는 수대(隋代)에 이르러 목록에서 분류 상황 자체가 존재하지 않게 되어 정통 지식 체계에서 설 자리를 잃어버리게 되었다고 할 수 있다.

(4) 법가(法家): 10家, 217篇

	내용
번역문	법가라는 학파는 대개 형벌을 관장하는 관리로부터 나왔다. 그들은 상벌을 분명히 함으로써 예치의 실행을 도왔다. 『주역』에서 「선왕은 형벌을 밝힘으로써 법을 정비하였다.」라고 말하였는데 이것이 그들의 장점이다. 후세에 모질고 잔혹한 자들이 그 학설을 시행하게 되자 교화를 무시하고 인애를 없애고 전적으로 형법에 맡겨 다스림에 이르고자 하였다. 심지어 골육을 잔혹하게 해치고 은덕을 훼손하고 두터운 인정을 각박하게 하는 지경에 이르렀다.
원문	法家者流, 蓋出於理官, 信賞必罰, 以輔禮制.《易》曰:「先王以明罰飭法」, 此其所長也. 及刻者為之, 則無教化, 去仁愛, 專任刑法而欲以致治, 至於殘害至親, 傷恩薄厚.

① 법가가 상벌을 분명히 하는 근본적인 이유는 예치(禮治)의

실행을 보조하기 위해서였다. 이 점에서 법가는 원칙적으로 유가와 대립하는 학파가 아니었다. 이런 이유로 반고는 『주역』의 말을 근거로 예치와 형벌이 결합될 수 있다는 주장을 하게 된다. 문제는 후대의 법가 사상가들이 유가의 핵심 덕목인 교화와 인애를 무시하고 형벌을 통한 부국강병을 강조하면서 법가는 유가와는 동떨어진 학파로 변화하게 된 것이다.

②『한서·예문지·제자략·법가』의 처음에 수록된 서적은 이회(李悝)의 『이자(李子)』와 상앙(商鞅)의 『상군(商君)』 그리고 신불해(申不害)의 『신자(申子)』이다. 이 세 인물은 모두 전국시대 사람으로 혼란한 전국 시대에 부국강병을 강조하면서 법치를 주장했다. 그 가운데 이회(李悝)는 비록 이설이 존재하지만 당시 여러 나라의 법률을 모아 중국 최초의 완전한 법전인 『법경(法經)』을 편찬했다고 알려진다. 이를 통해 법가 발생의 시대적 배경과 학설의 특징과 가치를 알 수 있다.

(5) 명가(名家): 7家, 36篇

	내용
번역문	명가라는 학파는 대개 의례를 관장하던 관리로부터 나왔다. 옛날에는 신분과 지위가 다르면 예우 또한 서로 달랐다. 공자가 말하기를 「반드시 명분을 바로 세우리라! 명분이 바로 서지 않으면 말이 순조롭지 못하고(합리적이지 않고), 말이 순조롭지 못하면 일이 이루어지지 않는다.」라고 말하였다. 이것이 그들의 장점이다. 트집 잡기 좋아하는 사람이 그 학설을 실행함에 명분과 실제의 관계가 함부로 왜곡되거나 파괴되고 지나치게 따져 복잡하고 혼란스럽게 만들었을 뿐이다.
원문	名家者流, 蓋出於禮官. 古者名位不同, 禮亦異數. 孔子曰:「必也正名乎! 名不正則言不順, 言不順則事不成.」此其所長也. 及譥者爲之, 則苟鉤鈲析亂而已.

① 명가류에 수록된 서적은 『등석(鄧析)』, 『윤문자(尹文子)』, 『공손룡자(公孫龍子)』, 『성공생(成公生)』, 『혜자(惠子)』, 『황공(黃公)』, 『모공(毛公)』 등 7家 36편에 불과하다. 단 7명의 학자의 저서가 수록되어 있는 명가가 『한서·예문지·제자략』의 5번째에 등장한다는 의미는 당시 명가의 영향력이 매우 컸음을 반증하는 것이다.

② 명가는 유가 및 법가와 교섭되는 부분이 있다. 『한서·예문지·제자략』의 명가에 처음에 수록된 서적은 춘추시대 정(鄭)나라 사람인 등석(기원전 545~기원전 501)이 쓴 『등석(鄧析)』이다. 그는 춘

중국 목록과 목록학

추 말기 법가의 선구자였다. 등석은 중국에서 처음 법률을 만든 사람이며, 그는 죽 대나무로 형벌을 가한다는 의미인 『죽형(竹刑)』이라는 저술을 통해 법치를 주장했고 동시에 논변에 능했다. 등석을 통해 명가와 법가의 관계를 살펴볼 수 있다. 동시에 반고가 언급하고 있는 명분을 강조한 공자의 말을 통해 명가와 유가의 상관관계도 충분히 엿볼 수 있다.

③ 명가는 예관, 즉, 예의와 명분을 중시하는 관료에서 출발하였다. 문제는 춘추시대 이후로 예악이 붕괴된 후에 정(鄭)나라에서 가장 먼저 예치를 법치로 전환하는 활동이 나타났다는 점이다. 명가의 등장은 춘추시대에 주나라를 중심으로 한 봉건제도가 붕괴되고 봉건제도를 뒷받침하고 있던 예악사상 자체가 붕괴된 것에서 기인한다. 주목할 점은 명분과 실제를 중시했던 명가의 사상 경향이 공손룡자와 혜시에 이르러 추상적인 사변의 길을 걷게 된다는 점이다. 즉, 명가의 대표적인 인물인 공손룡자(公孫龍子)는 변론에 능해 「백마비마(白馬非馬)」설 등을 역설하면서 개별과 일반의 구별을 강조하였다. 다만 그 결과 형이상학적 궤변의 함정에 빠지는 폐단을 가져왔다. 이에 비해 또 다른 대표학자인 혜시(惠施)는 「합동이(合同異)」 학파의 일원으로 사물의 상대성을 과장하여 상

대주의의 궤변에 매몰되었다. 결론적으로 명가라는 학파가 처음에는 실질적인 명분과 형법을 다루었지만 후대에는 그 학설이 추상적인 사변의 길을 걷게 되면서 학파가 갖고 있던 본질을 잃어버리게 된다. 이에 따라 (清)『사고전서총목·자부』에서는 명가라는 분류 체계 자체가 존재하지 않게 된다.

(6) 묵가(墨家): 6家, 86篇

	내용
번역문	묵가라는 학파는 대개 종묘를 지키는 관리로부터 나왔다. 종묘는 띠풀로 지붕을 덮고 채목으로 서까래를 만든 집인 까닭으로 그들은 검소함을 귀히 여겼다. 옛 천자는 삼로(존경할 만한 웃어른)와 오경(경험이 풍부한 웃어른)을 공경하여 봉양했는데 그런 까닭으로 묵가는 겸애를 주장했다. 천자는 인재를 선발하여 대사 예식을 거행했던 까닭으로 묵가는 현명한 인재를 존중하였다. 천자는 조상의 제사를 중시하고 선조를 존숭하였고 그런 까닭으로 묵가는 귀신을 중시했다. 천자는 사시의 변화에 순응하여 일을 행하였기 때문에 그런 까닭으로 묵가는 천명을 믿지 않았다. 천자는 효로써 천하 사람들에게 모범을 보였기 때문에 묵가는 같은 가치관을 강조한 것이다. 이것이 그들의 장점이다. 후에 사리에 어두운 사람이 그 학설을 실행함에 검소함의 이익만을 보아 예교를 배척하였고 겸애의 뜻을 시행하다 보니 친소의 구별을 알지 못하였다.
원문	墨家者流, 蓋出於淸廟之守. 茅屋采椽, 是以貴儉 ; 養三老五更, 是以兼愛 ; 選士大射, 是以上賢 ; 宗祀嚴父, 是以右鬼 ; 順四時而行, 是以非命 ; 以孝視天下, 是以上同 : 此其所長也. 及蔽者爲之, 見儉之利, 因以非禮, 推兼愛之意, 而不知別親疏.

① 묵가에 수록된 서적은 『윤일(尹佚)』, 『전구자(田俅子)』, 『아자(我子)』, 『수소자(隨巢子)』, 『호비자(胡非子)』, 『묵자(墨子)』 등 총 6종류에 불과하다. 이 가운데 『묵자(墨子)』를 제외한 5종의 서적은 모두 실전되어 전해지지 않고 (淸)마국한(馬國翰)의 《옥함산방집일서(玉函山房輯佚書)》에 집일본(輯佚本)이 존재한다. 이를 통해 해당 저작 내용의 일단(一端)을 살펴볼 수 있다.

② 『묵자(墨子)』는 묵가 학파의 집체적 저작이다. 현존하는 『묵자』는 모두 53편인데 그 가운데는 묵자 본인의 주요 사상과 묵자와 묵자 제자들의 언행이 기술되어 있다. 동시에 후기 묵가의 철학과 과학 저작도 포함되어 있다. 『묵자』 중 「경상(經上)」, 「경하(經下)」, 「경설상(經說上)」, 「경설하(經說下)」, 「대취(大取)」, 「소취(小取)」 등 6편의 문헌을 「묵변(墨辯)」이라는 하는데 이 부분은 『묵자』에 나타나는 논리의 기본 추리 과정이다. 학술 사상의 관점에서 볼 때 『묵자』에서 가장 가치가 있다고 평가된다. 이런 이유로 『묵자』에는 명가와 비견될 정도의 강한 논리적 사유 방식이 담겨져 있다.

③ 묵적(墨翟, 기원전 468~기원전 376)은 노(魯)나라 사람이다. 춘추 전국 시대의 사상가이며 정치가로 묵가의 창시자이다. 그는 일찍

이 유가의 학술을 배웠으나 유가의 번잡한 예에 불만을 갖고 새로운 학설을 내세워 강학 활동을 하여 묵가 학파를 만들었는데 당시 유가의 주요한 반대 학파로 성장하였다. 그 학설의 핵심은 겸애(兼愛), 비공(非攻), 절용(節用), 상현(尙賢), 상동(尙同)으로 당시 사회에 큰 영향을 미쳤고 유가와 함께 현학(顯學)으로 간주되었다.

(7) 종횡가(縱橫家): 12家, 107篇

	내용
번역문	종횡가라는 학파는 대개 외교를 관장하던 관리로부터 나왔다. 공자가 말하기를 「『시』 삼백 편을 다 암송하되, 천하의 다른 나라에 사절로 가서 독자적으로 응대하지 못한다면, 아무리 시를 많이 외우고 있은들 또한 무슨 소용이 있겠는가?」라고 하였다. 또 말하기를 「심부름꾼일 뿐이겠는가(훌륭한 사신이로구나)! 심부름뿐일 뿐이겠는가(훌륭한 사신이로구나)!」라고 하였다. 이것은 사신 스스로가 일의 이해득실을 헤아려 적당한 방법으로 대처해야 함을 말한 것인데, 이는 단지 사명을 받을 뿐 응대할 언사는 받지 않는 것을 말하는 것이다. 이것이 그들의 장점이다. 후대에 간사한 사람들이 그 학설을 실행함에 속이는 것만을 숭상하고 그 신의를 저버렸다.
원문	從橫家者流, 蓋出於行人之官. 孔子曰:「誦詩三百, 使於四方, 不能專對, 雖多亦奚以為?」又曰:「使乎, 使乎!」言其當權事制宜, 受命而不受辭, 此其所長也. 及邪人為之, 則上詐諼而棄其信.

① 종횡가는 전국칠웅(戰國七雄)을 둘러싸고 정치, 외교 활동에 종사한 학문 유파이다. 특히 반고는 종횡가 설명하면서 『논어(論

語)·자로(子路)』와 『논어(論語)·헌문(憲問)』의 내용으로 그 본질을 설명한다. 이를 통해 종횡가 역시 유가와 일정한 관련성이 있음을 은연중에 드러내고 있다.

② 『한서·예문지·제자략·종횡가』에 수록된 12家의 저작은 모두 실전되었다. 다만 『소자(蘇子)』, 『궐자(厥者)』, 『괴자(蒯子)』, 『추양(鄒陽)』, 『주부언(主父偃)』, 『서악(徐樂)』, 『장안(莊安)』 등은 (淸)마국한(馬國翰)의 《옥함산방집일서(玉函山房輯佚書)》에 집일본(輯佚本)이 존재한다. 이 종횡가를 대표하는 인물은 『소자(蘇子)』의 저자인 소진(蘇秦)과 『장자(張子)』의 저자인 장의(張儀)이다. 소진은 전국시대 육국의 관계에서 합종책(合縱策, 약한 세력들(六國)의 힘을 합하여 강국 하나(秦)를 공격하는 방법)을 주장하였고, 장의는 연횡책(連橫策, 강국 하나(秦)을 섬겨 약한 세력들을 공격하는 방법)을 주장하였다. 이런 연유로 이 학파를 종횡가라고 일컫는다.

(8) 잡가(雜家): 20家, 403篇.

	내용
번역문	잡가라는 학파는 대개 정치를 의론하고 풍간하던 관리에게서 나왔다. 잡가는 유가와 묵가의 학설을 겸하고 명가와 법가의 학설을 합쳤는데, 국가의

	내용
	전장 제도에는 이 같은 제가의 학설이 필요함을 알았고, 성왕의 통치에 관여되지 않음이 없음을 알게 되었다. 이것이 그들의 장점이다. 후대에 천박한 자가 그 학설을 실행함에 이르러 학설의 내용이 너무 많고 귀결점이 없게 되었다.
원문	雜家者流, 蓋出於議官. 兼儒、墨, 合名、法, 知國體之有此, 見王治之無不貫, 此其所長也. 及盪者為之, 則漫羨而無所歸心.

① 『한서·예문지·제자략』의 「잡가」에 속하는 저술들은 다양한 사상을 포함하고 있다. 예를 들어 『회남내(淮南內)』는 『회남홍렬(淮南鴻烈)』 혹은 『홍렬(鴻烈)』이라고도 불리운다. 서한 회남왕 유안(劉安)과 그 빈객(賓客)인 소비(蘇非), 이상(李尙), 오피(伍被) 등이 저술한 것이다. 이 서적은 도가(道家) 사상을 중심으로 하면서 유가와 법가 및 음양오행 사상이 포함되어 있다. 또 『자만자(子晩子)』에 대해 반고는 "제나라 사람으로 병법을 논하기 좋아하는데 『사마법(司馬法)』과 유사하다(齊人, 好議兵, 與『司馬法』相似)"고 기록하고 있다. 이 내용으로만 볼 때 『자만자』는 『한서·예문지·병서략』에 수록되어야 한다. 다만 『자만자』의 내용은 매우 광범위해서 병법을 논의한 부분은 일부분에 불과하기 때문에 잡가류에 수록되어 있는 것이다. 『회남내』와 『자만자』의 예를 통해 잡가에 수록된 서적

의 성격에 대한 반고의 설명이 근거가 있음을 확인할 수 있다.

② 『한서·예문지·제자략』의 「잡가」에 수록된 서적은 확실히 국가 통치와 밀접한 관련이 있음을 알 수 있다. 예를 들어 『잡가언(雜家言)』은 그 내용이 "왕도와 패도(王伯)"에 관한 것이었다. 다만 반고가 말한 것처럼 잡가의 학설은 내용이 너무 다양하여 학설의 요점이 하나로 귀결되지 않는 단점을 갖고 있었다. 그런 까닭으로 『한서·예문지·제자략』에 수록되어 있는 20家 가운데 『여씨춘추(呂氏春秋)』와 『회남내』를 제외하고는 모두 후대에 전해지지 않는다. 현재 잡가를 논함에 있어 대표 저작은 바로 『여씨춘추』와 『회남내』이다.

(9) 농가(農家): 9家, 114篇

	내용
번역문	농가라는 학파는 대개 농정을 관장하던 관리로부터 나왔다. 그들은 여러 가지 곡식을 파종하고 경작과 직조를 독려하여 의식의 수요를 만족시켰다. 고로 『서경·홍범』의 팔정 가운데 첫째가 양식이요, 둘째가 재화라고 했다. 공자가 말하기를 「나라를 다스림에 중요한 것은 백성의 양식 문제이다.」라고 했다. 이것이 그들의 장점이다. 후세의 비루한 자들이 그 학설을 실행함에 군왕이 필요가 없다고 여기고 임금과 백성을 함께 농사짓게 하고자 하여 군신 상하의 질서를 어긋나게 했다.

원문	農家者流, 蓋出於農稷之官. 播百穀, 勸耕桑, 以足衣食, 故八政一曰食, 二曰貨. 孔子曰:「所重民食」, 此其所長也. 及鄙者為之, 以為無所事聖王, 欲使君臣並耕, 誖上下之序.

① 반고는 농가의 함의를 설명하면서 여전히 농가와 유가를 연결시키고 있다. 『서경·홍범』의 내용과 『논어·요왈(堯曰)』에서 말하고 있는 "나라를 다스림에 중요한 것은 백성의 양식 문제이다(所重民食)"라는 논거를 통해 농가의 중요성을 강조한다. 반고는 『맹자(孟子)·등문공상(滕文公上)』에서 "현자는 백성들과 함께 밭을 갈고 먹으며, 밥을 짓고 나라를 다스려야 한다(賢者與民並耕而食, 饗飧而治)."라는 허행(許行)의 말을 근거로 다스리는 사람과 다스림을 받는 사람 사이의 계급 구분이 없어야 한다는 농가 학설이 갖는 오류를 지적하고 있다. 즉, 반고는 농가가 강조하는 신분 고하에 관계없이 농사에 종사해야 한다는 명제는 신분의 차이가 아니라 각자의 역할이 서로 다름을 인지하지 못하는 오류를 범하고 있음을 지적하고 있다.

② 농가는 현대적인 관점에서는 독립된 학파라고 해도 과언은 아니다. 근대 이전 중국에서도 농가라는 학문이 발전해야 백성들

이 먹고살 수 있었다. 이런 까닭으로 『한서·예문지·제자략』의 아홉 번째에 농가라는 학문 체계를 독립시키고 관련된 책들을 수록한 것이다. 또한 농가는 후세에도 학문이 지속적으로 발전하여 각 왕조에서 출현한 목록의 자부(子部)에서 독립적인 유목(類目)으로서 계속 존재했다.

(10) 소설가(小說家): 15家, 1,380편

	내용
번역문	소설가라는 학파는 대개 지방 사무를 기록하는 관리인 패관으로부터 나왔다. 그 학설은 항간에 떠도는 이야기나, 길거리에서 주워들은 풍문을 가지고 지어낸 것이다. 공자가 말하기를 「비록 잔재주라도 반드시 볼 만한 것이 있다. 다만 원대한 목표에 이르고자 한다면 막혀 통하지 않는 것이 두렵기 때문에 군자는 이것에 힘쓰지 않는다.」라고 했다. 그러나 이 학파는 또한 없어지지 않았다. 한 마을의 잔재주 꾼이 섭렵한 일까지 기록하여 잊혀지지 않게 했다. 만약 그 기록 중에서 하나라도 취할 수 있다면, 이것 역시 백성을 대표하는 의견인 것이다.
원문	小說家者流, 蓋出於稗官. 街談巷語, 道聽塗說者之所造也. 孔子曰 : 「雖小道, 必有可觀者焉, 致遠恐泥, 是以君子弗為也.」然亦弗滅也. 閭里小知者之所及, 亦使綴而不忘. 如或一言可采, 此亦芻蕘狂夫之議也.

① 반고는 소설가라는 학파를 설명하면서도 『논어·자장(子張)』의 주장을 들고 나온다. 소설가라는 학파의 존재 이유를 백성의 의견을 대표하는 것에서 찾고 있다. 더욱 흥미로운 것은 소설가라

는 학파가 없어지지 않았다는 반고의 주장이 후대에는 다른 형태의 소설이 등장한다는 점에서 증명된다는 사실이다.

② 소설가에 수록되어 있는 서적의 내용은 고사(古史), 신화(神話), 전설(傳說), 잡기(雜記) 등에 관한 기록이다. 예를 들어 『청사자(靑史子)』57篇의 내용은 "옛날의 사관이 사건을 기록해 놓은 것(古史官記事也)"이다. 『봉선방설(封禪方說)』18篇은 방사(方士) 들이 기록한 수도(修道), 장수(長壽)와 귀신(鬼神) 관련 내용을 기록해 놓은 잡기이다. 소설가는 한대 이후로 다양하게 분화되어 후대에는 필기(筆記)와 소설(小說) 등으로 발전된다. 특히 후자는 서양식 개념의 소설 작품으로 발전하여 [위진(魏晉)지괴(志怪)·지인(志人)소설→당(唐)전기(傳記)소설→송원(宋元)화본(話本)소설→명청(明淸)장회(章回)소설]로 발전하였다.

이상 소서의 내용을 통해 춘추말기부터 전국시대를 거쳐 서한까지 당시 학술계에서 유가를 포함한 가장 영향력이 컸던 10개의 학술 유파의 장단점을 파악할 수 있었다. 우리는 종종 이 같은 내용을 개론서라는 매체를 통해 이해한다. 문제는 개론서의 내용이 결국 『한서·예문지·제자략』의 내용에 근거한다는 점이다.

마지막으로 언급하고 싶은 것이 있다. 목록의 내용에 대한 깊은 성찰은 종종 새로운 학술적 주장의 근거가 된다는 사실이다. 범문란(范文瀾, 1893~1969)은 중국의 저명한 역사학자이다. 범문란은 『한서·예문지·제자략』의 내용에 천착하다가 전국시대와 그 이후에 존재했던 지식인(士)을 네 부류로 분류할 수 있다는 주장을 제시한다. 범문란이 제시한 지식인의 네 부류 중 첫 번째가 학사(學士)이다. 범문란은 유가와 묵가에 속하는 그 당시 현학(顯學, 당시의 주류 학문을 가리킴)에 종사하면서 학설을 만드는 학자들을 '학사'로 분류하였다. 두 번째는 책사(策士)이다. 책사는 제후들에게 유세함으로써 정치에 참여한 사람으로 소진(蘇秦)과 장의(張儀) 같은 사람이다. 세 번째는 방사(方士) 혹은 술사(術士)이고, 네 번째는 식객(食客)이다. 중요한 점은 범문란이 전국시대에 존재했던 중국 지식인 계층을 이렇게 분류할 수 있었던 근거는 무엇인가의 문제이다. 그것은 『한서·예문지·제자략』의 내용에 대한 분석에 기인한다. 그리고 이러한 분류가 사실상 현재에는 중국 학계에서 정설처럼 받아들여지고 있다.

마지막으로 상술한 10家에 대한 반고의 결론을 「총서」를 통해 설명해보고자 한다. 먼저 『한서·예문지·제자략』의 「총서」 부분을 제시하면 아래와 같다.

	내용
번역문	제자 십가 가운데 중시할 가치가 있는 것은 구가(九家)뿐이다. 이 무리들은 모두 왕도가 이미 쇠퇴하고 제후들이 무력으로 다른 나라를 정벌할 때 생겨 났다. 당시 각 나라의 군주들은 좋아하고 싫어하는 바가 각기 달랐다. 이런 까닭으로 구가의 학설이 벌떼같이 일어나 동시에 흥성하여 각기 한 분야의 관점을 견지하면서 자신들이 가장 훌륭하다고 생각하는 학설을 존숭하고, 이로써 각처에 가서 유세하여 제후들의 인정을 받고자 하였다. 그들의 학설 은 비록 서로 다른 것이 마치 물과 불과 같아서 서로 죽이기도 하고 서로 살 리기도 했다. 또한 인애(仁愛)와 의무(義務), 공경(恭敬)과 화합(和合)의 관 계처럼 비록 서로 배척하지만 사실상 모두가 서로 원하는 것을 이루게 했다. 『주역』에서 말하기를 「천하의 학문은 같은 곳으로 돌아가지만(목적지는 같지 만) 길은 다르고, 생각은 여러 가지이지만 이상은 하나이다.」라고 했다. 오늘 날 유가 이외의 다른 학파들이 각각 그 장점을 내세우고, 모든 지혜와 생각 을 짜내서 자신들 학설의 취지를 밝혔다. 비록 그들 모두 폐단과 단점이 있 지만 그 학설의 요지를 종합해보면 역시 모두 육경의 지류요 말단이라고 할 수 있다. 만약 그들이 훌륭한 군주를 만나 각 학설 가운데 정확한 부분을 취 하여 활용했다면 모두 군주를 보필하는 재목이 되었을 것이다. 공자가 말하 기를 「조정에서 예를 잃으면 그것을 민간에서 구한다.」라고 했다. 지금은 성 인의 시대에서 이미 시간이 오래 경과되었기 때문에 치국의 도리와 방법이 부족하고 폐하여져 다시 찾을 수가 없지만 그 구가라는 학파는 민간보다 낫 지 않은가? 만약 능히 육예의 도를 깊이 연구하고 이 구가의 학설을 살펴 단 점을 버리고 장점을 취한다면 천하의 모든 책략에 통달할 수 있을 것이다.
원문	諸子十家, 其可觀者九家而已. 皆起於王道既微, 諸侯力政, 時君世主, 好惡殊方, 是以九家之術蠭出並作, 各引一端, 崇其所善, 以此馳說, 取合諸侯. 其言雖殊, 辟猶水火, 相滅亦相生也. 仁之與義, 敬之與和, 相反而皆相成也.《易》曰:「天下同歸而殊塗, 一致而百慮.」今異家者各推所長, 窮知究慮, 以明其指, 雖有蔽短, 合其要歸, 亦六經之支與流裔. 使其人遭明王聖主, 得其所折中, 皆股肱之材已. 仲尼有言:「禮失而求諸野.」方今去聖久遠, 道術缺廢, 無所更索, 彼九家者, 不猶瘉於野乎? 若能修六藝之術, 而觀此九家之言, 舍短取長, 則可以通萬方之略矣.

① 반고는 10개의 학술 유파 가운데 중시할 가치가 있는 것은 소설가를 제외한 9가라고 주장한다. 이 9가는 모두 왕도(王道: 유가에서 인의로 천하를 다스리는 통치술)가 쇠퇴하고, 제후들이 다른 나라를 무력으로 정복하는 시대 배경에서 탄생했다. 그 이유는 각 나라의 군주들이 자신이 갖고 있던 정치적 이상을 실현하기 위해 추구하는 학문적 이상이 서로 달랐기 때문이다. 즉, 정치가 학술 사상의 발전과 변화를 이끌었음을 강조하는 것이다. 자연스럽게 9가의 학자들은 자신들의 학문적 이상을 실현하기 위해 제후들의 요구에 부합하는 학문적 주장을 생산해 내었다는 의미이다.

② 반고는 제자략에 속하는 9개 학파의 학문적 성격이 서로 다르지만 그 귀결점은 같다고 역설한다. 반고는 이 논지를 설명하기 위해 먼저 『주역』의 "천하의 학문은 같은 곳으로 돌아가지만(목적지는 같지만) 가는 길은 다르고, 이상은 일치하지만 생각은 여러 가지이다."라는 문구를 인용한다. 앞서 〈소서〉 부분에서 설명한 것처럼 반고의 관점에서 유가를 제외한 9개 학파는 모두 유가와 일정한 관련성을 갖고 있다. 그런 까닭으로 반고는 유가 이외의 다른 학파의 학문 요지를 합쳐보면 역시 육경(六經)의 지류와 말류라고 단정 짓는다. 즉, 반고는 도가부터 소설가까지 학문의 특징

을 설명할 때, 때로는 《주역》을 인용하거나, 때로는 공자의 말을 인용하고 때로는 『상서』의 말을 인용함으로써 9가와 유가가 어떤 관련이 있는지 설명하였다. 『한서·예문지·제자략』을 통해 우리는 적어도 반고의 입장에서 당시 학문의 주류는 유가였다는 사실을 명확하게 이해할 수 있다.

그렇다면 9개 학파의 최종 목적지는 어디일까? 그것은 바로 훌륭한 군주(明王聖主)를 만나 9개 학파의 학설이 정확하게 실현되게 하는 것이다. 마지막으로 반고는 공자가 "조정에서 예를 잃으면 그것을 민간에서 구한다."라는 주장을 인용하여 국가 경영의 근본을 제시한다. 그것은 바로 능히 육예의 도를 깊이 연구하고 이 9가의 학설을 살펴 단점을 버리고 장점을 취하여 천하의 모든 책략에 통달하는 것이다.

이상의 내용을 통해 필자는 『한서·예문지·제자략』의 「소서」와 「총서」를 통해 목록을 어떻게 이해하고 분석해야 하는지에 대한 하나의 실례(實例)를 제시하고자 하였다.

2) 『한서·예문지·병서략(兵書略)』의 「소서」와 「총서」 이해

다음으로 「병서략」에 등장하는 「소서」와 「총서」의 내용을 예

중국 목록과 목록학

로 들어 중국 병학의 기원과 가치 그리고 폐단 등을 설명해 보고
자 한다. 「병서략」에는 모두 권모(權謀), 형세(形勢), 음양(陰陽), 기
교(技巧) 등 4類가 존재한다. 이 4類의 「소서」 내용은 아래와 같다.

(1) 병권모가(兵權謀家): 13家, 259篇

	내용
번역문	병권모가(兵權謀家)는 올바른 방법으로 국토를 방어해야 하고 군대를 사용할 때는 궤계(詭計)와 권모(權謀)를 사용하여 뜻하지 않은 방법으로 승리하여야 한다고 주장한다. 그들은 먼저 상황을 분석하여 방법을 만들어 낸 후에 작전을 진행하고 복잡 다변한 형세를 고려하여 작전을 수행한다. 그들은 음양가의 신비하고 예측할 수 없는 군대 운용 능력을 포함하여 작전 수행 기능의 훈련을 강조한다.
원문	權謀家, 以正守國, 以奇用兵, 先計而後戰, 兼形勢, 包陰陽, 用技巧者也.

(2) 병형세가(兵形勢家): 11家, 92篇, 圖18卷

	내용
번역문	병형세가(兵形勢家)는 기세가 강하고 행동이 신속하여 적보다 나중에 움직여도 적보다 먼저 목적지에 도달한다. 분산, 집결, 철수, 진공 등에 있어 변화무쌍하고 날렵하고 빠름으로 적을 제압한다.
원문	形勢者, 雷動風擧, 後發而先至, 離合背鄕, 變化無常, 以輕疾制敵者也.

(3) 병음양가(兵陰陽家): 16家, 249篇, 圖10卷

	내용
번역문	병음양가(兵陰陽家)는 하늘의 때에 순응하여 진군하여야 함을 강조한다. 형덕과 음양의 변화를 중시하고 북두성의 자리가 바뀌어 가리키는 방향과 계절에 근거하여 군사를 사용할 대상과 시기를 확정한다. 동시에 오행이 서로 이기는 법술에 근거하고 귀신을 빌려 힘을 만든다.
원문	陰陽家, 順時而發, 推刑德, 隨斗擊, 因五勝, 假鬼神而爲助者也.

(4) 병기교가(兵技巧家): 13家, 199篇

	내용
번역문	병기교가(兵技巧家)는 병사들의 손발이 민첩하도록 훈련시키는 것을 중시한다. 병기를 자유자재로 사용하고 병장기에 익숙하게 함으로써 공격과 방어의 승리를 확보할 수 있다.
원문	技巧者, 習手足, 便器械, 積機關, 以立攻守之勝者也.

위의 네 부류 「소서」의 내용을 통해 권모, 형세, 음양, 기교라는 부분에 수록되어 있는 서적의 핵심 내용이 무엇인지를 간략하지만 정확하게 이해할 수 있다.

상술한 4家에 대한 반고의 결론을 「총서」를 통해 설명해보고자 한다. 먼저 『한서·예문지·병서략』의 「총서」 부분을 제시하면 아래와 같다.

	내용
번역문	병가라는 학파는 고대 군정(軍政)과 군부(軍賦)를 관장하는 관리에 기원하는데 왕조 관부의 군사 시설이나 장비를 관장한다. 『상서·홍범』의 8가지 정사에서 여덟 번째가 군사이다. 공자는 나라를 통치하는 사람은 「식량이 충족하고 군비를 충실하게 해야 하고」, 「훈련을 받지 않은 백성이 전쟁에 나가는 것은 헛되이 그들을 죽음으로 내모는 것이라고」 말함으로써 군사의 중요성을 언급하였다. 《역경》에서 「옛날에는 팽팽한 나무로 활대를 삼고, 날카로운 나무로 화살을 삼았으니, 활과 화살의 예리함으로서 천하에 위세를 떨쳤다.」라고 말하였는데 활과 화살의 사용은 이미 오래되었다. 후세에 동을 녹여 예리한 병기를 만들고 가죽을 잘라 갑옷을 만드니 군사 장비가 매우 완비되었다. 후에 상(商)나라의 탕(湯)과 주나라 무왕이 하늘의 뜻을 받아 나라를 세우고 군대로서 어지러운 세상 구하고 백성을 구제하였다. 인(仁)과 의(義)로써 군대를 동원하고 예(禮)와 양(讓)으로 군대 작전을 지도하였는데 『사마법(司馬法)』이 그들이 남겨놓은 흔적이다. 춘추에서 전국시대까지 줄곧 기병을 출동시키고 매복하는 등의 변화무쌍하고 속고 속이는 용병술이 계속해서 출현하였다. 한나라가 흥기할 때 장량(張良)과 한신(韓信)은 병법을 정리, 편찬하여 모두 182家에서 번잡한 것을 삭제하고 중요하고 쓸모 있는 서적을 취하여 35家를 정하였다. 제려(諸呂)가 전적으로 이 병서들을 도둑질하였다. 무제(武帝) 당시 군정인 양복(楊僕)이 흩어지고 사라져버린 병법서를 수집하고 정리한 후 병서 목록을 조정에 바치었는데 그 내용이 아직 완비되어 있지 못하였다. (漢)성제(成帝) 때에 임굉(任宏)을 임명하여 병법서를 「권모」, 「형세」, 「음양」, 「기교」의 4종류로 정리, 편찬하였다.
원문	兵家者, 蓋出古司馬之職, 王官之武備也. 洪範八政, 八曰師. 孔子曰為國者「足食足兵」, 「以不教民戰, 是謂棄之」, 明兵之重也. 《易》曰「古者弦木為弧, 剡木為矢, 弧矢之利, 以威天下」, 其用上矣. 後世燿金為刃, 割革為甲, 器械甚備. 下及湯武受命, 以師克亂而濟百姓, 動之以仁義, 行之以禮讓, 『司馬法』是其遺事也. 自春秋至於戰國, 出奇設伏, 變詐之兵並作. 漢興, 張良, 韓信序次兵法, 凡百八十二家, 刪取要用, 定著三十五家. 諸呂用事而盜取之. 武帝時, 軍政楊僕捃摭遺逸, 紀奏兵錄, 猶未能備. 至于孝成, 命任宏論次兵書為四種.

「병서략·총서」는 병가라는 학파의 학술 원류와 그 득실을 상세히 설명하고 있다. 한 가지 주목할 점이 있다. 반고는 병가라는 학파에서 군대를 동원하는 목적은 '백성을 구제'하는데 있으며, 군대의 동원과 작전 지휘에 있어 유가의 핵심 이념인 '인(仁)', '의(義)', '예(禮)', '양(讓)'에 근거한다고 하면서 대표적인 저작으로 『사마법』을 제시한다. 다만 반고는 『사마법』을 병서략에 수록하지는 않았다. 반고는 「병권모가(兵權謀家)」에서 13家 259篇의 서적을 수록하면서 "『이윤』, 『태공』, 『관자』, 『손경자』, 『갈관자』, 『소자』, 『괴통』, 『륙가』, 『회남왕』 259종을 삭제하고, 『사마법』을 옮겨 예류로 편입한다(刪去『伊尹』, 『太公』, 『管子』, 『孫卿子』, 『鶡冠子』, 『蘇子』, 『蒯通』, 『陸賈』, 『淮南王』二百五十九種, 出『司馬法』入禮也)."고 설명하고 있다. 예류로 편입된 『사마법』이 바로 『한서·예문지·육예략·예류』에 수록된 『군례사마법(軍禮司馬法)』155篇이다. '군례'라는 명칭은 『사마법』의 내용에서 군대와 관련된 일체의 것이 예에 근거하여 이루어진다고 생각했기 때문에 반고가 '군례' 두 글자를 덧붙여진 것으로 추측된다.

제4장

중국 목록 이해하기(2)
중국 목록의 통시(通時, diachronic)적 이해

중국 목록의 통시적 이해는 특정 시기의 목록을 대상으로 그 내용만을 분석하는 것이 아니라 출현 시기가 서로 다른 목록의 분류법과 수록 서적의 비교를 통해 학술 경향의 변천과 지식 체계의 변화를 이해하고자 하는 시도이다. 아래에서는 세 가지 유형의 통시적 이해의 예를 제시하고자 한다.

1. 특정 목록의 비교를 통한 통시적(通時的, diachronic) 이해

먼저 성서(成書) 시기가 다른 두 목록을 대상으로 분류법과 수록 서적의 다름과 같음을 통해 목록을 통시적으로 이해하는 과정과 내용을 설명하고자 한다. 아래에서는 (漢)반고(班固)의 『한서·예문지』와 (唐)위징(魏徵)의 『수서·경적지』에 대한 비교이다.

1) 한(漢) 반고撰 『한서·예문지』

	분류 상황
六藝略	易, 書, 詩, 禮, 樂, 春秋, 論語, 孝經, 小學 등 九類

	분류 상황
諸子略	儒家, 道家, 陰陽家, 法家, 名家, 墨家, 縱橫家, 雜家, 農家, 小說家 등 十類
詩賦略	賦甲(屈原賦等二十家), 賦乙(陸賈賦等二十一家), 賦丙(孫卿賦等二十五家), 雜賦, 歌詩 등 五類
兵書略	權謀, 形勢, 陰陽, 技巧 등 四類
數術略	天文, 曆譜, 五行, 蓍龜, 雜占, 刑法 등 六類
方技略	醫經, 經方, 房中, 神儒 등 四類

2) 당(唐) 위징撰 『수서·경적지』

		분류 상황
經部		易, 書, 詩, 禮, 樂, 春秋, 孝經, 論語, 緯書, 小學 등 十類
史部		正史, 古史, 雜史, 覇史, 起居注, 舊事, 職官, 儀注, 刑法, 雜傳地, 譜系, 簿錄 등 十三類
子部		儒, 道, 法, 名, 墨, 縱橫, 雜, 農, 小說, 兵, 天文, 曆數, 五行, 醫方 등 十四類
集部		楚辭, 別集, 總集 등 三類
附	道經	經戒, 服餌, 房中, 簿錄 등 四類
	佛經	大乘經, 小乘經, 雜經, 雜疑經, 大乘律, 小乘律, 雜律, 大乘論, 小乘論, 雜論, 記 등 十一類

먼저 설명이 필요한 것은 두 목록의 수록 범위이다. 『한서·예문지』에는 기원후 23년까지 당시 중국에 유통되었던 서적들이 수록되어 있다. 『수서·경적지』는 한(漢) 이후 양(梁, 502~557), 진(陳, 439~589), 북제(北齊, 550~577), 주(周), 수(隋, 569~618) 등 다섯 왕조의 서적을 수록 범위로 한다. 결론적으로 『한서·예문지』와 『수서·경적지』는 시기적으로 약 600년의 차이가 있는 목록이다. 그러므로 이 목록의 분류법과 수록 서적을 비교하면 몇 가지 차이점을 발견할 수 있다. 이 차이점을 발견하고 그 의미를 검토하는 것이 바로 통시적으로 목록을 이해하는 구체적인 과정이다.

첫째, 두 목록의 분류법이 상당히 다르다. 『한서·예문지』는 『칠략』의 분류법을 계승하여 칠분법을 사용하고 있는 것에 반해 『수서·경적지』는 경부(經部), 사부(史部), 자부(子部), 집부(集部)의 사부(四部) 분류법을 채용하고 있다. 서적으로 대표되는 지식 체계를 분류함에 있어 7개의 카테고리로 분류하는 것과 4개의 카테고리로 분류하는 것은 학술적 의미가 매우 다르다.

다만 두 목록의 분류법이 완전히 다르다고 보기는 어렵다. 자세히 살펴보면 『한서·예문지』의 7개의 지식 카테고리가 『수서·경적지』의 4개의 카테고리로 병합되는 현상을 발견할 수 있다. 먼저 『한서·예문지』의 「육예략」은 『수서·경적지』의 경부와 거의 일치한다. 다만 『수서·경적지』에는 「위서류(緯書類)」가 증가되었을 뿐이다. 둘째, 『한서·예문지』의 「제자략」은 대체적으로 『수서·경적지』의 자부와 유사하다. 다만 『수서·경적지』에는 음양가(陰陽家)가 존재하지 않는다. 그리고 자세히 살펴보면 「천문류」, 「역수류」, 「오행류」, 「의방류」는 『한서·예문지』의 「술수략」과 「방기략」에 존재했던 지식 체계였다. 그렇다면 600여 년의 시간이 흐르면서 중국 학계에는 본래 「술수략」과 「방기략」에 수록되었던 서적들을 자부로 분류하는 인식의 변화가 나타났다고 할 수 있다. 가장 두드러진 변화는 『한서·예문지』의 「병서략」이 『수서·경적지』에서는 「자부」의 「병류(兵類)」로 축소되었다는 것이다. 이것은 전국 시대를 거치면서 후대에는 비록 전쟁이 없었던 것은 아니지만 상대적으로 병서에 관한 필요성이 줄어든 상황이 목록의 분류에 반영된 것이라고 생각된다. 마지막으로 『한서·예문지』의 「시부략」은 『수서·경적지』의 집부에 해당하지만 그 변화가 크다. 즉, 5개의 분류가 3개의 분류로 바뀌었고,[1] 분류의 명칭과 성질 또한 큰 변화가 있었다. 『한서·예문지·시부략』은 크게 '부(賦)'와 '가시(歌詩)'라는 두 장르로 구별되어 진다. 이에 비해 『수서·경적지』의 초사(楚辭), 별집(別

---

1   『수서·경적지』: "班固有《詩賦略》, 凡五種, 今引而伸之, 合為三種, 謂之集部."

集), 총집(總集)이라는 분류 개념은 문학이라는 공통성을 제외하고
'부'와 '가시'라는 단일한 문학 장르를 뛰어넘어서 상당히 복잡한
개념으로 발전된 것이다. 다른 측면에서 보면 『한서·예문지·시부
략』의 중심이었던 '부'라는 문체가 『수서』「경적지」에서는 문학적
영향력이 쇠퇴하여 독립적으로 어떤 분류 체계가 될 수 없었다는
의미이다. 이 같은 현상을 우리는 『한서·예문지』와 『수서·경적지』
라는 두 목록의 비교를 통해 어렵지 않게 알 수 있다.

둘째, 『수서·경적지』의 사부는 『한서·예문지』에는 존재하지
않는다. 그 이유는 『한서·예문지』에 수록된 역사서는 수량이 많지
않아 「육예략」의 「춘추류(春秋類)」에 귀속시켰기 때문이다. 아래
는 『한서·예문지·육예략·춘추류』와 『수서·경적지·사부』에 수록
된 서적을 비교한 자료이다.

	『한서·예문지·육예략·춘추류』	『수서·경적지·사부』
	『春秋古經』十二篇, 經十一卷. 公羊穀梁二家. 『左氏傳』三十卷. 左丘明, 魯太史. 『公羊傳』十一卷. 公羊子, 齊人. 『穀梁傳』十一卷. 穀梁子, 魯人. 『鄒氏傳』十一卷. 『夾氏傳』十一卷. 有錄無書. 『左氏微』二篇.	『史記』一百三十卷, 目錄一, 漢中書令司馬遷撰. 『史記』八十卷. 宋南中郎外兵參軍裴駰. 『史記音義』十二卷. 宋中散大夫徐野民撰. 『史記音』三卷. 梁輕車錄事參軍鄒誕生撰.

	『한서·예문지·육예략·춘추류』	『수서·경적지·사부』
	『鐸氏微』三篇. 楚太傅鐸椒也. 『張氏微』十篇. 『虞氏微傳』二篇. 趙相虞卿. 『公羊外傳』五十篇. 『穀梁外傳』二十篇. 『公羊章句』三十八篇. 『穀梁章句』三十三篇. 『公羊雜記』八十三篇. 『公羊顔氏』記十一編. 『公羊董仲舒治獄』十六篇. 『議奏』三十八篇. 石渠. 『國語』二十一篇. 左丘明著. 『新國語』五十四篇. 劉向分「國語」. 『世本』十五篇. 古史官記黃帝以來訖春秋時諸侯大夫. 『戰國策』三十三篇. 記春秋後. 『奏事』二十篇. 秦時大臣奏事, 及刻石名山文也. 『楚漢春秋』九篇. 陸賈所記. 『太史公』百三十篇. 十篇有錄無書. 馮商所續『太史公』七篇. 『太古以來年紀』二篇. 『漢著記』百九十卷. 『漢大年紀』五篇.	『古史考』二十五卷. 晉義陽亭侯譙周撰. 『漢書』一百一十五卷. 漢護軍班固撰, 太山太守應劭集解. 『漢書集解音義』二十四卷. 應劭撰. 『漢書音訓』一卷. 服虔撰. 『漢書音義』七卷. 韋昭撰. 『漢書音』二卷. 梁尋陽太守劉顯撰. 『漢書音』二卷. 夏侯詠撰. 『漢書音義』十二卷. 國子博士蕭該撰. 『漢書音』十二卷. 廢太子勇命包愷等撰. 『漢書集注』十三卷. 晉灼撰. 『漢書注』一卷. 齊金紫光祿大夫陸澄撰. 『漢書續訓』三卷. 梁平北諮議參軍韋稜撰. 『漢書訓纂』三十卷. 陳吏部尚書姚察撰. 『漢書集解』一卷. 姚察撰. 『論前漢事』一卷. 蜀丞相諸葛亮撰. 『漢書駁議』二卷. 晉安北將軍劉寶撰. 『定漢書疑』二卷. 姚察撰. 『漢書叙傳』五卷。項岱撰…….
	「春秋」二十三家, 九百四十八篇	凡史之所記, 八百一十七, 一萬三千二百六十四卷. 通計亡書. 合八百七十四部. 一萬六千五百五十八卷.

[표 1] 『한서·예문지·육예략·춘추류』와 『수서·경적지·사부』 비교표

『한서·예문지·육예략·춘추류』에 수록되어 있는 서적 가운데 역사서라고 볼 수 있는 것은 「의주(議奏)」 이하의 서적 12종에 불과하다. 『공양동중서치옥(公羊董仲舒治獄)』 위로 수록되어 있는 서적은 『춘추』라는 경전에 관한 서적, 즉 경학에 관련된 서적이다. 이에 비해 『수서·경적지·사부』에 수록된 역사서는 실전된 서적을 포함하면 874部, 16,558권에 달한다. 「정사류(正史類)」만 67部, 3,813卷이고 실전된 것까지 포함하면 80部, 4,030卷에 달한다. 이로 볼 때 『한서·예문지』부터 『수서·경적지』까지 사부에 수록된 역사서가 비약적으로 많이 증가했음을 알 수 있다.

셋째, 두 목록을 비교해 보면 『한서·예문지』에는 없고 『수서·경적지』에 새롭게 등장하는 유목을 발견할 수 있다. 물론 반대의 경우도 존재한다. 먼저 전자의 예를 살펴보자. 『수서·경적지·경부』의 「위서류(緯書類)」는 『한서·예문지』에는 존재하지 않는다. 그렇다면 『수서·경적지·경부』에는 왜 「위서류」가 존재할까? 이 물음에 답변하기 위해서는 먼저 위서가 어떤 성질의 서적인지에 대한 설명이 필요하다.

'위서'는 서한(西漢) 말기에서 동한(東漢) 때까지 유행했던 서적이다. 다만 서한 이전에는 위서가 그렇게 유행하지 않았다. 한나라 때 성행했던 음양오행(陰陽五行) 사상의 영향을 받아 출현한 학술 사상의 결과물이라고 볼 수 있다. 즉, 위서는 한대에 유가 경전의 뜻에 부회(附會, 이치(理致)에 닿지 않는 것을 억지로 끌어대어 이치(理致)에 맞게 하는 것)하여 만들어진 서적들로 미신적 의미가 강하다. 그 가운데 적지 않은 고대 신화와 전설이 포함되어 있기도 하다. 신화나 전설과 관련된 책을 보고 싶다면 이 위서를 보면 많은 자료를 볼 수 있다. 또한 위서 안에는 천문, 역법 방면의 지식도 포함하고 있다. 이것을 통틀어 '위(緯)'라고 약칭하기도 한다. 『수서·경적지·경부』의 「위서류」에 수록된 서적은 총 13部, 92권으로 그 내용은 아래와 같다.

《河圖》二十卷,《河圖龍文》一卷,《易緯》八卷,《尚書緯》,《尚書中候》五卷,《詩緯》十八卷,《禮緯》三卷,《禮記默房》二卷,《樂緯》三卷,《春秋災異》十五卷,《孝經勾命決》六卷,《孝經援神契》七卷,《孝經內事》一卷.

'위서'는 일곱 개의 서적으로 대표된다. 현재 『역위(易緯)』·『상서위(尚書緯)』·『시위(詩緯)』·『예위(禮緯)』·『악위(樂緯)』·『춘추위(春秋緯)』·『효경위(孝經緯)』 7종이 전해지는데 이 7종의 서적을 '칠위(七緯)'라고 부른다. '칠위'는 한나라 학자들이 공자가 지었다고 거

중국 목록과 목록학

짓으로 위탁한 것으로 한대에 유행하다가 위진남북조의 유송(劉宋) 때 이르러 전파가 금지되었다. 이후 수나라 양제(煬帝) 때 분서령으로 불타서 상당히 많은 위서가 사라졌다. 그러나 이 위서는 인간사의 길흉화복과 국가의 흥망성쇠 등을 예언한 까닭으로 방사(方士)들이 전하는 참어(讖語, 일종의 예언서)와 합쳐 참위(讖緯)라고 불리기도 한다. 비록 수나라 때 분서령(焚書令)으로 많은 책이 사라졌지만, 사람들이 위서와 관련된 책을 저술하였고 이에 따라 위징이 『수서·경적지』를 편찬할 때 「위서류」가 등장하게 되는 것이다.[2] 결론적으로 「위서류」 서적은 음양오행의 관점으로 경전을 해석하는 결과물로 한대 이후로 중국 학술계에서 일정한 영향력이 있는 경전해석 방법이라고 할 수 있다.

「위서류」와 반대로 『수서·경적지』에는 존재하지 않는 서적 분류 상황이 『한서·예문지』에 존재한다. 바로 「제자략·음양가」이다. 『한서·예문지·제자략·음양가』에는 21家 369篇이 수록되어 있다. 수록 내용은 아래와 같다.

---

2   현재 '緯書'는 비록 대부분 망실되었으나 그 내용은 여러 경전의 注疏 및 기타 서적에 인용된 것이 적지 않아서 후대 학자들이 그 자료들은 수집, 정리하여 현재에도 전해진다. 현재 『緯書集成』(1994年, 上海古籍出版社) 등을 통해 관련 내용을 파악할 수 있다.

宋司星子韋三篇, 公檮生終始十四篇, 公孫發二十二篇, 鄒
子四十九篇, 鄒子終始五十六篇, 乘丘子五篇, 杜文公五篇,
黃帝泰素二十篇, 南公三十一篇, 容成子十四篇, 張蒼十六
篇, 鄒奭子十二篇, 閭丘子十三篇, 馮促十三篇, 將鉅子五
篇, 五曹官制五篇, 周伯十一篇, 衛侯官十二篇, 于長天下
忠臣九篇, 孫渾邪十五篇, 雜陰陽三十八篇.

다만 음양가라는 학파가 『수서·경적지』에 존재하지 않게 되었다는 의미는 학파 유지의 연속성이 무너져 정통 학술 체계에서 더 이상 발붙일 곳이 없게 되었다는 의미로 해석된다.

마지막으로 『수서·경적지』의 부록인 「도경(道經)」과 「불경(佛經)」에 대한 설명이 필요하다. 이 부록 부분은 『한서·예문지』에는 존재하지 않는 분류 상황이다. 그 이유는 「도경」과 「불경」으로 대표되는 지식 체계가 반고가 『한서·예문지』를 저술할 당시에는 학계가 주목할 만큼의 학문적 영향력이 형성되지 않았기 때문이다. 「도경」이라는 지식 체계는 비록 『노자(老子)』와 『장자(莊子)』 등 도가 서적과 밀접한 관련성을 가지지만 여기에 종교적인 색채가 더해진 것이다. 그러므로 그 발전은 한대 이후에 보다 활발한 발전 양상을 보인다. 그러므로 『수서·경적지』가 편찬된 당대(唐代)에 이르러서는 경부·사부·자부·집부 이외에 수(隋)대의 학술 체계에서 한 자리를 차지하기에 부족함이 없는 지식 체계로 자리 잡았다고 할 수 있다. 「불경」의 경우는 설명이 더욱 분명해진다. 불교가 중국에 전파된 시기는 여러 학설이 존재하지만 가장 이른 시기가 동한(東漢)이다. 불교라는 종교가 전해지지 않은 서한 시기를 수록 범위로 하는 『한서·예문지』에 불교 관련 서적이 수록될 수 없는 것은 너무도 당연한 일이다.

이상에서 필자는 『한서·예문지』와 『수서·경적지』의 분류법과 수록 서적 상황을 통해 중국 학술을 이해하는 방법과 내용을 설명하고자 했다. 분류 상황과 수록 서적을 통해 중국 학술의 발전 양상을 검토할 수 있다는 것에서 중국 목록을 통시적으로 이해하는 하나의 모형을 제시하고자 했다.

2. 집부(集部) 유목(類目)의 변천을 통한 목록의 통시적 이해

『사고전서총목·집부총서』는 역대 중국 목록에서 집부에 수록된 서적을 성격에 따라 분류하는 유목의 변화를 아래와 같이 설명하고 있다.

　집부의 유목(類目)가운데 초사(楚辭)가 가장 먼저 출현했고
별집(別集)과 총집(總集)이 그 다음이고 시문평류(詩文評類)는
더욱 늦게 출현했으며 사곡(詞曲)은 여분의 것이다(集部³之目,
『楚辭』最古, 別集次之, 總集次之, 詩文評又晩出, 詞曲則其閏餘⁴也.)

　이 부분은 집부 유목의 출현 순서와 변천 과정을 설명하고 있
다. 즉, 『사고전서총목·집부총서』는 도입부에서 집부의 유목 가운
데 초사, 별집, 총집, 시문평, 사곡의 출현 순서의 선후를 설명하고
있다. 아래 표는 『사고전서총목』이 출현하기 전 중국 역대 주요
목록의 집부 유목의 변천 상황을 설명한 것이다. 『사고전서총목·
집부총서』의 주장을 검토하기 위해서 아래에서는 주요한 중국 역

3　集部는 중국 전통의 분류법인 四部分類法에서 詩, 古文, 詞, 曲 등과 관련된 서
　적이 속하는 부분이다. 주지하다시피 집부라는 명칭이 목록서에 사용된 것은
　『隋書·經籍志』가 처음이며 그 후로 사부분류법에 속하는 중국 역대의 많은 목
　록서들이 거의 예외 없이 집부라는 명칭을 계승하여 사용하여 왔다.
4　閏餘는 원래 윤월(閏月)의 의미이다. 여기서는 잉여(剩餘)혹은 더하여지다(增添)
　의 의미로 쓰였다. 흥미로운 것은 詞와 曲에 대한 『사고전서총목』의 평가가 현
　재와는 상당히 다르다는 점이다. 즉, 현재 일반적인 중국문학사에서는 송사를
　매우 중요한 장르로 기술하고 있다는 점에서 『사고전서총목』의 평가는 상당히
　이례적이다.

대 목록에서 집부에 해당하는 부분을 표로 정리하였다.

	目錄書	集部 類目
漢	班固『漢書·藝文志』	詩賦略: 賦類, 雜賦類, 歌詩類
梁	阮孝緒『七錄』	楚辭, 別集, 總集, 雜文
唐	魏徵『隋書·經籍志』	楚辭, 別集, 總集
	元行沖『群書四部錄』	楚辭, 別集, 總集
	劉煦『舊唐書·經籍志』	楚辭, 別集, 總集
宋	王堯臣『崇文總目』	總集, 別集, **文史**
	兆公武『郡齋讀書錄』	楚辭, 別集, 總集, **文說**
	尤袤『遂初堂書目』	別集, 章奏, 總集, **文史**, 樂曲
	陳振孫『直齋書錄解題』	楚辭類, 總集類, 別集類, 詩集類, **歌辭類**, 章奏類, 文史類
元	脫脫等『宋史藝文志』	楚辭, 別集, 總集, **文史**
	馬端臨『文獻通考經籍考』	賦詩, 別集, 詩集, 歌詞, 章奏, 總集, **文史**
明	祁承爜『淡生堂藏書目錄』	辭賦類, 總集類, 餘集類, 別集類, **詩文評類**
	黃虞稷『千頃堂書目』	別集, 制誥, 表奏, 騷賦, 詞曲, 制擧, 總集, **文史**
淸	紀昀等『四庫全書總目』	楚辭, 別集, 總集, 詞曲, **詩文評**

[표 2] 중국 역대 주요 목록의 집부 유목 변화 상황

[표 2]의 내용을 통시적으로 이해하면 그 내용은 아래와 같다.

　첫째, 완효서(阮孝緒)『칠록(七錄)』에서 이미 초사(楚辭)는 독립된 유목으로 출현한다. 그 후로 집부에서 초사류는 줄곧 집부의 가장 처음에 위치한다.『초사』는 원래 중국 초나라의 굴원(屈原)과 송옥(宋玉)의 작품을 비롯하여 한(漢)나라 때의 모방작들까지 포함하고 있는 서적을 가리킨다. 굴원과 송옥을 비롯하여, 경차(景差), 회남소산(淮南小山), 동방삭(東方朔), 엄기(嚴忌), 왕포(王褒)와 유향 등의 작품들이 포함되어 있다. 그리고『초사』에 대한 후대 문인·학자들의 관심이 계속되어『초사』에 대한 주석서들이 계속해서 등장한다. (漢)왕일(王逸)의『초사장구(楚辭章句)』, 남송(南宋)홍흥조(洪興祖)의『초사보주(楚辭補注)』, 남송(南宋)주희(朱熹)의『초사집주(楚辭集注)』등이 그 예이다.

　둘째, 집부에 수록된 서적을 분류하는 방법은 여러 가지이지만 완효서『칠록』부터 하나의 정형화된 분류 방법이 등장한다. 그것은 바로 집부 서적을 초사와 별집과 총집으로 분류하는 것이다. 그 가운데 별집은 개별 작가의 작품을 모아 편찬한 서적으로 (唐)한유(韓愈)의『창려선생문집(昌黎先生文集)』, (唐)백거이(白居易)의『백거이집(白居易集)』등이 그 예이다. 이에 비해 총집(總集)은 하나의 제목 아래 여러 작가의 작품을 모아 편찬한 시문집(詩文集)의 명칭이다. 대표적인 것으로는 『문선(文選)』, 『문원(文苑)』, 『전당시(全唐詩)』, 『전당문(全唐文)』, 『당송팔대가문초(唐宋八大家文鈔)』, 『송문감(宋文鑑)』 등이 있다.

셋째, 당오대 시기 이전까지 집부에 속하는 서적은 대체로 초사, 별집, 총집이라는 세 개의 카테고리로 분류되었다. 그러다가 송대 왕요신 『숭문총목』과 조공무 『군재독서록』과 같은 목록의 집부 유목 분류부터 「문사(文史)」류와 「문설(文說)」류가 등장하기 시작한다. 이 「문사」류와 「문설」류가 바로 (明)祁承爜의 『담생당장서목(淡生堂藏書目)』과 (淸)기윤等이 편찬한 『사고전서총목』에서 말하고 있는 시문평류이다. 주지하다시피 시문평류에 속하는 서적은 위진남북조 시기에 이미 중국 문단에 출현한다. 유협(劉勰)의 『문신조룡(文心雕龍)』, 종영(鍾榮)의 『시품(詩品)』 등이 그 예이다. 시문평류 서적의 출현은 시문에 대한 중국 문인들의 인식이 깊어짐에 따라 시문을 어떻게 써야 하고, 어떻게 이해해야 하는지에 관한 물음에 대한 답변이다. 중국 최초의 문학비평서라고 할 수 있는 (魏)조비(曹丕, 187~226) 『전론(典論)』의 일부분을 살펴보자.

대개 글은 나라를 다스리는 위대한 일이며, 썩지 않는 성대한 일이다. 나이는 시간이 흐르면 다하게 되고, 명예와 즐거

옴은 그 한 몸에 그치니, 두 가지는 반드시 변하지 않는 기간 (유한함)에 이르니, 문장처럼 끝이 없는 것이 아니다. 이 때문에 예전의 작가들은, 몸을 글 쓰는 일에 맡기었고, 자신의 뜻을 책에 나타내어, 훌륭한 사관의 말을 빌리지 않고, 날고 뛰는 기세에 의지하지 않아도, 그 이름이 저절로 후세에 전해졌다(蓋文章, 經國之大業, 不朽之盛事. 年壽有時而盡, 榮樂止乎其身, 二者必至之常期, 未若文章之無窮. 是以古之作者, 寄身於翰墨, 見意於篇籍, 不假良史之辭, 不托飛馳之勢, 而聲名自傳於後).

조비는 문장의 공용성을 설명하면서 문인들은 역사서 등의 힘을 빌리지 않고 문장만으로도 후세에 이름을 남길 수 있다고 주장한다. 시문평류 서적은 위진남북조를 거쳐 당대에 이르러서도 관련 서적이 계속 출현한다. (唐)교연(皎然)의 『시식(詩式)』이나 (唐)맹계(孟棨)의 『본사시(本事詩)』 등이 그 예이다. 문제는 문학계의 관심과 노력으로 시문평류 서적이 계속 등장했음에도 목록에서 송대에 이르러서야 시문평류라는 유목이 등장한다. 그 이유는 무엇일까? 주된 원인은 송대에 이르러서 시문평류 서적이 양적으로 증가했을 뿐만 아니라 질적으로도 제고되었기 때문에 시문평류가 당시 학계에서 하나의 독립된 지식 체계로 인정받기 시작했다는 의미가 된다.

넷째, 진진손『직재서록해제』의 집부 분류에 등장하는「가사류 (歌辭類)」가『사고전서총목』에서 언급하고 있는「사곡(詞曲)」류이 다. 진진손『직재서록해제·가사류』에 수록되어 있는『화간집(花 間集)』10권,『육일사(六一詞)』1권,『동파사(東坡詞)』2권 등이 이 같은 사실을 증명한다. 사(詞)와 곡(曲)은 개별적인 문체이다. 다만 두 문 체 모두 먼저 調子(가락, 멜로디)가 있은 후에 그 박자에 맞추어 가 사를 노래한 것을 가리킨다. 즉, 사와 곡은 시가와 비슷한 성격의 문체이지만 음악과 보다 긴밀하게 결합된 시가 형식이라고 할 수 있다. [표 2]의 내용을 보면 사곡류라는 유목은 송대 이전에는 등 장하지 않다가 송대 우무(尤袤)『수초당서목(遂初堂書目)』과 진진손 『직재서록해제』에서 각각「악곡(樂曲)」과「가사류(歌辭類)」라는 명 칭으로 등장하고 명대와 청대에는「사곡(詞曲)」이라는 명칭으로 변화한다. 중국 문학사를 살펴보면 사곡의 발전은 송대에서 시작 되어 명·청시기를 거치면서 흥성되는데 [표 2]에서 제시되는 송대 목록의「가사류(歌辭類)」부터 청대 목록의「사곡」까지가 바로 중국 문학사에 있어 사곡 발전의 흐름을 설명하고 있는 것이다.

결론적으로 문학 작품이 수록되고 있는 집부는 그 유목이 다양하 게 출현하였지만 청대에 와서 초사, 별집, 총집, 시문평, 사곡 등으로 정형화 되었다. 동시에 이 순서는『사고전서총목』의 주장대로 중국

고전문학 각 장르의 출현 시기와 발전 과정을 설명하는 것이다.

부가적으로 설명이 필요한 것은 소설이다. 소설이라는 개념이 가장 먼저 등장하는 목록은 『한서·예문지·제자략』이다. 제자략에 등장하는 10개의 학술 유파 가운데 하나가 소설가(小說家)이다. 이를 통해 알 수 있듯이 소설이라는 명칭은 서한 때까지 우리가 알고 있는 픽션(Fiction)의 의미를 갖고 있는 문학 작품이 아니라 학술 사상으로 간주되었다. 그렇다면 픽션(Fiction)의 의미를 갖고 있는 문학 작품으로서의 소설은 중국에 없는가? 이 질문에 대한 답은 '아니다' 이다. 중국 고전에서 서양의 소설과 같은 의미의 작품은 분명히 존재한다. 다만 이 작품들은 목록에서 집부가 아닌 주로 「자부·소설가류」에 수록되어 있다. 즉, 목록의 분류 상황으로 보면 중국고전문학에서 소설은 완전한 문학 작품이 아닌 것으로 인식되어 왔다고 할 수 있다.

3. 개별 서적을 통한 중국 목록의 통시적 이해: 『공자가어(孔子家語)』를 중심으로

『공자가어(孔子家語)』(이하 『가어』라고 약칭함)라는 책은 공자와 제자들 간의 언행을 기록한 것으로, 역대로 진위(眞僞)에 대한 논쟁이 있어 왔다. 그러나 관련 출토 문헌의 발견으로 인해 점차로 위서(僞書)라는 멍에에서 벗어나고 있다. 『가어』에는 후대 사람들이 쓴 내용도 일부 존재하지만, 전체적으로 볼 때 위서가 아니라는 것이 현재 중국 학계의 일반적인 견해이다.

흥미롭게도 『가어』는 역대 중국 목록가운데 비교적 이른 시기에 출현한 목록에서는 대부분 경부로 분류되어 있었다. 『가어』가 경부에 수록되었다는 것은 경전으로서의 가치가 인정되었다는 의미이다. 문제는 후대에 출현한 목록을 살펴보면 『가어』가 종종 「자부·유가류」에 수록되는 현상이 발견된다는 점이다. 동일한 서적이 목록에서 각기 다르게 분류된다는 사실은 매우 흥미로운 현상이다. 동일한 서적이 시대에 따라 목록에서 서로 다른 부(部) 혹은 류(類)에 귀속된다는 것은 해당 서적의 학문적 속성에 대한 학계의 이해가 달라졌음을 의미한다.

아래에서는 『가어』가 역대 중국 목록에서 어떻게 분류되어 있는지를 상세하게 제시하고자 한다. 그리고 이를 바탕으로 『가어』가 서로 다른 시대의 목록에서 분류되는 방식이 달라진 이유를 설명하고자 한다. 이 과정을 통해 개별 서적을 통한 목록의 통시적 이해의 예를 제시하고자 한다.

1) 중국 역대 목록에서 『가어』의 분류 상황

(1) 송대(宋代) 이전

목록	저자	수록 내용	분류 상황
『漢書·藝文志』	(西漢)班固	孔子家語二十七卷. 師古曰 : 非今所有家語也.	論語類
『隋書·經籍志』	(唐)魏徵	孔子家語二十一卷. 王肅解. 梁有『當家語』二卷, 魏博士張融撰, 亡.	經部論語類
『日本國見在書目錄』	(日)藤原佐世	孔子家語廿一卷, 王肅撰. 家語抄一卷.	
『舊唐書·經籍志』	(五代)劉昫	孔子家語十卷. 王肅注.	甲部經錄一論語類
『新唐書·藝文志』	(宋)歐陽脩·宋祁	注孔子家語十卷.	經部論語類

이상의 내용을 통해 우리는 양한(兩漢)에서 당(唐), 오대(五代)시기 까지 『가어』는 二十七卷本, 二十一卷本과 十卷本이 존재하였음을 알 수 있다. 특히 二十一卷本과 十卷本은 모두 왕숙주본(王肅注本)으로 이를 통해 위진(魏晉)이래로 통행되었던 『가어』는 모두 왕숙주본임을 알 수 있다. 동시에 二十七卷本은 『수거·경적지』부터 중국 목록에 수록되지 않고 있음을 알 수 있다. 다만 『일본국견

재서목록(日本國見在書目錄)』의 기록을 통하여 二十一卷本이 일본으로 유입되었음도 알 수 있다.[5]

주의할 점은 『한서·예문지』, 『수서·경적지』, 『구당서·경적지』, 『신당서·예문지』 모두 『가어』를 「논어류」로 분류하고 있다는 사실이다. 주지하다시피 『한서·예문지』는 『칠략』의 도서분류법인 칠분법(七分法)을 계승한 것이고, 『수서·경적지』는 사부분류법(四部分類法)으로 서적을 분류하는 창시가 되는 것이다. 그리고 『구당서·경적지』와 『신당서·예문지』 역시 『수서·경적지』의 분류법을 계승하여 다소의 차이점이 존재하지만 사부분류법을 사용하고 있다. 그렇다면 칠분법이나 사분법을 채용하고 있는 목록들이 모두 『가어』를 「논어류」로 분류하고 있다는 의미가 된다. 상술한 네 종류의 사지(史志) 목록의 분류법으로 볼 때 당·오대 이전까지 중

---

5   『일본국견재서목록』一卷은 藤原佐世가 寬平年間(889-897)에 奉勅하여 편찬한 목록이다. 이 목록은 唐代以前에 일본에 전해진 서적을 기록하고 있는데 唐代와 唐以前의 고서 一千五百六十八部, 一萬七千二百零九卷이 수록되어 있다. 이 목록은 9세기 후반부에 편찬된 것으로 편찬시기로 볼 때 『隋書·經籍志』보다는 二百二十餘年 정도가 늦고 『舊唐書·經籍志』보다는 五十餘年 그리고 『新唐書·藝文志』보다는 一百五十餘年 정도가 빠르다. 특히 이 목록에는 『隋書·經籍志』, 『舊唐書·經籍志』, 『新唐書·藝文志』에 수록되지 않은 고서가 적지 않게 수록되어 있으며, 동시에 『隋書·經籍志』, 『舊唐書·經籍志』, 『新唐書·藝文志』의 내용상의 오류를 밝혀낼 수 있는 근거자료를 제공한다는 점에서 중국 판본, 목록학의 연구에 있어서 중요한 자료로 취급되고 있다.

국학술계에서 『가어』는 공자를 연구하는 중요한 문헌으로 간주되어, 「경부·논어류」로 분류되어 왔음을 알 수 있다. 바꾸어 말하면 중국 고대의 도서분류법이 기본적으로 학술분류의 성격을 띠고 있다는 점을 감안할 때 한대부터에서 당·오대까지 중국의 학자들은 『가어』가 『논어』와 학술적 성격을 같이하는 저술이라는 사실에 입장을 같이하고 있다는 것을 알 수 있다.

(2) 송대(宋代)

목록	저자	수록 내용	분류 상황
『崇文總目輯釋』	(淸)錢侗	孔子家語十卷，東垣按孔子二十二世孫猛所傳, 王肅注, 即王肅依託也. 今本二十一卷	經部論語類一
『通志·藝文略』	(宋)鄭樵	孔子家語二十一卷. 王肅注	藝文一論語類
『群齋讀書志』	(宋)晁公武	孔子家語十卷……右魏王肅序, 注凡四十四篇	論語類
『中興館閣書目』	(宋)陳騤等撰, 趙士煒輯	家語十卷. 王肅注	經部論語類
『遂初堂書目』	(宋)尤袤	孔子家語	論語類
『直齋書錄解題』	(宋)陳振孫	孔子家語十卷。……魏散騎常侍王肅為之注	儒家類

도표의 내용을 통해 두 가지 면에 주의를 기울일 필요가 있다.

먼저 宋代에 이르러 통용되었던 『가어』는 모두 왕숙주본이며 『통지·예문략』에 수록된 二十一卷本을 제외하고는 권수가 전부 十卷이라는 사실이다. 사실상 『통지·예문략』에 수록된 서적이 전 시대의 예문지나 경적지의 기록을 바탕으로 기록된 것임을 감안할 때, 당·오대까지 통행되었던 二十一卷本은 망일(亡逸)되어 전해지지 않고 十卷本만이 통행되었다는 의미로 볼 수 있다.

둘째, 송대에 이르러 『가어』에 대한 분류에 미묘한 변화가 일어났다. 즉 남송 진진손의 『직재서록해제』에서 『가어』를 「논어류」가 아닌 「유가류」로 분류하고 있다. 이런 변화는 송대에 이르러 비록 일부 학자이지만 『가어』의 학술적 성격을 달리 해석하고 있음을 의미한다. 다만 중국 도서분류법의 관점에서 볼 때 송대가 여전히 사부분류법이 주류를 이루고 있고, 『직재서록해제』 이외의 서목에서 『가어』를 「논어류」로 분류하고 있는 것을 고려할 때 송대에 이르러서도 여전히 대다수의 학자들이 『가어』를 『논어』와 같은 성격으로 파악하고 있었다는 것은 의심의 여지가 없다. 그러나 『직재서록해제』에서 『가어』를 「논어류」가 아닌 「유가류」로 분류하고 있는 것은 당시 경전의 내용을 의심하고[疑經], 경전의 내용을 고치는 [改經] 학술사상에 대한 중시로 인한 변위학(辨僞學)의 발전과 밀접한 관련이 있다는 점에서 매우 중요한 의미가 있다고 할 수 있다.
이와 관련된 내용은 아래에서 자세히 설명하도록 하겠다.

(3) 요·금·원(遼·金·元)

著錄 文獻	著者	著錄 內容	분류 상황
『文獻通考· 經籍考』	(元)馬端臨撰	孔子家語十卷. 王肅註	〈經籍〉十一
『宋史·藝文志』	(元)脫脫等修	孔子家語十卷. 魏王肅注	經·論語類

『송사·예문지』와 『문헌통고·경적고』는 모두 앞 시대의 목록
자료를 근거로 만들어진 목록이다.[6] 이런 까닭으로 그 안에 수록
된 서적들이 반드시 목록 편찬자가 직접 본 것은 아니다. 다만 상
술한 내용으로 볼 때 요(遼), 금(金), 원(元) 시기에는 왕숙주본 『가
어』가 그다지 널리 통행되지는 않은 것으로 볼 수 있다.[7] 이 시기
『가어』의 판본과 관련하여 주목할 만한 사실은 왕숙주본 『가어』

---

6 이 문제에 대해서는 劉兆祐, 『中國目錄學』, 臺北, 五南圖書出版有限公司, 1998,
   176-179면과 236-237면을 참조할 것.

7 다만 기타 문헌기록에 의하면 원나라때 王肅注本 『家語』가 여전히 간행되었
   다는 기록을 찾아볼 수 있다. 예를 들어 『販書偶記』卷九子部·儒家類에는 「新編
   孔子家語章句十卷. 魏王肅注, 元劉祥卿刊」이라고 기록하면서 卷首의 第二行에
   「並依王肅註義詳為句解」라고 題하고 있다고 기록하고 있다. 이를 통해 이 판본

외에 왕광모(王廣謀)가 注한 『가어』三卷本이 세상에 나타나게 된다는 점이다. 그러나 분류에 있어서는 여전히 송대와 마찬가지로 『가어』를 경부 혹은 논어류에 속하는 서적으로 이해하고 있다.

(4) 명대(明代)

먼저 명대 주요 서목에서 『가어』가 수록되어 있는 현황을 살펴보면 아래와 같다.

著錄 文獻	著者	著錄 內容	분류 상황
『文淵閣書目』	(明)楊士奇	孔子家語一部五冊殘缺；孔子家語一部三冊闕；孔子家語一部一冊完全	黃子號第二廚書目性理
『百川書志』	(明)高儒	孔子家語十卷, 孔門弟子記孔子家語之言, 凡四十四篇, 猷堂王廣謀景猷集解	經志一·論語
『秘閣書目』	(明)錢薄	孔子家語	性理
『晁氏寶文堂書目』	(明)晁瑮	孔子家語	子雜
『世善堂藏書目錄』	(明)陳第	孔子家語二卷	諸子百家類

이 王肅注本임을 설명하고 있다. 劉祥卿刊本은 현재 『續修四庫全書·子部·儒家類』(上海, 上海古籍出版社, 1995)第931冊에 수록되어 있다.

著錄 文獻	著者	著錄 內容	분류 상황
『萬卷堂書目』	(明)朱目	孔子家語註三卷, 王廣謀	論語類
『國史經籍志』	(明)焦竑	孔子家語二十一卷	論語類
『紅雨樓家藏書目』	(明)徐勃	孔子家語, 王肅註十卷 ; 孔子家語, 何孟春註八卷	論語類
『澹生堂藏書目』	(明)祁承爜	孔子家語四冊, 二十一卷王肅註 ; 又一冊, 十卷。	經類 第七論語
『脈望館書目』	(明)趙琦美	孔子家語二本	子類一·總子
『近古堂書目』	(明)不著編人	孔子家語。	論語類
『玄賞齋書目』	(明)董其昌	孔子家語	論語類
『行人司重刻書目』	(明)徐圖	鳳洲批擇孔子家語, 四本	經部
『菉竹堂書目』	(明)葉盛	孔子家語五冊	性理
『千頃堂書目』	(清)黃虞稷	王廣謀孔子家語句解四卷. 字景猷, 延祐三年刊 ; 何孟春補注孔子家語八卷	經部· 論語類

이상의 내용을 통해 명대에 통용된 『가어』는 모두 세 종류가 있었음을 알 수 있다. 첫째는 왕숙주본(十卷)이고, 둘째는 하맹춘주본(何孟春註本)(八卷)이며, 셋째는 왕광모주본(三卷과 四卷)이다.

상술한 목록에 나타나는 『가어』의 분류 상황도 세 가지 경우로 나누어 고찰할 수 있다. 첫째, 이전 시기와 마찬가지로 『가어』를

「논어류」로 분류하는 경우이다. 상술한 15개의 주요서목가운데 9개 서목이 이 경우에 해당한다. 즉 명대 주요 서목가운데 과반수 이상이 여전히 『가어』를 『논어』와 같은 성격의 서적으로 규정하고 있다는 의미이다. 둘째, 『가어』를 성리학(性理學) 서적으로 분류하는 경우이다. 『비각서목(秘閣書目)』과 『녹죽당서목(菉竹堂書目)』 등이 이 경우에 해당하는데 비록 『가어』를 「논어류」 서적으로 취급하지는 않지만 적어도 유가에 속하는 것으로 분류하고 있다. 이에 비해 세 번째 경우는 『가어』를 유가류가 아닌 자부의 기타 유속(類屬)에 속하는 서적으로 보는 경우이다. 즉 조율(晁瑮)의 『조씨보문당서목(晁氏寶文堂書目)』은 『가어』를 「자잡류(子雜類)」로, 조기미(趙琦美)의 『맥망관서목(脈望館書目)』은 「총자류(總子類)」로 『세선당장서목록(世善堂藏書目錄)』은 「제자백가류(諸子百家類)」로 분류하고 있다.

　이상의 내용을 종합하여 보면 명대 목록에서 『가어』의 분류상황은 송대이전에 비해 상당히 복잡한 양상을 띠고 있다. 그 이유는 『가어』의 내용에 대한 명대 학자들의 견해가 송대 이전에 비해 다양화된 때문이다. 그러나 여전히 다수의 목록에서 『가어』를 논어류 서적으로 분류하고 있다는 점은 명대 학자들이 여전히 『가어』를 논어와 같은 성격의 서적으로 인정하고 있다는 의미이다.

(5) 청대(淸代) 이후

著錄文獻	著者	著錄 內容	분류 상황
『絳雲樓書目』	(淸)錢謙益	孔子家語, 二十七卷, 劉向校, 王肅注, 與今本絕不同。[8]	卷一論語類
『傳是樓宋元本書目』	(淸)徐乾學	宋本孔子家語十卷四本；元本標題句解孔子家語三卷, 王廣謀, 一本。	天字下格
『述古堂藏書目』	(淸)錢曾	王肅注孔子家語十卷四本, 宋本影抄	經類
『讀書敏求記校證』	(淸)錢曾撰, 章鈺校證	王肅注家語十卷[9]	卷一之上, 經部

8　錢謙益撰, 『絳雲樓書目』論語類：「孔子家語, 二十七卷, 劉向校, 王肅注, 與今本絕不同. 何燕泉嘗遍訪舊本不可得. 王淳之得之, 欲刻不果, 後其子授之. 陸叔平校梓, 頗多紊亂, 盡失舊本之真面目矣, 是何惜也！先儒言家語, 王肅作, 未足可依. 見禮記王制天子七廟疏.」卷一, 『書目三編』本, 臺北, 廣文書局, 1969, 10~11면.

9　錢曾撰, 章鈺校證, 『讀書敏求記校證』卷一之上著錄「王肅注家語十卷. 此從東坡居士所藏, 北宋槧本繕寫. 流俗(本)注中脫誤宏多, 幾不勘讀, 予昔藏南宋刻, 亦不如此本之佳也.」並註：(補)「勞權云：恬裕齋藏書記有影宋鈔本. 半葉九行, 行十七字. 首卷至卷二凡十六葉, 完善無訛. 又有斧季用北宋本南宋本校本跋云：丁卯得北宋刻本, 其卷二第十六葉以前, 已蠹蝕, 繼於己卯春復得一本缺末卷, 合之始全, 今校改字脫落顛倒者, 自卷首至卷二十六葉為多云. 銓案：愛日志有臨毛斧季校北南兩宋本. 蔣鳳藻云：予有明徐興公舊藏正德刊本.」『書目叢編』本, 臺北, 廣文書局, 1967, 172~173면.

중국 목록과 목록학

著錄文獻	著者	著錄 內容	분류 상황
『欽定天祿琳琅書目』	(淸)于敏中、彭元瑞等編	孔子家語一函三冊,魏王肅注十卷 家語一函五冊,魏王肅注;家語二函十三冊 標題句解孔子家語一函三冊,明何孟春補註三卷 孔子家語一函四冊,篇目同前宋版子部,明吳勉學刊本	影宋鈔子部 卷五宋版子部 卷九明版子部 卷十六明版子部
『四庫全書總目』	(淸)紀昀等奉敕撰	孔子家語十卷,內府藏本[10]	子部·儒家類
『孫氏祠堂書目內外編』	(淸)孫星衍	孔子家語二十一卷,魏王肅注,一明毛晉刊本,一明十卷刊本	內編卷二,諸子第三
『愛日精廬藏書志』	(淸)張金吾	家語十卷,臨毛氏斧季校南宋本;家語八卷,明建守十世端嚴公刊本	子部·儒家類
『鄭堂讀書記』	(淸)周中孚	孔子家語十卷,汲古閣本。	子部·儒家類
『鐵琴銅劍樓藏書目錄』	(淸)瞿鏞	孔子家語十卷,影鈔宋本;孔子家語十卷,校宋本	卷第十三子部·儒家類

---

10   『四庫全書總目·子部·儒家類』:「明代所傳凡二本, 闕徐 家本中缺二十餘頁, 海虞毛晉家本稍異而首尾完全. 今徐本不知存佚, 此本則毛晉所校刊, 較之坊刻猶為近古者矣.」이를 통해 『四庫全書』本 『孔子家語』가 毛晉의 汲古閣本을 底本으로 필사한 판본임을 알 수 있다.

著錄文獻	著者	著錄 內容	분류 상황
『增訂四庫簡明目錄標注』	(清)邵懿辰撰、孫詒讓等參校,邵章續錄、邵友誠重編	孔子家語十卷, 魏王肅注, 汲古閣刻本, 佳。乾隆庚子錢塘李容重刊毛本。天祿後目有宋刊本十卷。……明吳氏刊注本。正德辛巳張公瑞刊何孟春補注本, 八卷。朱伯韓有明葛鼐刊注本, 竄亂失次。明黃魯曾刊本, 包山陸氏本, 俱劣。許氏有清錢 刊本。」附錄:「見一刻十卷本, 每半葉九行, 行十六字, 前目錄, 後有繪象七葉, 凡十四圖, 袁芳瑛藏, 光緒乙酉夏歸余齋(懿榮)。續錄:「傳沅叔云:蕭敬孚藏蜀大字本, 後歸劉聚卿(按:劉世珩), 曾得寓目, 已影刻行世, 戊午秋, 聚卿攜之行篋, 在浦口客邸被燬, 深可通惜。元王廣謀標題句解三卷, 注既淺陋, 正文亦加刪易。明何孟春注, 亦非足本。明隆慶六年徐祚錫刊本(按:即是陸治補注本)。明刊無注本……王氏刊本。清雍正十一年寅清樓刊姜兆錫正義本, 十卷。清光緒二十四年貴池劉氏玉海堂影宋蜀本, 近年石印本, 乃據影寫北宋本, 極精。沅叔謂疑即汲古閣所藏本影寫, 而蕭敬孚云, 別係一宋本, 恐不可信。子書百種本。日本慶長四年活字重印元泰定蒼巖書院刊本。舊活字本, 十行十七字。四部叢刊本	卷第九子部一·儒家類

著錄文獻	著者	著錄 內容	분류 상황
『邵亭知見傳本書目』	(淸)莫友芝	孔子家語十卷, 魏王肅注	子部·儒家類
『書目答問』	(淸)張之洞	家語王肅注十卷。汲古閣本。今通行李氏重刻汲古閣本作四卷。非古家語, 然不能廢。	史部·古史第四
『經籍訪古志』	(日本)森立之	孔子家語句解·朝鮮國刊本	子部·儒家類
『善本書室藏書志』	(淸)丁丙	家語十卷, 明翻宋本；孔子家語十卷, 明汲古閣刊本；家語二十卷, 明刊校宋本	卷十五子部
『宋元本行格表』	(淸)江標	北宋大字本孔子家語行十七字小字廿四五不等, 十卷。	子之屬
『藝風藏書記·續記』	(淸)繆荃孫	孔子家語八卷, 明刻本, 明何孟春注；孔子家語注十卷, 日本刻本, 魏王肅注, 日本信陽太宰純增注[11]	卷二諸子第三
『群碧樓善本書目』	鄧邦述	孔子家語十卷八冊, 魏王肅著, 明陸治刻本。；孔子家語十卷二冊, 無注, 明刻本	卷三子部
『郎園讀書志』	葉德輝	『孔子家語』, 明毛氏汲古閣本	子部·儒家

11　繆荃孫云：「孔子家語注十卷, 日本刻本, 魏王肅注, 日本信陽太宰純增注. 首有純自序, 次有王肅序純注之, 次以志傳, 後采毛晉跋, 何孟春跋, 純白序. 以本文與汲古刻同, 所增者, 另注增字, 以墨圈識之. 寬保二年壬戌春正月江都口口嵩山房刻, 中國乾隆七年也.」『書目叢編』本, 369면.

著錄文獻	著者	著錄 內容	분류 상황
『適園藏書志』	張鈞衡	標題句解孔子家語三卷，元刊本，元王廣謀撰	卷六子部·儒家類
『持靜齋書目』	莫友芝	孔子家語十卷	子部·儒家
『書目答問補正』	范希曾	家語王肅注十卷。貴池劉世珩海堂覆宋蜀大字本，坊間石印影寫北宋本，四部叢刊影印明嘉靖間黃周賢刻本。	史部·古史第四
『販書偶記』	孫殿起	新編孔子家語章句十卷。魏王肅註，元劉祥卿刊。	子部·儒家類
『雙鑑樓善本書目』	傅增湘	孔子家語十卷。明嘉靖刊本九行十六字；標題句解孔子家語三卷。日本寬永活字本七行十七字；孔子家語十卷。日本明曆刊本孫鳳鈞手校	卷三子部
『江蘇省立國學圖書館現存書目』		孔子家語十卷，魏東海王肅，明翻宋本；又一部十卷，同上，汲古閣本；又一部十卷，乾隆刊本；又一部十卷，同上，同文書局石印本；又一部十卷，同上，通行本」	卷七子部·儒家類
『東海藏書樓書目』	王廷揚	孔子家語十卷，魏王肅註，汲古閣本	子部·儒家
『揚州吳氏測海樓藏書目錄』	吳引孫	孔子家語十卷，魏王肅注，乾隆年刊竹紙。	子部·儒家

著錄文獻	著者	著錄 內容	분류 상황
『故宮所藏觀海堂書目』	何澄一	孔子家語十卷附札記一卷, 魏王肅註, 光緒二十四年貴池劉氏影宋本, 四冊；又十卷附札記一卷, 光緒二十四年貴池劉氏影宋本；又十卷, 日本古活字本, 五冊；又十卷, 日本寬永十五年刊本, 二冊。	子部·儒家
『博野蔣氏寄存書目』	王重民	孔子家語四卷, 清張道緒評, 文萃十三種本。	子部·儒家
『香港學海書樓藏書總目錄』	無名氏	孔子家語十卷, 魏王肅注, 上海同文書局石印本。	子部·儒家
『北平文奎堂書目』	無名氏	孔子家語十卷附圖, 魏王肅注, 覆刊汲古閣本；孔子家語十卷附圖, 明吳勉學刊本；孔子家語十卷附圖, 坊刊；孔子家語十卷附札記, 劉世珩仿宋刊；孔子家語十卷, 通行本；孔子家語十卷, 東洋板；孔子家語十卷, 乾隆年刊。	子部·儒家
『西諦書目』	趙萬里	孔子家語存五卷, 明刊本；孔子家語註十卷, 魏王肅撰, 清刊本；孔子家語註十卷, 魏王肅撰, 明何棠評, 明末刊本；孔子家語註十卷, 魏王肅撰, 集語二卷, 明何棠評, 明末武林讀書坊刊本；	子部·儒家

먼저 판본의 관점에서 볼 때 청대에는 명대 중기이후에 인출된 판본이외에, 여러 종류의 다른 계통의 판본이 출현한다. 예를 들면「乾隆庚子錢塘李容重刊毛本」,「淸雍正十一年寅淸樓刊姜兆錫正義本」,「淸光緖二十四年貴池劉氏玉海堂影宋蜀本」,「新編孔子家語章句十卷本」,「日本信陽太宰純增注本」,「日本寬永活字本」,「日本慶長四年活字重印元泰定蒼巖書院刊本」,「同文書局石印本」 등이다. 그 가운데「淸光緖二十四年貴池劉氏玉海堂影宋蜀本」이 비교적 중요하다. 그 이유는 이 판본은 (明)모진(毛晉)이 소장하고 있던 영송촉본(影宋蜀大字)을 저본(底本)으로 간행한 것으로, 모씨급고각간본(毛氏汲古閣刊本)의 부족한 점을 일정부분 보충할 수 있기 때문이다.[12]

분류법의 관점에서 볼 때 가장 주목할 점은 사부·고사류(古史類)로 분류한『서목답문(書目答問)』을 제외하고 대부분의 서목이『가어』를 자부·유가류로 분류하고 있다는 점이다. 이것은 명대이전 서목에서의『가어』의 분류상황과 비교해 볼 때 매우 주목할 만한 현상이다. 왜냐하면 명말에서 청초까지 생존했던 전겸익의 목

---

12 『家語』의 판본문제에 대해서는 김호, 〈孔子家語版本源流考略〉,『故宮學術季刊』第二十卷第二期, 臺北, 故宮博物院, 2002.12, 165-201면을 참조할 것.

록서 『강운루서목(絳雲樓書目)』을 제외하고는 『가어』를 경부로 분류하는 목록이 없기 때문이다. 즉 청대에 들어와서는 거의 모든 목록이 『가어』를 「자부·유가류」로 분류하고 있다는 것이다. 이런 현상은 청대에 편찬된 목록에서 『가어』를 분류할 때 근본적인 인식의 변화가 발생했음을 의미하는 것이다.

2) 중국 역대 목록에서 『가어』 분류 상황의 변화 의미

(1) 청대 이전

위에서 열거한 도표의 내용으로 볼 때 『가어』는 『한서·예문지』부터 시작하여 송대까지 사부분류법을 따르거나 혹은 따르지 않은 서목에서 모두 「논어류」로 분류되고 있다. 이로 볼 때 송대 이전의 학자들은 절대 다수가 『가어』를 유가경전의 하나이지 결코 제자백가와 같은 성격으로는 인식하지 않고 있었음을 알 수 있다. 바꾸어 말하면 송대 이전까지 학술사의 관점에서 볼 때 『가어』는 유가경전의 하나인 『논어』와 같은 성격으로 취급되고 연구되어졌다는 의미이다.

다만 거의 유일하게 『직재서록해제』가 『가어』를 「유가류」로 분류하고 있다. 『직재서록해제』는 비록 경부, 사부, 자부, 집부라는 명칭을 사용하고 있지 않지만 실질적인 분류체계는 사부분류법과 같다.[13] 또한 『직재서록해제』의 「경부」에는 여전히 「어맹류(語孟類)」가 존재한다. 이로 볼 때 『직재서록해제』가 『가어』를 「유가류」로 분류한 것은 나름대로의 이유가 있는 것은 분명하다. 진진손은 『직재서록해제』에서 『가어』에 대해 "박사 공안국이 얻은 벽중서(壁中書)라고 한 것도 반드시 그런 것은 아니다. 그(필자주: 『가어』) 가운데 기록된 바가 이미 『좌씨전(左氏傳)』, 『대대례(大戴禮)』 등 여러 서적에 많이 보인다(博士(孔)安國所得壁中書也, 亦未必然, 其間所載多已見『左氏傳』, 『大戴禮』諸書)."[14]라고 『가어』가 벽중서가 아닐 수 있다는 관점에서 진위(眞僞) 문제에 이견을 제시한다. 그리고 내용적으로도 적지 않은 『가어』의 내용이 기존의 『춘추좌전』과 『대대례기』 등에서 발견된다고 지적하고 있다. 이로 볼 때 진진손은 이미 진위의 각도로 『가어』의 학술적 가치를 평가하고 있음을 알 수 있다. 즉 陳氏는 『가어』에 위작의 성분이 다분한 까닭으로 「논어류」로 분류할 수 없다고 판단한 것이고 이런 고려로 인해 『가어』를 「어맹류」가 아닌 「유가류」로 분류한 것이다.

13　『直齋書錄解題』이 사용하고 있는 서목 분류법에 대해서는 劉兆祐, 『中國目錄學』, 305-306면을 참조할 것.

14　(宋)陳振孫撰, 『直齋書錄解題』, 卷九, 日本京都市, 中文出版社, 1984, 574면.

중국 목록과 목록학

주지하다시피 송대 경학의 큰 특징은 경전의 내용을 의심하고 [疑經], 경전의 내용을 고치는[改經] 것이다. 즉 기존에 전해지던 경전체제를 의심하여 경전의 내용에 대해 회의를 품고 내용에 있어서도 자신의 관점으로 고치는 현상이 학문의 주류가 되었다.[15] 이런 까닭으로 경서의 진위를 가리는 것은 당시 학자들에게 있어 매우 중요한 학문영역이었고, 이에 따라 적지 않은 학자들 예를 들어 구양수(歐陽脩), 소식(蘇軾), 소철(蘇轍), 정초(鄭樵), 주희(朱熹), 엽적(葉適), 왕백(王柏), 고사손(高似孫), 조공무(晁公武) 등이 다양한 방식으로 고서에 대한 변위작업을 진행하였다. 진진손 역시 그 가운데 일인으로 그는 『직재서록해제』에서 대략 100여 종의 고서를 변위의 관점에서 고찰하고 있다. 『가어』 역시 그 고찰의 대상이 되었던 것이다. 물론 진진손의 『직재서록해제』 이외에도 위에서 언급한 왕백이나 주희 역시 『가어』에 대해서 진진손과 비슷한 의견을 제기하고 있다.[16]

---

15 이 문제에 있어서는 皮錫瑞著, 李鴻鎭譯, 『中國經學史』, 서울, 同和出版社, 1984, 204-211면을 참조할 것.

16 예를들어 王柏은 「四十四篇之『家語』乃王肅自取『左傳』、『國語』、『荀』、『孟』、『二戴記』割裂成之. 孔衍之序, 亦王肅自為也.」(轉引張心澂撰:『偽書通考』(臺北, 宏業書局, 1970.6), 子部儒家, 611면)라고 주장하고 있고, 朱熹 역시 「『家語』只是王肅編古錄雜記, 其書雖多疵, 然非肅所作.」라고 말하고 있다. 또한 「『家語』雖記得不

결론적으로 진진손이 『가어』의 진위를 판단하는 관점에서 『가어』를 「유가류」로 분류한 것은 변위로 대표되는 당시 학술기풍과 밀접한 관련이 있다고 할 수 있다.

　　원(元), 명(明)시기에 들어와서 서목의 분류법은 해방의 시대에 진입한다. 즉 원, 명 시기는 사부분류법을 사용하는 서목과 그렇지 않은 서목이 병존하는 시기였다. 이 시기의 서목가운데는 사부분류법을 따르고 있는 관수목록(官修目錄)인 『송사·예문지』와 사가목록(私家目錄)인 『문헌통고·경적고』, 『백천서지(百川書志)』, 『만권당서목(萬卷堂書目)』, 『국사경적지』, 『담생당장서목』, 『천경당서목』等이 『가어』를 「경부·논어류」 혹은 「논어류」로 분류하고 있다. 이외에 사부 분류법을 따르지 않은 목록인 『홍우루서목(紅雨樓書目)』, 『근고당서목(近古堂書目)』 등도 마찬가지이다.

　　다만 일부 서목은 『가어』를 다른 류목으로 분류 한다. 예를 들어 양사기의 『문연각서목』은 『가어』를 황자호제이주서목의 「성리」부분으로 분류하고 있으며, 『비각서목』과 『녹죽당서목』은 『가어』를 유가에 속하는 것으로 분류하고 있다. 그러나 일부 서목은 『가어』를 유가류가 아닌 자부의 기타 유목에 속하는 서적으로 보

───────────

純, 卻是當時書.」(轉引張心徵撰 : 『僞書通考』, 611면)라고 주장한다.

중국 목록과 목록학

는 경우도 존재한다. 즉 조률의 『조씨보문당서목』은 『가어』를 「자잡류」로 조기미의 『맥망관서목』은 「총자류」로 『세선당장서목록』은 「제자백가류」로 분류하고 있다. 이 점은 송대까지 대부분 목록이 『가어』를 논어류로 분류하던 것과 비교할 때 원, 명 시기 특히 명대학자들의 『가어』에 대한 인식이 상당부분 변화되었음을 시사한다.

이상의 논의를 종합하면 원, 명 시기에도 사부분류법을 따르던 따르지 않던 간에 대부분의 서목이 『가어』를 「논어류」로 분류하고 있다. 이런 현상은 원, 명 시기 이전과 거의 차이가 없는 것이다. 즉 원, 명 시기 대부분의 학자들은 이전시기와 마찬가지로 『가어』를 『논어』와 같은 성격의 서적으로 이해하고 있다는 의미이다. 다만 명대에 들어 일부 목록에서 『가어』를 성리, 총자, 제자백가류로 분류하고 있는 점은 송대에 비해 명대 학자들이 『가어』의 학문적 성격에 대한 이해가 다변화되었음을 의미한다.

(2) 청대 이후

청대에 이르러 목록에서 『가어』의 귀속 문제는 서목의 분류법과 당시 학술기풍의 관계를 더욱 확실하게 보여준다. 청대의 학술사상은 특히 중기까지는 송명이학과는 완전히 성격을 달리하는 고증학(考證學)이 학술계를 풍미하였다. 그 가운데 변위학 역시 비약적인 발전을 이루었고, 이 과정에서 일부학자들은 특별히『가어』의 진위문제에 관심을 기울였다. 게다가 왕숙주본『가어』가 위서라는 견해를 이전 학자들의 연구 기초 위에서 더욱 체계적으로 전개한다. 그 결과 당시에는 왕숙주본『가어』가 위서라는 견해가 거의 정설이 되다시피 했다. 요제긍(姚際恆)의『고금위서고(古今偽書考)』, 손지조(孫志祖)의『가어소증(家語疏證)』, 범가상(范家相)의『가어증위(家語證偽)』등의 상관기록을 살펴보면 이런 경향을 어렵지 않게 알 수 있다. 그리고 상술한 학술기풍이『사고전서총목』이래 많은 서목에서『가어』가 어떤 학문영역으로 분류되는가의 문제에 영향을 미쳐서 거의 모든 서목이『가어』를「자부·유가류」로 분류하고 있다는 점은 주목할 만한 현상이다.

홍미로운 것은 청대이후 편찬된 목록에서『가어』의 분류상황에 근본적인 변화가 발생하게 된 원인에는 상술한 사실 이외에 건륭 연간에 편찬된『사고전서총목』이 중요한 역할을 했다는 점이다.『사고전서총목』이 편찬되기 이전 일부서목 예를 들면 전겸익(錢謙益)의『강운루서목』은 여전히『가어』를「논어류」로 분류하고 있다. 그러나『사고전서총목』이 편찬된 이후로 거의 모든 서목은『가어』를「자부·유가류」로 분류하고 있다. 이것은 의심할 바 없이 국가에서 만든 『사고전서총목』이 『가어』를 「자부·유가류」로 분류한 것이 기타 목록의 분류법에 영향을 준 것이다.

그렇다면 『사고전서총목』은 『가어』를 왜 「자부·유가류」로 분류하고 있는가? 그 원인은 송대 『직재서록해제』가 『가어』를 「유가류」로 분류하는 원인과 일맥상통한다. 즉 『사고전서총목』을 편찬하면서 사고전서관(四庫全書館)의 관신(館臣)들은 『가어』의 진위 문제에 주의를 기울였다. 먼저 『가어』에 대한 『사고전서총목』의 견해를 살펴보자. 『사고전서총목』은 『가어』가 "후대에 전해짐이 이미 오래 되었으며, 유문(遺文)과 일사(軼事)가 많이 포함되어 있는 까닭으로 당대 이래로 (『家語』가) 위서(僞書)임을 알면서도 폐할 수가 없다(特其流傳已久, 遺文軼事, 往往多於其中, 故自唐以來, 知其僞而不能廢也)."라고 『가어』의 문헌가치를 인정한다. 주의할 점은 『사고전서총목』이 직접적으로 『가어』가 위서임을 지적하고 있다는 것이며, 동시에 『가어』가 위서인 이유를 여러 방면으로 설명하고 있다는 점이다. 예를 들어 『사고전서총목』은 『가어』가 위서임을 주장하는 안사고(顔師古), 왕백의 주장에 동의하면서 『대대례기』의 내용이 "대체로 『가어』에서 취했다(大抵雜取『家語』之書)"라고 주장하는 사승조(史繩祖) 『학재점필(學齋占畢)』의 견해는 고증이 치밀하지 못했음을 지적한다.[17] 그리고 이를 통해 "『가어』가 『대대』를 베낀 것이지 『대대』가 『가어』를 베낀 것이 아닌 것은 이 점이 또한 확실한 증거이다. 『가어』가 다른 책에서 내용을 가져오는 상황이 종종 이런 경우이다. 반복해서 고증을 해보면 『가어』가 왕숙의 손에서 나왔음을 의심할 것이 없다(『家語』襲『大戴』, 非『大戴』襲『家語』, 就此一條, 亦其明證. 其割裂他書, 亦往往類此. 反復考證, 其出於肅手無疑)"[18]라고 결론짓고 있다. 이런 견해는 송대 이후 제기된 『가어』가 위서인 이유를 총괄적으로 보여주는 것이다.

이상의 논의를 통해 중국의 역대 목록에서 『가어』의 분류가 변화하는 원인은 크게 두 가지로 나누어 설명할 수 있다. 첫째 내재적 관점에서 볼 때 『가어』의 목록에서의 귀속문제는 당시 학술사상의 변화가 근본적인 원인을 제공한다. 즉 중국 변위학의 발전에 따라 『가어』의 진위에 대한 학자들의 의견이 상충되면서 『가어』

17　(淸)紀昀等奉勅撰, 『四庫全書總目』: 「獨史繩祖『學齋占畢』曰: 『大戴』一書, 雖列之十四經, 然其書大抵雜取『家語』之書, 分析而爲篇目, 其公冠篇載成王冠, 祝辭內有先帝及陛下字, 周初豈曾有此? 家語止稱王字, 當以家語爲正云云. 今考陛下離顯先帝之光曜已下, 篇內已明云孝昭冠辭, 繩祖誤連爲祝雍之言, 殊未之考. 蓋王肅襲取公冠篇爲冠頌, 已誤給孝昭冠辭於成王冠辭, 故刪去先帝陛下字, 竄改王字.」石家庄, 河北人民出版社, 2000, 2333면.

18　(淸)紀昀等奉勅撰, 『四庫全書總目』, 2333-2334면.

에 대한 학술적 인식이 점차 변화하게 되었다는 의미이다. 둘째 외재적 관점에서 볼 때 목록이 갖고 있는 학술사적 권위와 밀접한 관계가 있다. 즉 송대 진진손의 『직재서록해제』와 청대 『사고전서총목』 등이 진위의 관점에서 『가어』를 평가하면서 그 학술적 가치가 「경부·논어류」에서 「자부·유가류(심지어는 제자백가류)」로 질적 변화가 발생했다. 『가어』에 대한 『직재서록해제』의 분류가 비교적 제한적인 영향을 미쳤다고 한다면 『사고전서총목』의 『가어』에 대한 평가와 분류는 학술계에 절대적인 영향을 미쳤다고 할 수 있다. 그 이유는 『사고전서총목』은 국가의 주도하에 만들어진 목록서이며, 청대 학술계 전체에 커다란 영향력을 끼친 고증학을 대표하는 결정체라고 할 수 있기 때문이다.[19] 이런 까닭으로 『사고전서총목』의 간행 이후에 출현한 목록들이 거의 모두 『사고전서총목』의 분류법을 따라 『가어』를 「자부·유가류」로 분류했던 것이다.

　이상의 내용을 통해 『가어』라는 서적이 중국 역대 목록에서 분류에 있어 변화가 있었고, 그 변화는 결국 『가어』의 학술 속성에

19　이 문제에 대해서는 周績明, 『文化視野下的四庫全書總目』, 南寧市, 廣西人民出版社, 1991, 267-290면과 黃愛平, 『四庫全書纂修研究』, 「『四庫全書總目』(下)」의 第二節 「『四庫全書總目』的思想內容」, 北京, 中國人民大學出版社, 1989, 393-396면을 참조할 것.

대한 인식의 변화에 기인함을 확인할 수 있었다. 그리고 학술 속성의 변화는 『가어』가 목록에 수록됨에 있어 분류 상황의 변화를 가져왔다. 이 같은 현상을 통해 우리는 목록이 특정 시기의 학술 사상을 파악할 수 있는 하나의 문이라는 것을 알 수 있다. 따라서 다양한 목록을 조사하고 연구함으로써, 특정 시대의 학문적 사상과 문화를 이해할 수 있을 뿐만 아니라 시대의 흐름에 따른 학술 사상의 변천도 파악할 수 있다. 이 점이 바로 특정 서적을 통한 목록의 통시적 이해의 실례이다.

이상의 내용을 통하여 중국 목록을 통해 중국 고전을 연구하는 것은 매우 의미 있는 연구 방법론임을 확인할 수 있다. 따라서 중국 고전 연구에 뜻을 두고 있는 연구자라면 현존하는 중국 목록이 갖는 학술적 가치를 충분히 이해하고 중국 목록을 십분 활용하기를 희망한다.

제5장

중국 목록과
교감 및 판본의 관계

1. 목록과 교감 및 판본의 관계

목록이 교감 및 판본과 어떤 관련성이 있는지를 살펴보기 전에 중국의 인쇄술에 대해서 먼저 이야기를 할 필요가 있다. 중국의 인쇄술은 세계 4대 발명품 중 하나이다. 발명 시기에 대한 학계의 견해는 약간씩 차이가 있으나 일반적으로 당나라 중기 이후부터 인쇄술이 이미 발전되고 있었다는 주장에는 이견이 없다고 생각된다. 인쇄술이 발명된 이후에 서적 출판은 일반적으로 목판에 글자를 새기고 먹을 묻혀서 종이에 인쇄하는 방식이었다. 이 같은 방식을 거쳐 출판된 서적들은 대부분 송(宋) 이후에 출현하였다. 현존하는 중국 고서들을 살펴보면 송대 이후의 것이 대부분이다. 송대 이전의 고서들은 매우 제한적으로 전해지는 사실이 이를 증명한다. 송나라 이전에 출판되어 전해지는 서적은 대부분은 죽간(竹簡:대나무에 글을 쓴 것)이나 백서(帛書, 비단에 글을 쓴 것)가 주류를 이루었다. 즉, 인쇄술이 발명되기 전에 중국의 서적들은 주로 초사(鈔寫: 서적의 내용을 필사하는 것)라는 과정을 거쳐 세상에 유통되고 통용될 수밖에 없었다는 것이 일반적인 정설이다. 이 과정에서 필사자가 죽간이나 백서의 내용을 직접 필사하여 세상에 유통시켰기 때문에 각각의 텍스트의 내용 자체가 서로 다양하고 차이가 많았다. 문제는 시간이 흐르면서 동일한 서적에 대한 다양한 텍스트가 출현하였고 각각의 텍스트 간에는 글자나 편명(篇名)이 서로 다르거나, 심지어는 서명이 다르기도 하고, 당연히 내용에 있어서도 상이(相異)한 현상이 나타나기도 했다. 이 같은 현상은 지식의 축적과 유통에 부정적인 요인으로 작용했을 것이다. 이에 따라 서적으로 대표되는 특정 지식을 통일화하려는 시도가 진행된다.

현전하는 기록으로 볼 때 한대(漢代)의 유향(劉向)과 유흠(劉歆) 부자(父子)가 이 방면의 대표적인 학자들이다. 유씨 부자는 당시 한나라 황궁에 있었던 서적들을 정리하고자 했다. 먼저 유향은 당시 다양한 형태로 유통되어 내용에 있어 일치하지 않는 서적들을 정리하기 위해 먼저 하나의 서적에 대한 서로 다른 텍스트를 광범위하게 수집하였다. 그리고 수집한 텍스트들의 내용을 비교하는 작업을 진행하였다. 즉, 서로 다른 텍스트를 수집하여 비교하면서 가장 믿을 만한 정본(定本)을 만들고자 했다는 의미이다.

현존하는 목록서 가운데 가장 먼저 상기의 내용을 포함하는 것이 바로 유향(劉向)의 『별록』이다. 『별록·안자서록(晏子敍錄)』의 내용을 통해 『안자(晏子)』라는 서적의 정리 과정을 살펴보자.

신 유향이 말씀드립니다. 황궁 내의 서적 『안자』 11편을 교감
함에 있어 신 (유)향은 삼가 장사위(長社尉) 삼(參)과 더불어
교감 작업을 하였습니다. 그 대상은 태사(太史)의 書 5篇, 臣
(劉)向의 書 1篇, 參의 書 13篇 등 무릇 황궁 안과 밖의 텍스
트 30篇, 838章입니다(臣向言: 所校中書『晏子』十一篇, 臣向謹與
長社尉臣參校讐, 太史書五篇, 臣向書一篇, 參書十三篇, 凡中外三十
篇, 爲八百三十八章).

인용문에서 우리는 유향이 서적을 정리함에 있어서 세 단계
를 거쳤음을 알 수 있다. 첫 번째 단계는 하나의 서적이지만 내용
이 서로 다른 이본(異本)을 수집하는 것이다. 유향은 이 과정을 거
쳐 황궁과 민간에 통용되었던 『안자』 30 篇, 838 章을 수집한 것이
다. 이때 이른바 '太史의 書 5篇', '向의 書 1篇', '參의 書 13篇' 등은
『안자』라는 동일 서적에 관한 이본이라고 말할 수 있다. 즉, 이본을
수집하는 것은 하나의 텍스트에 대해 서로 다른 판본을 수집하는
과정을 말한다. 이 과정은 현재에도 여전히 통용되고 있다. 예를 들
어, A라고 하는 특정 고서의 정본을 만들고자 한다면, A라는 특정
고서의 판본이 현재까지 몇 종이나 있는지를 먼저 파악해야 한다.

두 번째 단계는 수집한 텍스트의 내용을 상호 비교하여 신뢰할

수 있는 새로운 텍스트를 만들어 내는 것이다. 즉, 유향은 황궁에 소장되어 있던 『안자』 11편과 황궁 밖에 소장되어 있던 『안자』 19편의 내용을 교감하여 『안자』의 정본화(定本化) 작업을 진행한 것이다. 이 과정을 유향은 교수(校讎)라는 단어로 설명하고 있다. 이른바 교수(校讎)가 바로 교감을 가리키는 단어이다. 여기서 '校'는 내용을 비교하는 작업을 뜻하며, '讎'는 두 사람이라는 뜻이다. 두 사람이 서로 책을 들고 내용을 비교하는 과정이라는 의미이다. 그런 까닭으로 서적의 내용을 비교하여 정본을 만드는 학문 분야를 교수학이라고 칭했던 것이다. 사실 서적 정리와 관련된 학문 분야에서 당초에 목록학이라는 명칭은 없었고 교수학이라는 명칭을 썼다고 하는 것이 정설이다.

마지막 단계는 유향이 『안자』라는 서적의 정리 작업을 『안자서록』이라는 목록을 기록해 놓은 것이다. 후인들은 『안자서록』의 내용을 통해 유향이 이본 수집과 교감을 통해 『안자』라는 서적의 정본을 만들고자 했음을 알 수 있다. 즉, 유향이 황궁에 소장되어 있던 『안자』라는 도서를 정리하는 과정은 이본 수집(판본)→편장 및 자구 정리(교감)→소서 작성(목록)의 순서로 일이 진행되었다고 볼 수 있다.

이상의 내용을 통해서 우리가 알 수 있는 것은 목록은 교감과 판본과 밀접한 관련이 있음을 알 수 있다. 어떤 의미에서는 삼위

일체이다. 이 세 가지 학문은 서로 관련을 맺으면서, 중국 고전학을 이해하는 기본적인 연구 시야를 제공하는 것이다. 학문 형성의 순서상 서적 정리와 관련하여 내용을 비교·정리하는 교감학이 가장 먼저 출현했다고 할 수 있다. 다만 후에 목록의 양이 증가하면서 목록을 통해 서적의 편목 및 권수 그리고 해제 등을 통해 해당 서적의 학문 성격을 파악할 수 있게 되었다. 이 과정에서 목록학이 점차 발전하여 교수학에서 분화되었다. 이에 따라 교수학은 서로 다른 텍스트의 글자와 글자 사이의 차이를 검증하는 협의(俠義)의 교수학인 교감학으로 발전하게 되었다. 그리고 (송)우무의 『수초당서목』에 서적에 대한 판본을 기록한 이후 판본을 중요시 하는 목록의 수가 증가한 이후로 판본을 연구하는 학문이 등장했는데 그것이 바로 판본학인 것이다.

2. 목록을 통한 교감 연구의 실례

아래에서는 먼저 여러 관련 저술에서 대표적인 교감 사례로 회자되는 두 가지의 예를 소개하고자 한다. 이를 통해 교감 연구에 있어 목록에 대한 이해가 선행되어야 함을 설명하고자 한다. 다음으로 필자가 직접 진행했었던 교감 작업을 제시하여 실제적인 교감 작업의 과정을 목록과 연결하여 소개하고자 한다.

1) 『이십사사(二十四史)』와 『회남자(淮南子)』의 예

　중국 고서는 판본에 따라 내용이 상이(相異)할 수 있다. 물론 상이의 정도는 매우 작을 수도 있고, 매우 클 수도 있다. 먼저 서적의 교감을 통해 서적 내용의 탈락을 발견하는 경우를 살펴보자.

　중국에서는 중국 정사(正史)를 한데 모아서 편찬하는 흐름이 있었다. 특히 명·청대에 주목할 만한 성과들이 출판되었다. 예를 들어 「급고각(汲古閣)刻本」『십칠사(十七史)』, 남경국자감(南京國子監)과 북경국자감(北京國子監) 刻本 『이십일사(二十一史)』 그리고 청대 무영전본(武英殿本) 『이십사사(二十四史)』 등이 그것이다. 「무영전각본」『이십사사』는 교감을 거친 판본인 관계로 명대에 출현한 판본에 비해 내용적으로 더 완정(完定)하다는 평가를 받았다. 그 후 민국(民國) 시기에 상무인서관(商務印書館)에서 백납본(百衲本)『이십사사』가 출판된다. 백납본이라는 뜻은 『이십사사』에 속하는 24개 역사서의 판본 가운데 가장 좋은 판본[善本]을 모았다는 뜻이다. 그렇다면 백납본 『이십사사』를 출간하면서 어떻게 24개 역사서의 여러 판본 가운데 선본을 선택할 수 있었을까? 그 이유는 목록학자들이 『이십사사』라는 역사서를 목록에 수록하면서 판본 문제를 상세히 설명해 놓았기 때문이다. 즉, 관련 목록을 통해『이십사사』 판본에 있어 (淸)「무영전각본」이 (明)「국자감각본」『이십일사』보다 우수하고 「백납본」이 「무영전각본」보다 오류가 적고 우수하다는 결론을 얻은 것이다. 예를 들어 장원제(張元濟)는 『섭원서발집록(涉園序跋集錄)·영인백납본이십사사(影印百衲本二十四史)』에서 「무영전각본」의 부족한 점을 상세히 설명한다.

전본(殿本)의 교감과 판각이 비록 정밀하게 살폈다고 하지만……사마천『史記』에 주를 단 (宋)배인(裴駰)의 『(史記)집해(集解)』와 (唐)장수절(張守節)의 『(史記)정의(正義)』의 내용은 대부분 삭제되었으니 『사고제요(四庫提要)』에서 수십 개 조목을 나열하면서 이 모두가 전본『사기』에서 사라진 것이라고 말하였다. 만약 (明)왕진택 각본『사기』가 모두 존재하지 않았다면 (전본)이 제멋대로 내용을 삭제한 상황을 알 도리가 없다(惟是殿本校刻, 雖號精審……遷『史』『集解』,『正義』多所芟節,『四庫提要』羅列數十條, 謂皆殿本所逸, 若非震澤王本具存, 無由知其妄刪).

인용문에서 언급하고 있는 전본(殿本)은 바로 「무영전각본」을 가리킨다. 장원제는 「무영전각본」『사기』에 (宋)배인『사기집해』와 (唐)장수절의 『사기정의』의 내용이 이유 없이 수록되지 않은 현상을 예로 들어 「무영전각본」의 부족한 점을 설명하고 있다.

장순휘(張舜徽)도 「백납본」『이십사사』와 「무영전각본」『이십사사』를 비교하여 「무영전각본」의 내용에서 다음과 같은 탈락 현상이 존재함을 발견하였다.

『宋書』: 「少帝紀」, 마지막 1페이지 탈락됨.

『南齊書』: 「州郡志」(下), 1페이지 탈락됨. 「桂陽始興二王傳」, 1페이지 탈락됨.

『宋史』: 「孝宗紀」(三), 1페이지 탈락됨. 「宗室世系表」(二十七), 1페이지 탈락됨. 「張栻傳」, 2페이지 탈락됨.

이상의 결과는 장순휘가 두 판본을 교감한 결과이다. 장원제와 장순휘 등이 진행한 교감의 결과로 「백납본」『이십사사』는 문헌 가치를 인정받았고 후에 『이십사사』를 연구에 활용함에 있어 대부분의 학자들은 백납본『이십사사』를 이용하게 된다.

또 다른 예를 하나 들어보자. 『회남자·숙진편(淮南子·俶眞篇)』에는 아래와 같은 내용이 기록되어 있다.

> 금전과 명예가 (그 사람을) 유혹할 수 없고, 변론가들이 (그 사
> 람을) 설득할 수 없고, 소리와 색깔이 (그 사람을) 음란하게 만
> 들 수 없고 아름다운 사물이 (그 사람을) 방종하게 만들 수 없
> 고 총명한 자가 (그 사람을) 움직일 수 없고 용감한 자가 (그 사
> 람을) 두렵게 만들 수 없다(勢利不能誘也, 辯者不能說也, 聲色不
> 能淫也, 美者不能濫也, 智者不能動也, 勇者不能恐也).

후대에 이 문장에 대해 문맥상 앞뒤가 맞지 않는다고 판단하는
학자들이 출현한다. 이 방면의 대표적인 학자가 바로 청대의 유월
(俞樾)이다. 그는『고서의의거례(古書疑義擧例)』라는 책에서 두 가지
방법을 사용하여 자신의 주장을 펼친다. 첫째, 논리적 추론 방법
이다. "성색불능음야(聲色不能淫也)"라는 부분은 논리적으로 볼 때
"변자불능설야(辯者不能說也)" 앞에 위치해야 한다고 주장한다. 그
이유는 '聲色'이란 소리와 색깔을 나타내는 단어로 이것은 같은
성격을 갖는 '勢利'와 연결되어야 한다는 것이다. 동시에 이렇게
문장이 구성될 경우 '辯者' 뒤에는 '美者', '智者', '勇者'와 같은 비
슷한 성질을 가진 단어들이 연결되는데 이것이 논리적으로 합당

한 문장 구조라는 것이다. 둘째, 유월(俞樾)은 『문자·구수·수진(文子·九守·守眞)』에서 위에서 언급한 문장과 거의 유사한 문장을 찾아낸다. 그 문장은 아래와 같다.

만약 정신이 피해를 입지 않고 내심에 어떤 사물도 담지 않는다면 마음이 통달하고 넓어지고 구애받는 일이 없게 된다. 금전과 명예가 (그 사람을) 유혹할 수 없고, 소리와 색깔이 (그 사람을) 음란하게 만들 수 없고, 변론가들이 (그 사람을) 설득할 수 없고, 아름다운 사물이 (그 사람을) 방종하게 만들 수 없고 총명한 자가 (그 사람을) 움직일 수 없고 용감한 자가 (그 사람을) 두렵게 만들 수 없다. 이것이 眞人의 도(道)이다(若夫神無所掩, 心无無載, 通洞条达, 澹然無事, ①势利不能诱, 声色不能淫, 辩者不能说, 智者不能动, 勇者不能恐, 此真人之游也).

『문자』는 『통현진경(通玄眞經)』이라고도 불리는 서적으로 노자 사상을 분명하게 설명하고자 하는 것이 그 종지(宗旨)이다. 저자인 문자는 姓은 신씨(辛氏)이고 호는 계연(计然)이다. 생졸년(生卒年)을 알 수 없으나 범려(范蠡, 기원전 536년-기원전 448년)를 제자로 삼았다는 기록으로 볼 때 범려와 동시대 사람으로 볼 수 있다. 인용문에서 ①의 내용은 『회남자·숙진편』의 내용과 거의 동일하다. 『회남자』는 서한(西漢) 유안(劉安, 기원전 179년-기원전 122년)의 저술이다. 이로 볼 때 『문자』가 『회남자』보다 빨리 출현한 것으로 생각할 수 있다. 그러므로 유월이 성서(成書) 시기가 빠른 『문자』의 내용을 가지고 『회남자·숙진편』의 구문에 대해 순서를 수정하려는 의견은 상당한 타당성을 담보하고 있다고 생각된다. 이것은 한 서적의 서로 다른 판본의 내용을 단순 비교하는 대교(對校) 작업보다 수준이 높은 교감 방식이다. 학문이 깊지 않으면 결코 쉽게 결론을 도출할 수 없는 부분이라고 생각한다. 유월은 논리적인 사고로 문장을 읽어야 한다는 관점에서 교감을 진행한 것이다.

2) 목록을 통한 교감 연구의 실례: 조선간본 하흠(賀欽) 『의려선생집(醫閭先生集)』과 중국간본의 교감의 예

이상의 내용에서 필자는 목록과 교감과의 관계를 설명하였다. 교감 작업을 하기 위해서는 먼저 목록을 통해 특정 서적의 서로 다른 판본을 검색하고 그 내용을 이해해야 한다. 아래에서는 목록을 이용하여 실제적인 교감 작업을 하는 과정을 제시해 보고자 한다.

하흠(賀欽, 1437-1510), 字는 극공(克恭)이며 호(號)는 의려(醫閭), 의주위인(義州衛人)이다. 그는 학문을 함에 박학(博學)에 힘을 쓰지 않고, 사서(四書), 육경(六經)과 소학(小學)만을 전적으로 읽고 몸소 실천함을 목표로 하였다. 『사고전서총목·의려집(醫閭集)』에서는 "(하)흠의 학문은 진헌장(陳獻章)에게서 나왔다. 헌장의 학문은 정오(靜悟)를 주로 하지만 흠의 학문은 몸에 돌이켜 실천하는데 있어, 능히 그 스승의 편벽(偏僻)됨을 보완할 수 있다. 일찍이 『학문함에 반드시 고심원대(高心遠大)한 것만을 구하지 않고 정(靜)을 주(主)로 하면서 방심(放心)을 거두어 지킬 뿐이다.』라고 말하였다. 그런 까닭으로 문집에 수록된 언행이 모두 겸손, 온화하고 진솔하여, 성명(性命)을 장황하게 늘어놓는 자들과는 비교할 수 없다. 그리고 여러 상주문(上奏文)들도 치리(治理)에 통달하지 않음이 없고, 확실히 시행됨을 볼 수 있다. 강학을 한 여러 사람 가운데 홀로 독실하고 순정하다. 문장은 대부분 붓 가는 대로 써서, 문장을 심히 다듬지는 않았으나, 인의(仁義)의 언사는 온화하게 볼 수 있으니, 진실로 능숙함과 서투름으로 논할 필요가 없다(欽之學出於陳獻章. 然獻章之學主靜悟, 欽之學則期於反身實踐, 能補苴其師之所偏. 嘗言『爲學不必求之高遠, 在主敬, 以收放心而已.』故集中所錄言行, 皆平易眞樸, 非高談性命者可比. 而所上諸奏疏, 亦無不通達治理, 確然可見諸施行. 在講學諸人中, 獨

중국 목록과 목록학

爲篤實而純正. 文章雖多信筆揮灑, 不甚修詞, 而仁義之言, 藹然可見, 固不必以 工拙論也)."[1]라고 평가하고 있는데 하흠의 학문과 문장에 대한 객관적인 평가라고 생각된다.

흥미롭게도 하흠의 문집인 『의려선생집』은 조선명종(朝鮮明宗)16년(1561)에 진양(晉陽)목사인 김홍(金泓)의 감독하에 간행된다. 다만 『의려선생집』이 조선에서 간행될 때 어떤 중국 판본을 저본으로 하여 간행했는지 정확한 기록이 없는 까닭으로 중국 판본과의 비교가 필요하다.

먼저 조선명종16년(1561)간본 『의려선생집』의 간행기록은 『교사촬요(攷事撮要)』의 목판본(木版本) 진주(晉州) 부분에 보인다.[2] 현재 국내에는 성균관대학교 존경각과 연세대학교 도서관[3] 그리고 고려대학교 도서관에 각각 한 질씩 소장되어 있다.[4] 국외에는 일

---

1 (淸)紀昀等撰, 『四庫全書總目·醫閭集』, 卷一百七十一, 集部二十四, 別集類二十四, 河北人民出版社, 2000, 4446면.

2 張伯偉編, 『朝鮮時代書目叢刊』, 中華書局, 2004, 1467면.

3 『延世大學校圖書館古書目錄』, 1977, 396면, 『醫閭先生集』9권3책, 晉州 明宗 16(1561)刊. 『韓國所藏中國漢籍總目·集部』, 학고방, 2005, 530면.

4 고려대학교중앙도서관 편, 『貴重圖書目錄』, 고려대학교중앙도서관, 1980, 95면. 다만 고려대 소장본은 존경각 소장본과 同一한 版本으로 인출한 것이나 그 인출 시기는 서로 틀리다. 그 근거는 고려대 소장본에 「萬曆己卯(1579)春晉州 牧李夢應贈印」의 인기가 보이기 때문이다. 고려대 소장본은 『韓國所藏中國漢籍總目·集部』에도 수록되어 있다(530면). 한 가지 주의할 것은 『韓國所藏中國漢

본의 봉좌문고(蓬左文庫)에 같은 판본 9권 3책 한 질이 소장되어 있다.[5] 특히 봉좌문고 소장본은 "임진란 때 일본으로 약탈, 유출되어 강호성(江戶城) 부사견정문고(富士見亭文庫)에 수집되었다가 준하문고(駿河文庫)를 거쳐 어양본(御讓本)으로 봉좌문고로 들어온 것이다."[6] 이로 볼 때 조선명종16년간본 『의려선생집』은 상당히 희귀한 고서라고 할 수 있다. 국외에는 중국지역에 총 4종의 선본(善本) 『의려선생집』이 소장되어 있고,[7] 대만지역에도 4종의 선본이 소장되어 있다.[8]

籍總目·集部』는 두 질의 고려대 晚松文庫 소장본을 530면과 531면에 수록하고 있다. 다만 두 질에 대한 내용기록이 완전히 일치하는 것으로 볼 때 중복해서 기록한 것으로 생각된다.

5   『蓬左文庫漢籍分類目錄』, 集部, 別集類, 118면. 『醫閭先生集』9권3책, 嘉靖四十年 辛酉(1561) 朝鮮刊十行本.

6   千惠鳳, 『日本蓬左文庫韓國典籍』, 지식산업사, 2003, 295-297면.

7   1.『의려선생집』九卷 明嘉靖九年遼東巡撫成文刻本 十行二十字, 黑格, 四周雙邊, 北京大學圖書館所藏.
     2.『의려선생집』九卷『附錄』一卷 明嘉靖二十三年(1544)齊宗道刻本, 九行十八字, 白口, 左右雙邊, 中國科學院圖書館所藏, 遼寧省圖書館所藏.
     3.『의려선생집』九卷『附錄』一卷 明嘉靖二十三年(1544)齊宗道刻本, 九行十八字, 白口, 左右雙邊, 『四庫全書』本『醫閭先生集』의 底本, 北京圖書館所藏.
     4.『의려선생집』九卷 明抄本, 十二行二十字, 紅格, 上海圖書館所藏.

8   1.『의려선생집』九卷 明嘉靖九年遼東巡撫成文刻本 十行二十字, 黑格, 四周雙邊, 國立故宮博物館圖書文獻館所藏
     2.『의려선생집』九卷『附錄』一卷 明嘉靖二十三(1544)年齊宗道刻本, 國家圖書館所藏
     3.『의려선생집』四卷『附錄』一卷 明嘉靖二十三(1544)年齊宗道刻本, 國家圖書館所藏

현존하는 중국간본 《의려선생집》은 두 가지 판본계통으로 나눌 수 있는데 그 내용은 아래와 같다.

판본	明嘉靖九年(1530)遼東巡撫成文刻本	明嘉靖二十三年(1544)齊宗道刻本
판식형태	十行二十字, 黑格, 四周雙邊	九行十八字, 白口, 左右雙邊
권수	九卷외에 《附錄》一卷(潘展이 撰한 〈醫閭先生墓誌銘〉을 수록하고 있음)	九卷외에 《附錄》一卷(潘展이 撰한 〈醫閭先生墓誌銘〉을 수록하고 있음)
重校者	卷1의 卷端에「後學兵部主事海鹽 鄭曉參定 後學兵部主事常郡唐順 之重校」라고 題함	卷1의 卷端에「賜同進士出身四川都 監察御使奉勅督理兩淮鹽法兼管河 道後學齊宗道重校刊」이라고 題함

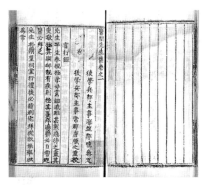

《醫閭先生集》九卷
明嘉靖九年遼東巡撫成文刻本 國立故宮博物館圖書文獻館所藏

4.『의려선생집』九卷 舊抄本, 十行二十字, 國家圖書館所藏

「조선명종16년간본」은 판식 형태와 중교자(重校者) 부분이 모두 「명가정구년성문각본」과 일치한다. 이로 볼 때 조선간본은 명가정구년(1530)에 간행된 중국 간본이 조선에 전해진 후에 이를 저본(底本)으로 하여 중간(重刊)한 판본으로 보여진다.

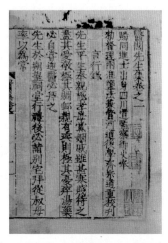

《醫閭先生集》九卷《附錄》一卷 明嘉靖二十三(1544)年齊宗道刻本,
國家圖書館所藏

이상 목록을 통해 현전하는 『의려선생집』의 판본은 모두 3종이며 그 가운데 조선간본은 1종(「朝鮮明宗16年(1561)刊本」, 이하 「조선간본」이라고 약칭함)이며 중국간본은 총 2종(「明嘉靖九年(1530)遼東巡撫成

文刻本」(이하 「가정구년간본」이라고 약칭함)와 「明嘉靖二十三年(1544)齊宗道刻本」(이하 「가정이십삼년간본」이라고 약칭함))이다.

3종의 판본을 비교해 보면 먼저 체례에서는 「조선간본」과 「가정구년간본」이 거의 일치한다. 그 이유는 「조선간본」과 「가정구년간본」 1권 「언행록(言行錄)」의 第18則은 「가정이십삼년간본」에서는 제18則과 19則의 두 개로 나누어진다. 또한 「조선간본」과 「가정구년간본」1권의 31則은 「가정이십삼년간본」에서는 제32則과 33則으로 나누어지기 때문이다. 다음으로 수록 작품의 상황을 살펴보면 「조선간본」은 「가정이십삼년간본」과 거의 비슷하다. 조문빈(趙文彬)의 고찰에 따르면 「가정구년간본」과 비교할 때 「가정이십삼년간본」은 권5에서 진헌장이 하흠에게 보낸 두 통의 서신과 아들 하사자(賀士諮)에게 보낸 서신 한 통이 수록되어 있지 않다.[9] 「조선간본」의 5권의 상황도 「가정이십삼년간본」과 일치한다.

마지막으로 자구를 교감한 결과 「조선간본」은 「가정구년간본」과 상당히 일치한다. 그러나 완전히 그런 것은 아니다. 어떤 부분은 오히려 「가정이십삼년간본」과 일치한다. 심지어 어떤 부분은

---

9   趙文彬, 『明代東北文獻『醫閭先生集』研究』(遼寧 : 遼寧大學歷史文獻學碩士論文, 2012), 19-20면.

2종의 중국 간본과 다른 경우도 존재한다. 아래는 『의려선생집』의 「언행록」(권1-권3)을 교감 범위로 하여 구체적인 교감의 결과를 표로 나타낸 것이다.

(1) 내용에 있어 「조선간본」이 「가정이십삼년간본」과는 다르지만 「가정구년간본」과는 서로 같은 경우.

	朝鮮刊本	嘉靖九年刊本	嘉靖二十三年刊本
卷一	先生曰:「汝輩既知**悔**, 即不殺人猶可解。」(第十九則)	先生曰:「汝輩既知**悔**, 即不殺人猶可解。」(第十九則)	先生曰:「汝輩既知**侮**, 即不殺人猶可解。」(第十九則)
	先生自少未嘗以居官受用許家人, 必語以力田謀食之道, ……。(第二十六則)	先生自少未嘗以居官受用許家人, 必語以力田謀食之道, ……。(第二十六則)	先生自少未嘗以居官**反**用許家人, 必語以力田謀食之道, ……。(第二十七則)
	門生侍側, 先生問之**曰**:「孟子曰:『聖人與我同類者』, 汝輩亦曾如此省察思慮否? ……」(第三十九則)	門生侍側, 先生問之曰:「孟子曰:『聖人與我同類者』, 汝輩亦曾如此省察思慮否? ……」(第三十九則)	門生侍側, 先生問之**田**:「孟子曰:『聖人與我同類者』, 汝輩亦曾如此省察思慮否? ……」(第四十一則)
	苟違此義, 如世俗所為, 一言忿怒, 骨肉乖離, 割戶分門, 斷裂破碎, 朝為**大**家而夕若有罪抄劄者, ……。(第五十三則)	苟違此義, 如世俗所為, 一言忿怒, 骨肉乖離, 割戶分門, 斷裂破碎, 朝為**大**家而夕若有罪抄劄者, ……。(第五十三則)	苟違此義, 如世俗所為, 一言忿怒, 骨肉乖離, 割戶分門, 斷裂破碎, 朝為**太**家而夕若有罪抄劄者, ……。(第五十五則)
	「……今為長計, 其當數倍於前矣。民力可能辦耶? 幸勿再議。」(第六十三則)	「……今為長計, 其**窑**當數倍於前矣。民力可能辦耶? 幸勿再議。」(第六十三則)	「……今為長計, 其**空**當數倍於前矣。民力可能辦耶? 幸勿再議。」(第六十五則)

	朝鮮刊本	嘉靖九年刊本	嘉靖二十三年刊本
卷二	「隆」之**云**者，嚴憚恭敬與君父等也。(第六則)	「隆」之**云**者，嚴憚恭敬與君父等也。(第六則)	「隆」之**六**者，嚴憚恭敬與君父等也。(第六則)
	孔子於弟子只稱名，至**程**門，便有秀才、賢輩、諸君等稱呼矣。(第十八則)	孔子於弟子只稱名，至**程**門，便有秀才、賢輩、諸君等稱呼矣。(第十八則)	孔子於弟子只稱名，至**侱**門，便有秀才、賢輩、諸君等稱呼矣。(第a十八則)
	韓信軍中**問**李左車便是聰明過人處，今人不用人言者，皆是此心之不明耳。(第三十九則)	韓信軍中**問**李左車便是聰明過人處，今人不用人言者，皆是此心之不明耳。(第三十九則)	韓信軍中**問**李左車便是聰明過人處，今人不用人言者，皆是此心之不明耳。(第三十九則)

(2) 내용에 있어「조선간본」이「가정구년간본」과는 다르지만「가정이십삼년간본」과는 같은 경우.

	朝鮮刊本	嘉靖九年刊本	嘉靖二十三年刊本
卷一	同官對送者大言曰：「此獨不受者，**新選**戶科賀大人耳。」(第十四則)	同官對送者大言曰：「此獨不受者，**文之**戶科賀大人耳。」(第十四則)	同官對送者大言曰：「此獨不受者，**新選**戶科賀大人耳。」(第十四則)
	眾稍**戢**。俄而相率至東街巷**口**，羅跪再請。(第十八則)	眾稍**截**。俄而相率至東街巷**日**，羅跪再請。(第十八則)	眾稍**戢**。俄而相率至東街巷**口**，羅跪再請。(第十九則)
	先生曰：「文公**白**鹿洞規不有處事之要乎？……。」(第三十一則)	先生曰：「文公**曰**鹿洞規不有處事之要乎？……。」(第三十一則)	先生曰：「文公**白**鹿洞規不有處事之要乎？……。」(第三十二則)
	「……**今縱不能行之一鄉**，不可驗之一家乎？」(第五十五則)	「……**今縱不能行之一鄉，今縱不能行之一鄉**，不可驗之一家乎？」(第五十五則)	「……**今縱不能行之一鄉**，不可驗之一家乎？」(第五十七則)

(3) 내용에 있어 「조선간본」이 「가정구년간본」 및
「가정이십삼년간본」과 모두 다른 경우.

	朝鮮刊本	嘉靖九年刊本	嘉靖二十三年刊本
卷一	楊益喜, 且曰：「他日必成**大器**。」(第十二則)	楊益喜, 且曰：「他日必成**遠器**。」(第十二則)	楊益喜, 且曰：「他日必成**遠器**。」(第十二則)
	謂門人王瑞之**曰**：「矜之病, 人皆有之, 瑞之更多耳……。」(第三十一則)	謂門人王瑞之**田**：「矜之病, 人皆有之, 瑞之更多耳……。」(第三十一則)	謂門人王瑞之**田**：「矜之病, 人皆有之, 瑞之更多耳……。」(第三十三則)
	又曰：「善惡雖**少**, 須辨別如賭黑白方好, 若含糊不分……。」(第四十五則)	又曰：「善惡雖**小**, 須辨別如賭黑白方好, 若含糊不分……。」(第四十五則)	又曰：「善惡雖**小**, 須辨別如賭黑白方好, 若含糊不分……。」(第四十五則)
卷二	先生應之曰：「是先正所謂為己耶為人耶？躬行耶誦說耶？精切耶鹵莽耶？以是**辨**之, 則謂務經義而即為道學者, 其亦誤矣。」(第五十則)	先生應之曰：「是先正所謂為己耶為人耶？躬行耶誦說耶？精切耶鹵莽耶？以是**辨**之, 則謂務經義而即為道學者, 其亦誤矣。」(第五十則)	先生應之曰：「是先正所謂為己耶為人耶？躬行耶誦說耶？精切耶鹵莽耶？以是**辨**之, 則謂務經義而即為道學者, 其亦誤矣。」(第五十則)
	又地方既喂此等, 於防邊自爾怠忽, **既意**其貪我食, 且不盜邊, 又以為縱有賊, 殺此可以免罪, 又得陞職。(第五十二則)	又地方既喂此等, 於防邊自爾怠忽, **既憶**其貪我食, 且不盜邊, 又以為縱有賊, 殺此可以免罪, 又得陞職。(第五十二則)	又地方既喂此等, 於防邊自爾怠忽, **既憶**其貪我食, 且不盜邊, 又以為縱有賊, 殺此可以免罪, 又得陞職。(第五十二則)
	今人於晏會, 若制為歌詩, 辭語明白, 不必文飾, 令左右人歌之, 或父子骨肉間, 則說**孝子**。或同僚之間, 則說彼此勸勉, 莫忘公務。(第六十一則)	今人於晏會, 若制為歌詩, 辭語明白, 不必文飾, 令左右人歌之, 或父子骨肉間, 則說**孝慈**。或同僚之間, 則說彼此勸勉, 莫忘公務。(第六十一則)	今人於晏會, 若制為歌詩, 辭語明白, 不必文飾, 令左右人歌之, 或父子骨肉間, 則說**孝慈**。或同僚之間, 則說彼此勸勉, 莫忘公務。(第六十一則)

중국 목록과 목록학

	朝鮮刊本	嘉靖九年刊本	嘉靖二十三年刊本
卷三	朱文公之才德，寧宗在東宮時已思慕之，**及**登帝位，始雖召用，不久即遣斥。(第十三則)	朱文公之才德，寧宗在東宮時已思慕之，**反**登帝位，始雖召用，不久即遣斥。(第十三則)	朱文公之才德，寧宗在東宮時已思慕之，**反**登帝位，始雖召用，不久即遣斥。(第十三則)
	非聖賢誤人，人自妄引以為**口**實耳，卻不道若害於義，則不可從也。(第三十一則)	非聖賢誤人，人自妄引以為**曰**實耳，卻不道若害於義，則不可從也。(第三十一則)	非聖賢誤人，人自妄引以為**曰**實耳，卻不道若害於義，則不可從也。(第三十一則)
	「……身心所得者淺，是以不免於文**土**浮華之習，佛老異端之惑，淫媟鄙猥之辭，觀其文可見。」。(第六十二則)	「……但身心所得者淺，是以不免於文**土**浮華之習，佛老異端之惑，淫媟鄙猥之辭，觀其文可見。」。(第六十二則)	「……但身心所得者淺，是以不免於文**土**浮華之習，佛老異端之惑，淫媟鄙猥之辭，觀其文可見。」。(第六十二則)
	歲貢依程子所論之法，不可但**俟**年歲。(第六十三則)	歲貢依程子所論之法，不可但**挨**年歲。(第六十三則)	歲貢依程子所論之法，不可但**挨**年歲。(第六十三則)

　　이상의 교감 내용을 통해 「조선간본」은 「가정구년간본」 혹은 「가정이십삼년간본」 가운데 하나의 판본만을 저본(底本)으로 중간(重刊)된 것이 아님을 알 수 있다. 즉, 「조선간본」은 「가정구년간본」과 「가정이십삼년간본」을 저본으로 하면서 상당한 교감 작업을 거쳐 간행된 것으로 볼 수 있다.

3. 목록을 통한 판본 연구의 실례

마지막으로 목록을 통한 판본 연구의 실례를 들어보고자 한다. 판본 간의 차이는 작게는 특정 글자가 서로 다른 것부터 시작하여 크게는 편(篇)이나 권(卷)의 차이도 존재한다. 그런 까닭으로 판본에 대한 지식이 부족하면 종종 연구 결과에 심각한 오류가 발생할 수 있다. 대표적인 예를 들어보자.

1) 숭정본(崇禎本)『수경주(水經注)』의 예

명대 숭정본(崇禎本)『수경주(水經注)』에는 "水流松果之上"이라는 문구가 있다. 이것을 글자 그대로 해석하면 "물이 소나무 열매 위로 흐른다."라는 의미로 해석할 수 있다. 얼핏 보기에도 상당한 시적 이미지가 담겨져 있다고 해석할 수 있을 것이다. 즉, 시인이 소나무를 쳐다봤을 때, 솔방울이 있고 그 다음에 강이 있으면, 사실은 강의 물이 솔방울 위로 흐르는 것처럼 보일 수도 있을 것이다. 이런 까닭으로 당시의 저명한 문학가인 담원춘(譚元春)은 이 문구를 높게 평가한다. 필자도 이 시구를 보면서 '물이 소나무 열매 위를 흐르는구나!'라는 시적 이미지를 떠올렸다.

문제는 "水流松果之上"라는 시구가 사실 "水流松果之山"의 오류라는 점이다. 즉, '上'과 '山'은 글자 형태가 비슷하여 쉽게 혼란을 일으킬 수 있는데 숭정본(崇禎本)『수경주(水經注)』에는 "水流松果之上"으로 기록되었던 것이다. 그렇다면 "水流松果之上"이 틀리고 "水流松果之山"이 옳다는 증거는 무엇일까? 그 증거는 '松果山'이라는 지명이 『산해경(山海經)』이라는 책에 보인다는 것이다. 『수경주』라는 책은 본래 산천과 지리에 관한 서적으로 『수경주』의 다른 판본에는 "水流松果之山"으로 기록되어 있다. 요컨대 『산해경(山海經)』의 내용과 『수경주』 기타 판본의 내용에 근거하면 숭정본의 "水流松果之上"은 "水流松果之山"으로 수정되어야 한다.

　　이 지점에서 교감의 진가가 드러난다. "물이 송과산에 흐른다(水流松果之山)"를 "물이 소나무 열매 위로 흐른다(水流松果之上)"로 이해하는 순간 양자의 차이는 더 이상 설명이 필요 없게 된다. 그러므로 특정 서적에 대한 서로 다른 판본을 수집하여 교감 작업을 하는 것은 연구의 질적 가치를 담보하는 가장 우선적이고 중요한 작업인 것이다.

　　같은 맥락에서 판본에 대한 지식이 부족하면 종종 의도하지 않은 연구 결과를 만들어 낼 수도 있는 것이다. 숭정본 『수경주』를 예로 든다면 숭정본 『수경주』는 문구를 오각(誤刻)했음이 분명하다. 하지만 만일 어떤 연구자가 『수경주』를 연구함에 있어서 판본에 주의를 기울이지 않고 숭정본을 저본으로 연구를 진행한다면 담원춘과 같은 오류를 범할 수 있다.

2) 『수호전(水滸傳)』과 『사고전서(四庫全書)』의 예

『수경주(水經注)』에 "水流松果之上"의 '上'이 '山'의 오류라는 것은 교감의 결과이며 결국은 판본 문제이다. 따라서 판본에 대한 지식이 부족하면 종종 연구 결과에 심각한 오류가 발생할 수 있다. 대표적인 예로 『수호전』의 판본 문제에 대해 설명하고자 한다.

『수호전』은 양산박(梁山泊)을 배경으로 전개되는 소설로 명대(明代) 사대기서(四大奇書) 중 하나이다. 그러나 『수호전』의 판본은 매우 다양하다. 특히 고서의 형태가 아니라 현재 출판된 서적들이 각기 다른 판본을 저본으로 하여 출판되었기 때문에 관련 연구에 불필요한 오해를 불러일으킬 수 있다. 즉 중국 인민문학출판사는 1952년, 1954년, 1975년에 각각 『수호전』을 출판하였다. 그런데 출판 당시 저본으로 삼은 판본을 보면 1952년에 출판된 것은 ①71회 본이고, 1954년에 출판된 것은 ②120회 본, 1975년 출판된 것은 ③

100회 본이다. 즉, 3종류의 『수호전』은 내용적으로 상당한 차이가 존재한다. 예를 들어 100회 본은 120회 본에 비해 90회부터 110회까지 20회만큼의 내용이 없는 판본이다. 그렇다면 ①, ②, ③은 똑같은 『수호전』이라는 책이지만 판본에 따라 내용의 차이가 존재한다. 만약에 『수호전』에 관심은 많지만 판본에 대한 사전 지식이 없이 중국 인민문학출판사에서 출판된 71회 본을 연구했다가 나중에 어떤 사람이 "당신이 연구한 것은 71회 본이다. 100회 본 혹은 120회 본의 내용과 차이가 있는데 왜 71회 본을 연구 대상으로 한 것인가? 이 문제를 어떻게 설명할 것인가?"라는 질문을 받았을 때 어떻게 답변할 것인지 궁금하지 않을 수 없다.

또 다른 예를 하나 들어보고자 한다. 청나라 건륭(乾隆) 시기에 만들어진 총서로 『사고전서(四庫全書)』가 있다. 모두 3,400여 종의 서적이 수록되어 있다. 주의해야 할 점은 『사고전서』에 수록되어 있는 서적들은 모두 사고관신(四庫館臣)들이 직접 필사한 것이다. 문제는 필사본인 까닭으로 여러 가지 오류가 있는 것이 현실이다. 그런 까닭으로 『사고전서』에 수록된 서적의 내용을 직접 인용하거나 사용하는 경우 세심한 주의가 필요하다. 이런 이유로 대만 국립고궁박물원(國立故宮博物院)에서는 『사고전서』에 필사되어 수록된 서적들의 오류를 바로잡고 탈락된 내용을 보충하는 작업을 진행하였다. 그 결과물이 바로 『사고전서보정(四庫全書補正)』이다. 이미 경부(經部), 사부(史部), 자부(子部), 집부(集部)가 모두 출판되어 연구자들에게 유의미한 자료를 제공하고 있다. 아래 도표는 『사고전서보정·경부·주역주』에 대한 보정 결과이다.

四庫補正　周易注十卷

魏王　弼注　晉韓康伯補注

以朝鮮古活字本校補

卷一

乾卦彖辭「終日乾乾反復道也」句下注文
四庫本「反復皆通也」句（七-一二〇四下）。朝鮮本
「通」作「合道」。

卷二

觀卦彖辭
四庫本「象曰闚觀女貞亦可醜也」句（七-一二二〇上
）。朝鮮本作「象曰闚觀利女貞亦可醜也」。

卷九

周易雜卦第十一（七-一二三三上）
朝鮮本於此題下有注文作「雜卦者。雜揉衆卦。錯綜
其義。或以同相類。或以異相明也。」
又四庫本「君子道長小人道憂也」句（七-一二三三下

四庫全書補正　《周易注十卷》　一

卷十

辯位章
四庫本末句「六位時成也」句下並無小注（七-一二八
〇上）。朝鮮本小注作「无六爻。无亦作損」。

）。朝鮮本句下有注文作「君子以決小人艮其道。小
人見決云爲漸憂也」。

四庫全書補正　《周易注十卷》　二

『사고전서보정·경부·주역주』 보정 내용

『사고전서』에 수록된 (魏)왕필(王弼)이 주(注)하고 (晉)한강백(韓康伯)이 보주(補注)한『주역주』10권의 내용을 「조선고활자본(朝鮮古活字本)」을 이용하여 교감하고 내용을 보충한 결과이다. 이를 통해『사고전서』에 필사되어 수록된 서적들의 내용에 부족한 점이 있음을 확인할 수 있다. 그러므로『사고전서』에 수록된 서적을 이용하는 연구를 수행함에 있어서는 오류를 줄이기 위해서『사고전서보정』과 같은 목록의 사용은 필수적이라고 할 수 있다.

문제는『문연각사고전서데이터베이스』가 구축되어 이전보다 더 많은 연구자들이『사고전서』를 이용하게 되면서『문연각사고전서데이터베이스』에서 검색한 자료를 검토의 과정 없이 그대로 사용한다는데 있다. 앞에서 이미 지적한 바와 같이『사고전서』에 수록된 서적은 내용적으로 오류가 있거나 보충이 필요한 부분이 있을 수 있다. 그러므로『문연각사고전서데이터베이스』이용시에『사고전서보정』과 같은 교감 성과를 갖고 있는 목록의 사용은 필수적이라고 생각한다.

3) 목록을 통한 판본 연구의 실례:
규장각 소장본 『문장백단금(文章百段錦)』을 중심으로[10]

규장각(奎章閣)은 조선 정조시대 왕실 도서관으로서 국내외로부터 수집된 다양한 서적이 소장되어 있었다. 특히 규장각은 중국본 서적을 청으로부터 대량 구매하여 외래지식을 구비하고자 했던 중요한 학술기구였다. 그런 까닭으로 현재에도 규장각에는 적지 않은 중국본 서적이 소장되어 있다. 물론 소장 서적들 가운데 높은 문헌 가치를 갖고 있는 서적의 양도 적지 않다.

현재 규장각에는 (송)방이손(方頤孫)이 지은 『문장백단금(文章百段錦)』(청구기호: 奎中3468-v.1-2) 한 부가 소장되어 있다. 『규장각도서 중국본종합목록·집부·총집류(奎章閣圖書中國本綜合目錄·集部·總集類)』에 따르면 규장각 소장본 『문장백단금』은 명가정각본(明嘉靖刻本)이다.

그렇다면 『문장백단금』의 다른 판본은 존재할까? 존재한다면 어떤 방법으로 검색할 수 있을까? 필자는 현존하는 『문장백단금』

10 　이 부분의 내용은 김호, 「규장각 소장 明嘉靖刻本 『文章百段錦』 解題」(『규장각』 61호, 2022.12, 429-452면)의 내용을 수정하고 정리한 것임.

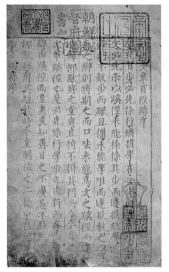 

[그림 1] 奎章閣 所藏本
方頤孫「文章百段錦序」

[그림 2] 奎章閣 所藏本
『文章百段錦』卷首

의 판본을 검색하기 위해 국내외 주요 고서 소장기구에서 편찬·
간행한 장서 목록을 이용하였다. 검색한 목록은 아래와 같다. 검
색 범위는 출판된 고서 목록과 함께 인터넷에 구축된 고서 목록도
포함된다.

① 서울대학교도서관편집, 『규장각도서중국본종합목록(奎章閣
圖書中國本綜合目錄)』, 1982

② 北京圖書館編, 『북경도서관고적선본서목(北京圖書館古籍善本書目)』, 서목문헌출판사(書目文獻出版社), 1987

③ (淸)黃虞稷 撰, 瞿鳳起, 潘景鄭 整理, 『천경당서목(千頃堂書目)』 상해고적출판사(上海古籍出判社), 2002

④ 張升編, 『浙江採集遺書總錄·辛集·總集』, 『『四庫全書』提要稿輯存』冊2, 北京圖書館出版社, 2006

⑤ 한국고전적종합목록: www.nl.go.kr/korcis

⑥ 대만국가도서관: https://rbook.ncl.edu.tw/NCLSearch/Search/Index/1

⑦ 중국 국가도서관: http://read.nlc.cn/allSearch

이상의 목록을 검색한 결과『문장백단금』은 「명홍치각본(明弘治刻本)」, 「명가정원년방일각본(明嘉靖元年方鎰刻本)」, 「명가정간본(明嘉靖刊本)」, 「명융경이년하간부각본(明隆慶二年河間府刻本)」 등 네 종류의 판본이 현존하는데 모두 명간본이다. 이를 통해『문장백단금』은 명대에 들어와서 비교적 활발히 간행되었다는 사실을 알 수 있다. 동시에 각 목록의 내용을 통해 총 5종의『문장백단금』판본이 국내외 도서관에 소장되어 있음을 확인하였다. 그 구체적인 내용은 아래와 같다.

	書名/ 卷數	版本	版式	소장 기구
1	『文章百段錦』三卷	明嘉靖四十二年重刻本	半葉10行20字, 四周單邊, 上白魚尾	奎章閣 韓國學研究院
2	『黼藻文章百段錦』三卷	明初三山方氏刊本	半葉10行17字, 左右雙欄, 黑口, 單魚尾	臺灣 國家圖書館
3	『太學新編黼藻文章百段錦』二卷	明弘治十六年蘇葵, 艾傑刻本	半葉10行20字, 四周雙邊, 黑口	北京圖書館, 北京大學圖書館, 上海圖書館
4	『文章百段錦』二卷	明隆慶二年河間府刻本	半葉10行20字, 四周單邊, 白口	遼寧省圖書館
5	『黼藻文章百段錦』三卷	明嘉靖元年方鎰刻本	半葉10行17字, 左右雙邊, 黑口, 黑魚尾	北京圖書館

[표 1] 국내외 소장 『문장백단금』 비교표

　[표 1]의 내용을 통해 5종 판본의 서명과 권수가 각각 다른 것을 알 수 있다. 권수는 2권본과 3권본 계통으로 나누어진다. 판식도 10행20字 계통과 10행17字 계통으로 나누어진다. 먼저 판식에 대한 설명이 필요할 것 같다. 이 부분은 간단한 것이지만 용어의 의미를 이해하지 못하면 어렵다고 느낄 수 있는 부분이다. 표에 쓰인 판식 용어를 아래의 그림을 통해 설명하고자 한다.

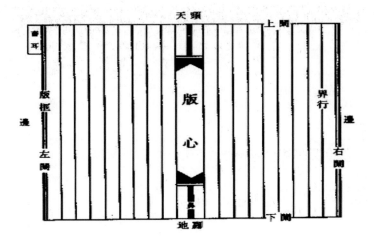

　반엽(半葉)은 위 그림에서 판심(版心)을 기준으로 좌우에 있는 페이지를 표시하는 용어이다. '10行'이라고 하는 것은 한 페이지에 行이 열 개 있다는 의미이다. '20字'라는 것은 한 행에 글자가 20개 있다는 뜻이며, '사주단변(四周單邊)'은 한 줄의 사각형 테두리를 가리킨다. '좌우쌍변(左右雙邊)'은 위 그림에서 보이는 것처럼 아래와 위는 한 줄이고 좌우 양쪽은 두 줄인 테두리를 가리킨다. '어미(魚尾)'는 판심 아래와 위에 위치한 생선 꼬리와 비슷한 모양을 가진 것을 가리킨다. 하얀 것은 백어미(白魚尾), 검은 것은 흑어미(黑魚尾)라고 한다.

다음으로 (2)와 (5)는 동일 판본으로 추정된다. 그 이유는 (2)와 (5)의 서명과 권수 및 판식이 일치하며 (2)의 권수 第3行에도 「裔孫 鎰 校刊」이라는 교감자 기록이 확인되기 때문이다([그림 3] 참조). 다만 북경도서관과 대만국가도서관의 고서 정리 전문가들이 서로 다른 관점(예를 들면 (5)는 교감자인 方鎰이 교감한 것을 판본 감별에 있어 중요한 사안으로 간주한 것임)에서 이 두 판본을 감별했기 때문에 판본의 명칭이 서로 다를 뿐이라고 판단된다. 규장각 소장본은 半葉10行20字, 四周單邊, 上白魚尾의 판식 형태를 가지고 있고, 책의 처음과 마지막에 嘉靖四十二年(1563)巡按山東監察御史歸德楊栢이 쓴 「중각문장백단금서(重刻文章百段錦序)」와 嘉靖四十二年(1563)山東布政使司分守遼海東寧道右參議張廷槐가 쓴 「중각문장백단금발(重刻文章百段錦跋)」이 있는 가정간본(嘉靖刊本)이다. 그런 까닭으로 규장각 소장본은 위 표의 (2)~(5)와는 다른 계통의 판본임을 알 수 있다.

이상의 내용을 통해 우리는 규장각 소장본 가정각본『문장백단금』은 국내 유일본이며 중국과 대만의 주요 도서관에도 소장되어 있지 않다는 것을 확인 할 수 있다.

[그림 3] 臺灣國家圖書館
所藏 明初三山方氏刊本

[그림 4] 北京圖書館 所藏
明弘治十六年蘇葵, 艾傑刻本

다음으로 『사고전서총목·집부·시문평류존목(詩文評類存目)』에
는 『태학보조문장백단금(太學黼藻文章百段錦)』一卷이 수록되어 있
다. 서명은 다소 다르지만 이 해제를 통해 규장각 소장본 『문장백
단금』과 관련된 여러 사항을 파악할 수 있다. 『사고전서총목·태학
보조문장백단금』의 내용을 살펴보면 아래와 같다.

송나라 방이손이 편하였다. 방이손은 복주(福州; 지금의 福建
省 福州市) 사람이다. 이종(理宗) 때(1225~1264) 태학(太學) 독신
재(篤信齋)의 수장이었으나, 그의 생애는 상세하지 않다. 이

책은 순우(淳祐) 기유년(1249)에 지은 것으로, 당(唐)·송(宋) 명인들의 문장을 취사선택하고 글을 쓰는 방법을 표시하였는데, 모두 17개의 격식으로 나누었다. 격식마다 몇 단락의 글을 기재하고 단락마다 마지막에 평어를 두었는데, 대개 당시 과거 시험을 준비하는 서적이었다. 왕운(王惲, 1227~1304)의 『옥당가화(玉堂嘉話)』에 신기질(辛棄疾, 1140~1207)의 "청동(靑銅) 삼백을 들여 한 부를 사야, 진사에 합격할 수 있다."란 말이 실려 있는데, 대개 이런 종류의 서적이다(宋方頤孫編. 頤孫, 福州人. 理宗時爲太學篤信齋長, 其始末則未詳也. 是書作於淳祐己酉, 取唐宋名人之文, 標其作法, 分十七格. 每格綴文數段, 每段綴評於其下. 蓋當時科擧之學, 王惲『玉堂嘉話』載辛棄疾謂"三百靑銅買一部, 卽可擧進士"者, 殆此類矣).

『사고전서총목』의 내용을 통해 『문장백단금』의 ① 저자, ② 성서(成書) 시기, ③ 수록 문장의 범위, ④ 체례 그리고 ⑤ 책의 성격(과거 수험용 글쓰기 서적)을 이해할 수 있다.

결론적으로 서적의 판본을 연구하기 위해서는 목록 이용이 먼저이다. 왜냐하면 관련 목록을 통해 특정 서적의 판본이 몇 종류가 있는지를 파악할 수 있기 때문이다. 동시에 『사고전서총목』과 같이 해제가 있는 목록에 해당 서적이 수록되어 있다면 해제의 내용을 통해 서적의 저자, 권수, 체례 및 내용에 대한 기본적인 이해를 도모할 수 있다.

　마지막으로 설명이 필요한 문제가 있다. 일반적으로 중국 목록과 목록학을 공부하게 되면 목록의 내용을 검토하고 필요한 경우여러 판본을 수집하여 비교하고, 동시에 교감 작업을 하게 된다. 목록학 연구자에게 사실 이 과정은 필연적인 것이다. 그런데 우리가 중국 목록을 연구하는 것은 결국 서적의 내용 연구를 통한 학술사 연구라고 생각한다. 즉, 목록이라는 창을 통해 중국 학계가축적해 놓은 중국 지식 체계를 어떻게 이해해야 할지를 검토하는것이 궁극적인 목적이라는 뜻이다.

　『문장백단금』을 예로 들면 관련 목록을 통해 현전하는 판본이 5종 있다는 사실을 밝혀내고, 판본 간의 동질성과 이질성을 검토하는 것은 중요한 연구 내용이다. 다만 목록학의 관점에서 『문장백단금』을 연구한다면 결국 학술사의 관점에서 볼 때 『문장백단금』은과연 어떤 의미가 있는가?의 문제로 연구 시야가 확대되는 것이바람직하다. 즉, 형태서지학의 관점에서의 검토에서 그치지 않고『문장백단금』이라는 서적이 어떤 필요성에 의해 출현했고 후세에어떤 의미로 읽혔는지를 밝히는 것으로 논의가 확대되어야 한다는 것이다. 이 점에서 『사고전서총목』이 『문장백단금』을 평하면서 당시 과거 제도와 밀접한 관련이 있다고 언급한 사실은 시사하는 바가 크다. 바꾸어 말하면 『사고전서총목』은 이미 학술사의 관점에서 『문장백단금』의 학술 속성과 가치를 평가하고 있다.

『문장백단금』은 「견문격(遣文格)」이라는 형식을 통해 총 17개의 문장 격식을 제시한다. 또한 이와 관련된 문장 작법 총 101개를 제시한다. 그리고 101개 작법의 실제 내용을 구체적으로 설명하기 위해 총 120편의 당송 문인 작품을 제시한다. 방이손이 『문장백단금』에서 문장 작법을 제시하는 방법은 크게 두 가지이다. 하나는 특정 작법이 쓰인 문장의 일부분만을 제시하고 평어는 제시하지 않는 방법이고, 다른 하나는 특정 작법에 해당하는 문장의 일부분을 제시하고 평어를 부가하는 방법이다.

「함축적이며 뜻을 모두 드러내지 않는다(含蓄不盡意)」라는 문장 작법의 예를 하나 들어보자. 방이손은 「문장의 결론 격식(結尾格)」에서 유종원(柳宗元)의 「동엽봉제변(桐葉封弟辯)」의 마지막 부분인 "당숙(唐叔)을 봉한 것은 사관(史官)인 윤일(尹佚)이 이루어낸 것이다(封唐叔史佚成之也)."라는 내용을 제시한다. 즉, 「동엽봉제변」의 마지막 부분인 "封唐叔史佚成之也"를 문장을 매듭짓는 모범적인 예시의 하나로 제시한 것이다. 「동엽봉제변」은 매우 짧은 문장이다. 유종원은 이 문장의 처음에서 『여씨춘추·중언(呂氏春秋·重言)』
과 『설원·군도(說苑·君道)』에 기재되어 있는 하나의 기록을 언급한
다. 그 기록은 바로 주(周)나라 성왕(成王)이 오동나무 잎(桐葉)을 가
지고 장난으로 어리고 나약한 동생인 숙우(叔虞)를 제후로 봉하자
주공(周公)이 이를 경하(慶賀)하면서 천자는 어떤 일이든 가볍게 장
난을 할 수 없음을 강조하니 이에 성왕이 당(唐) 지방을 어린 동생
숙우에게 봉토로 주었다는 것이다.[11] 유종원은 이 같은 내용에 대
해 반대 의견을 제시하면서(吾意不然), 만약 주 성왕이 오동나무 잎
(桐葉)을 가지고 장난으로 부녀자나 내시에게 봉토를 준다고 한다
면 주공은 왕의 잘못된 판단을 따라야 하냐고 반문한다.[12] 그리고
문장을 "당숙을 봉한 것은 사관인 윤일이 이루어낸 것이다(封唐叔
史佚成之也)"라는 문구로 마무리한다. 유종원이 인용한 "封唐叔史
佚成之也"는 주 성왕 때의 사관인 윤일이 동엽봉제(桐葉封弟)가 실

11　「桐葉封弟辯」: "古之傳者有言, 成王以桐葉與小弱弟, 戲曰'以封汝.' 周公入賀, 王
　　曰:'戲也.'周公曰'天子不可戲.'乃封小弱弟於唐.", 2006 『(新譯)柳宗元文選』, 三民
　　書局, 116면.

12　「桐葉封弟辯」: "王之弟當封耶, 周公宜以時言於王, 不待其戲而賀以成之也; 不當封
　　耶, 周公乃成其不中之戲, 以地以人與小弱者爲之主, 其得爲聖乎? 且周公以王之
　　言, 不可苟焉而已, 必從而成之耶?設有不幸, 王以桐葉戲婦寺, 亦將擧而從之乎?.",
　　2006 『(新譯)柳宗元文選』, 三民書局, 116면.

중국 목록과 목록학

현되는데 실질적인 역할을 했다는 『사기·진세가(史記·晉世家)』의 기록이다.[13] 그렇다면 유종원은 문장의 마지막을 왜 "封唐叔史佚成之也"라는 문구로 끝마쳤을까? 방이손은 이 문장 작법을 "함축적이며 뜻을 모두 드러내지 않는 것(含蓄不盡意)"이라고 명했다. 앞에서 언급한 바와 같이 방이손은 이 작법에 대해 더 이상의 평어를 제시하지 않았다. 다만 필자의 생각으로는 "봉당숙(封唐叔)"이라는 동일한 사건에 대해 문장의 끝에 문장의 처음에 제시했던 것과 다른 역사 기록이 있음을 제시함으로써 유종원은 "동엽봉제"라는 사서의 기록이 옳지 않을 수 있다는 점을 강조하고 있다고 생각한다. 즉, 문장 끝에 인용한 『사기·진세가』의 기록을 통해 문장 처음에 인용한 『여씨춘추·중언』과 『설원·군도』의 기록이 갖는 설득력에 근본적인 의문을 제시하는 방법을 사용한 것이며, 이는 「동엽봉제변」의 중간에 유종원이 『여씨춘추·중언』과 『설원·군도』의 기록을 반박하는 주장에 설득력을 더하여 주는 장치를 만들어 내고 있다. 이 점에서 "당숙을 봉한 것은 사관인 윤일이 이루

---

13   韓兆琦注譯, 『史記·晉世家』: "武王崩, 成王立, 唐有亂, 周公誅滅唐. 成王與叔虞戲, 削桐葉爲珪以與叔虞, 曰: '以此封若' 史佚因請擇日立叔虞. 成王曰: '吾與之戲耳.' 史佚曰: '天子無戲言. 言則史書之, 禮成之, 樂歌之.' 於是遂封叔虞於唐.", 2008 『(新譯)史記』, 三民書局, 1889-1890면.

어낸 것이다(封唐叔史佚成之也)"라는 문구로 문장을 마무리하는 작법은 선명하게 자신의 의견을 개진하는 것에 비해 함축적으로 의미를 표시하면서도 자신의 주장을 은연중에 드러내는 문장 마무리 작법임에 틀림없는 것이다.

『문장백단금』이라는 서적을 검토함에 있어 필자는 목록을 통해 판본 문제를 검토하였다. 그러나 『문장백단금』에 관한 검토에 있어 판본 문제만을 검토하고 서적 자체의 내용 및 학술사적 의미를 검토하지 않는다면 아쉬운 일이 아닐 수 없다. 현재 국내에는 중국 목록학을 전공하는 연구자들을 거의 찾아볼 수 없다. 소수 연구자들도 목록(교감과 판본 포함)을 연구하는 목적을 알고는 있지만, 실제로 그것을 실천하지 못하고 있다는 생각이 든다. 목록(교감과 판본 포함)을 연구한다는 것은 결국 서적으로 대표되는 특정 지식이 갖는 학술사적 의미와 해당 지식이 전체 중국 고전학에서 어떠한 지식 체계를 구성하고 있는지를 파악하는 것이 궁극적인 목적임을 잊지 말아야 할 것이다.

참고문헌

1. 국외류

(宋)兆公武撰,『郡齋讀書志』, 日本京都市, 中文出版社, 1984.

(宋)陳振孫撰,『直齋書錄解題』, 日本京都市, 中文出版社, 1984.

(宋)鄭樵撰, 王樹民點校,『通志·二十略』, 北京, 中華書局, 1995.

(淸)紀昀等奉勅撰,『四庫全書總目』, 石家莊, 河北人民出版社, 2000.

(淸)邵懿辰撰, 邵章續錄,『增訂四庫簡明目錄標注』, 上海古籍出版社, 1979.

(淸)瞿鏞,『鐵琴銅劍樓藏書目錄』, 喬衍琯輯,『書目叢編』本, 廣文書局, 1967.

(淸)鄧邦述,『群碧樓善本書目』, 喬衍琯輯,『書目叢編』本, 廣文書局, 1967.

(淸)莫伯驥撰,『五十萬卷樓藏書目錄初編』, 喬衍琯輯,『書目叢編』本, 廣文書局, 1967.

(淸)繆荃孫,『藝風藏書記』, 喬衍琯輯,『書目叢編』本, 廣文書局, 1967.

(淸)傅增湘,『藏園群書題記初集·續集』, 喬衍琯輯,『書目叢編』本, 廣文書局, 1967.

(淸)丁丙,『善本書室藏書志』, 喬衍琯輯,『書目叢編』本, 廣文書局, 1967.

(淸)楊守敬,『日本訪書志』, 喬衍琯輯,『書目叢編』本, 廣文書局, 1967.

(日)島田翰撰,『古文舊書考』, 喬衍琯輯,『書目叢編』本, 臺北, 廣文書局, 1967.

(淸)陸心源,『儀顧堂題跋』, 喬衍琯輯,『書目續編』本, 廣文書局, 1968.

(淸)陸心源編,『皕宋樓藏書志·續志』, 喬衍琯輯,『書目續編』本, 廣文書局, 1968.

(淸)張鈞衡,『適園藏書志』, 喬衍琯輯,『書目續編』本, 廣文書局, 1968.

(淸)錢侗,『崇文總目輯釋』, 喬衍琯輯,『書目續編』本, 廣文書局, 1968.

(淸)彭元瑞,『欽定天祿琳琅書目·續目』, 喬衍琯輯,『書目續編』本, 廣文書局, 1968.

(淸)傅增湘,『雙鑑樓善本書目』, 喬衍琯輯,『書目三編』本, 廣文書局, 1969.

(淸)錢謙益,『絳雲樓書目』, 喬衍琯輯,『書目三編』本, 廣文書局, 1969.

(淸)張之洞著, 呂幼焦校補, 張新民審補,『書目答問校補』, 貴陽, 貴州人民出版社, 2004.

(淸)黃虞稷 撰, 瞿鳳起, 潘景鄭 整理,『千頃堂書目』, 上海古籍出判社, 2002.

喬衍琯輯,『書目四編』, 廣文書局, 1970.

嚴靈峯輯,『書目類編』, 成文書局, 1978.

李萬健, 鄧詠秋編,『淸代私家藏書目錄題跋叢刊』, 國家圖書館, 2010.

北京圖書館古籍影印室輯,『明淸以來公藏書目彙刊』, 北京圖書館出版社, 2008.

中華書局編輯部 編,『宋元明淸書目題跋叢刊』, 中華書局, 2006.

羅偉國,『古籍版本題記索引』, 上海書店, 1991.

昌彼得, 潘美月著,『中國目錄學』, 臺北, 文史哲出版社, 1986.

劉兆祐著,『中國目錄學』, 臺北, 五南圖書出版公司, 1998.

周彦文著,『中國目錄學理論』, 臺北, 學生書局, 1995.

韓兆琦注譯,『(新譯)史記』, 臺北, 三民書局, 2008.

張伯偉編,『朝鮮時代書目叢刊』, 中華書局, 2004.

北京圖書館編,『北京圖書館古籍善本書目』, 書目文獻出版社, 1987.

張升編,『浙江採集遺書總錄·辛集·總集』,『『四庫全書』提要稿輯存』冊2, 北京圖書館出版社, 2006.

上海圖書館編,『中國叢書綜錄』, 上海古籍出版社, 1993.

陽海淸編撰, 陳彰璜參編,『中國叢書廣錄』湖北人民出版社, 1999.

施廷鏞編纂,『中國叢書綜錄續篇』, 北京圖書館出版社, 2003.

2. 국내류

서울대학교도서관 편집,『奎章閣圖書中國本綜合目錄』, 서울대학교도서관, 1982.

성균관대학교중앙도서관 편집,『古書目錄』, 성균관대학교출판부, 1979.

김호, 「孔子家語版本源流考略」,『故宮學術季刊』第二十卷第二期, 臺北, 故宮博物院, 2002.12, 165-201면.

김호, 「『四庫全書總目·集部總敍』와『楚辭類敍』」,『중국어문논역총간』38輯, 중국어문논역학회, 2016, 477-484면.

김호, 「규장각 소장 明嘉靖刻本『文章百段錦』解題」,『규장각』61호, 2022.12, 429-452면.

3. 고서 검색 사이트

한국고전적종합목록: www.nl.go.kr/korcis

대만국가도서관: https://rbook.ncl.edu.tw/NCLSearch/Search/Index/1

臺灣中央研究院·歷史語言研究所漢籍電子文獻資料庫: http://hanchi.ihp.sinica.edu.tw/

중국국가도서관: http://read.nlc.cn/allSearch

김호 金鎬

성균관대학교 중어중문학과 교수.
성균관대학교 중어중문학과 문학사(1992), 대만 국립정치대학(國立政治大學)
중국문학연구소(中國文學研究所) 문학석사(1997), 대만 국립대만대학(國立臺
灣大學) 중국문학연구소(中國文學研究所) 문학박사(2005), 대만 중앙연구원
문철연구소(文哲研究所) Doctoral candidates(2001.07~2003.06), 성결대학
교 중어중문학과 전임강사/조교수(2007.03~2012.08), 미국 인디애나주립대
학 East Asian studies Center Research Scholar(2019.07~2020.06), 한국중
국산문학회 회장(2020.09~2022.08), 성균관대학교 중어중문학과 부교수/교수
(2012.09~현재)

조성덕 趙成德

경성대학교 한국한자연구소 HK연구교수.
성균관대학교에서 "한국문헌소재 이체자 연구"로 문학박사 학위를 받았으며,
현재 경성대학교 한국한자연구소 HK+사업단에서 HK연구교수로 재직하고 있
다. 전공은 경학과 한국이체자연구이며, 현재 《한국문헌 이체자자전》을 집필
중이다.
최근에는 한중일에서 간행된 자전의 자형과 주석에 대한 변화를 연구하고
있다. 전통문화연구회에서 《역주 설문해자주》 번역위원으로 참여하였으며,
IRG(Ideographic Research Group) KRG(한국한자특별위원회)에서 한국에서
발견된 한자의 검토 작업을 진행하고 있다.

경성대학교 한국한자연구소 한자학 교양총서 06

중국 목록과 목록학

초판1쇄 인쇄 2024년 6월 18일
초판1쇄 발행 2024년 6월 28일

지은이	김호 조성덕
펴낸이	이대현
편집	이태곤 권분옥 임애정 강윤경
디자인	안혜진 최선주 이경진
마케팅	박태훈 한주영

펴낸곳	도서출판 역락
출판등록	1999년 4월 19일 제303-2002-000014호
주소	서울시 서초구 동광로 46길 6-6 문창빌딩 2층 (우06589)
전화	02-3409-2060
팩스	02-3409-2059
홈페이지	www.youkrackbooks.com
이메일	youkrack@hanmail.net

ISBN   979-11-6742-719-9 93820